孙淮景◎著

远去的口哨

上海文艺出版社

Shanghai Literature & Art Publishing House

图书在版编目（ＣＩＰ）数据

远去的口哨 / 孙淮景著 . -- 上海 : 上海文艺出版社，
2023
（神农文化）
ISBN 978-7-5321-8924-3

Ⅰ . ①远… Ⅱ . ①孙… Ⅲ . ①散文集—中国—当代
Ⅳ . ①I267

中国国家版本馆 CIP 数据核字 (2024) 第 008569 号

发 行 人：毕　胜
策 划 人：杨　婷
责任编辑：李　平　程方洁　汤思怡　韩静雯
封面设计：悟阅文化
图文制作：悟阅文化

书　　名：远去的口哨
作　　者：孙淮景
出　　版：上海世纪出版集团　上海文艺出版社
地　　址：上海市闵行区号景路 159 弄 A 座 2 楼
发　　行：上海文艺出版社发行中心发行
　　　　　上海市闵行区号景路 159 弄 A 座 2 楼 206 室　201101　www.ewen.co
印　　刷：成都市兴雅致印务有限责任公司
开　　本：880×1230　1/32
印　　张：85
字　　数：2125 千
印　　次：2024 年 1 月第 1 版　2024 年 1 月第 1 次印刷
Ｉ Ｓ Ｂ Ｎ：978-7-5321-8924-3
定　　价：398.00 元（全 10 册）

告读者：如发现本书有质量问题请与印刷厂质量科联系　T：028-83181689

序

2005年，我出版了散文集《岁月笔记》。那时我还没有退休，心思还没有全部放在文学上。退休后，一直被记忆里诸多意犹未尽的过往缠绕着，那些在日积月累中沉淀的、堆积的东西，开始汇聚，渐成一座生命的富矿，我又有了开采的冲动。春来秋往，朝花夕拾，笔下的文字聚沙成塔，集腋成裘，于是有了这第二本散文集《远去的口哨》。

《远去的口哨》是我把小学、中学、插队和工厂的生活一点点地写出来，把那些曾经发生的人和事，包括音容笑貌还原出来。尤其是近十年，我从南往北，从东往西，长途自驾至少15万公里。北到大兴安岭，西至三峡，西北直抵敦煌。土地的辽阔，文明的悠久，山川河流的锦绣，让我流连忘返，心存感恩，这块土地是我们一代代人最牢靠的栖身依托。当我情不自禁地拿起笔时，文字与情感融会贯通，这也是我的文章中比较自如和随意的一部分。

我自顾地写，无关名利，也不顾影自怜。淡泊心境下的写作犹如一杯清茶、一片片雪花，都是自然而然地情感流淌。文字拾级而上，有些上了杂志报纸，更多的去了"同步悦读"。而那些令我颔首、让我扼腕的点评，大都是和我同年代的和我有着相似经历的人，也有比我小十岁、甚至小二十岁的文学爱好者。这让我非常知足和感激。

　　《远去的口哨》讲的是我中学时代经历的一件事，男女生因口哨而酿出一场风波。少不更事，萌发了什么并不重要，而那种表达方式是纯洁无瑕的，把它作为书名和首篇是自然和恰当的。今天想来，那口哨中流露出的自由自在和轻松愉快，依旧那么美好，并且永久驻留自己的心底。

2022 年 10 月

目 / 录
Contents

我从1960年上小学到1970年中学毕业，中间因"文革"中断了两年，用时十年。这十年，我和许多发小玩伴同窗，风起于青蘋之末，发生了许多好玩得不能再好玩，懵懂得不能再懵懂的事情，而相互之间的信任和友情，后来几十年如一日地一路至今。

远去的口哨

　　我的口哨吹得很好。嘴唇弯成圆形，舌尖抵住下牙床，一种清脆悦耳的声音，"嘟嘟"地喷薄而出。各式各样的曲目，通俗的、民间的、美声的，都能学得抑扬顿挫、惟妙惟肖，甚至像芭蕾舞剧《红色娘子军》中旋风般的"洗衣舞"，我都能模仿出那天花乱坠的节拍。

　　事情起始于中学，那时我们这一茬刚刚入校，但学校秩序不稳定，无事生非的机会来了。弄来了一台留声机和一些唱片，在一个大人都下放的同学家，放唱片听歌曲，也就是《红梅花儿开》《莫斯科郊外的晚上》《喀秋莎》那样一些老歌。有唱的就有伴奏的，我随便用嘴吹。口哨不是乐器，但助兴还行。想不起来怎么上嘴的，反正跟着唱片一起走，渐渐地乐感款款而来了。很快，我能随意地吹，只要心情好，我能让哨音随便走俏，四处转悠。

　　但是没想到引出了一场风波。

　　一次课间休息，我没去做课间操也没让嘴闲着，而是在座位上吹《白毛女》选曲"北风吹"。前排的两位女生，不知为什么也没去做课间操，瞧那副安静样，可以断定她们在侧耳倾听。我有意把哨音吹得像雪花那样悠悠扬扬，不是有非分之想，那时我只是一个小男生，对有些事情是不懂的。主要是好玩，当然带点炫耀，能把口哨吹出雪花纷飞的样子，也算是有本事的。

　　一曲终了，我听到了她俩小声的议论。

一位说:"好听。"

另一位说:"芶道。"(合肥方言:显摆)

前一句话实事求是,后一句话很不好听。我的口哨已经有一定的认可度,很多同学都洗耳恭听,而眼前这位却说"芶道",还是个女生,我还从来没有让女孩不当一回事过。我要发出警告,让她知道小看小男生是不可以的,无论如何不能让她信口开河后扬长而去。

我猛地把课桌往前一推,用力不大,肯定不会撞疼,但也着实让两位吓了一跳。说"芶道"的女生站起来,转过身,睁大杏眼瞪着我一言不发,突然,她猛地把课桌反推回来。女孩的力气能有多大,桌子根本没碰着我,可她却甩着"羊角辫"骄傲地走开了。反击没有任何效果,事情潦草地结束了,但后来不知为什么又回来了。

中学毕业前几天,我在我的课桌里发现了一样东西,用报纸包的一套八张毛主席接见红卫兵的画片,每张画片的反面上端写着我的名字,下端是那位女生的名字,我认得她的字。这是她的亲笔签名。我一阵心跳,那时男女生之间不说话,也不敢说话,更不要说送东西,还把两个人的名字写在同一张画片上,这传出去拍致的起哄会让人受不了的,即便不为流言所击倒,也会被蜚语弄得无法做人。我慌慌张张地将画片收了起来,随后几天,根本不敢看她,却总感到她的目光在我身上游来游去。

我小心翼翼地把画片藏在家中抽屉的最下面,一直没把这件事告诉任何人,后来画片就不知所踪了。从中学毕业至今,我再也没有见到这位女生,她同那些画片一样不知去向,但是这份感情,还有我当时俗不可耐的举止被我一直记到现在。

口哨这玩意有灵性,可以进行写意和抒情,还能创造出某种朦胧的意境,不然怎么会引起如此情真意切而又纯洁无瑕的"风波"。后来我一直吹口哨,越吹越好。

小学日记

想不起来这本印有雷锋头像的日记本是怎么保留下来的。

里面记录着小学六年级最后的时光，那时我还在合肥庐江路最东端的梨花小学读书。日记留下了许多那时生动实时、幼稚可笑的记录。应该不止我这一本日记，当时全班同学都记日记。

1965 年 12 月 9 日（晴）

雷锋叔叔对待工作像夏天一样火热，我呢？是中队委员，可觉得只是挂牌，而且还是辅助，凡有人问我中队的事，我就说问葛志毅吧！

（黄老师批语：认识到这个问题就好。黄老师，班主任黄德英老师；葛志毅，中队长）

12 月 10 日（晴）

下午劳动，在校内工地抬砖，我和李宝林抬了三趟，朱勤东忙着垫路，让我们抬得安全，不至于翻掉。朱勤东长得壮、有力气，有一次他一下把我推得老远，不过我没计较。

12 月 16 日（雪）

早上，天阴沉沉的，一会儿下起了雪。雪很大，房顶，地面，还有松树，很快披上了，远远看去一片洁匀，风也越来越大。我和常立钊、胡守明喊着"锻炼身体，保卫祖国"，围着包河跑了一圈，又跑回了学校。我们脸上红通通的，头发冒着热气，一点也不感觉冷。

12月19日（晴）

顾冬生和刘舒打架，看到顾冬生气势汹汹的样子，我吓得动也不敢动。这就叫怕死，将来当解放军也这个样，那还是解放军吗？

12月27日（晴）

语文上新课《我的战友邱少云》，学习委员领读，黄老师讲解。我知道邱少云，抗美援朝战斗英雄。我要学什么呢？组织性和纪律性。我是小学生，任务是学习，但我比较自由散漫，有一次上课玩集邮册让黄老师发现了，她气得说我太不像话。

12月31日（晴）

放学了，徐老师说家远的同学可以走，家近的不惜走，为何星加油！明晚，我们学校参加合肥元旦少年火炬接力赛，何星跑第三棒。曹国庆、姜客油加得不错，很热烈，把大家逗得哈哈大笑，而尹冬晴只说了一句话就走了，不冷不热，他家离学校最近。

1966年1月1日（晴）

没想到接力赛成这样。黄老师说何星跑合肥剧场这一段，我到了，葛志毅也到了。我继续向前走，走到庐剧团，看见远处火把来了，一会儿更清楚，五年级的桂力门跑在第一，但他举的火把是熄灭的。何星冲出去接棒，一位裁判阿姨拦住了他，说没到，何星说到了，那位阿姨固执得很，仍拦着何星。桂力门见没人接棒，就继续跑，我非常着急，随着桂力门一起跑。桂力门不断地朝两边看，他一定奇怪为什么没人接棒，他已经跑了400米，再跑400米，速度没了，渐渐落后了。但他还是跑到底，把熄灭的接力棒交给了六（三）班的王继文。何星说他真想一头把那个裁判阿姨撞倒，我知道他很难过。

1月5日（晴）

早上我刚走出机关大院，一位叔叔慌张地越过我，往省立医院跑，掉下一只手套。我追上去还他，追到商业厅门口，看到那位叔叔进了医院。这怎么找，医院地方大。想想才7点，门诊还没开始，对，急诊室。急诊室里人不多，但没见到那位叔叔，可刚转身，那位叔叔迎面来了，我连忙说："叔叔，你掉手套了。"我拿给他，他看了看，摸摸口袋说："是我的，谢谢啊！"他还说了一些话，我顾不上听，掉头就跑，今天我值日。

1月11日（阴雨）

今天算术考试，我得了满分，一百。

1月13日（阴雨）

中午李宝林没有饭菜票，我和魏小明拿出饭菜票给了他，不知道他是用完了呢，还是其他。他很能吃，特别能吃馒头，干吃不要菜。

1月25日（阴）

大院举行少年乒乓赛，我最麻烦的对手是魏小明，我从来没有赢过他。晚上，我先赢了高援生和纪朝阳，最后赢了魏小明，他今天不稳，开球自杀好几个。

1月27日（阴）

下午到图书馆看书，三点半收书，管理员说时间到了。张明明说平常是四点收，今天为什么三点半，管理员说今天提前半小时开的。提前怎么不通知？我和张明明使了一下眼色，马上抢书藏书翻书架，大闹天宫。管理员好像是六（三）班的，她气得够呛。晚上妈妈把我狠狠骂了一顿，要我好好想想。想来想去想不明白，我妈怎么会知道这件事？

2月8日（晴）

课间休息我们"斗鸡"。男同学都斗，分成两队，每人架起一条腿，像袋鼠一样蹦跳，用膝盖撞击，倒地算输。今天斗得"好赞"（合肥话：很有意思），一场混战只剩江明和何星，江明只防不攻，想方设法周旋，直到上课铃响，平局。何星身高马大，江明个小，他没被大何星斗倒是个奇迹。还有汪培建也厉害，个头不大，外号"小白点"。他善于偷袭，攻其不备，大家叫他"暗杀大队长"。

2 月 10 日（阴雨）

黄老师要求我们去二（四）班讲故事，我、葛志毅、李方去了。葛志毅先讲，一口气讲了两个，我讲了一个"第三颗手榴弹"，李方吹了一个笛子。低年级同学很欢迎，要我们明天还去。

2 月 11 日（阴雨）

第一堂算术课，董老师布置了作业。我做完最后一道题，龚亚平来看了一下，说错了。我马上查，左查右查，没查出来。我要龚亚平把作业本给我看一下，他不给。我又查，查到了，把十五分之十一写成了十五分之一。龚亚平啊龚亚平，你不讲我也能查到。

2 月 14 日（晴）

下午，黄老师召集我们第三组开会，讲赵友英的事情。许多同学都瞧不起赵友英，不跟她坐一个座位，还骂她"小鸡"，原因是她学习差。黄老师跟我们解释赵友英成绩不佳的原因。赵友英家困难，父亲去世了，母亲有病卧床。她在家是老大，每天要做许多家务，还要打扫巷子，晚上点不起灯，这更妨碍学习。今后，我们除了不能骂她，还要帮助她。

2 月 17 日（晴）

上农业常识课，大家讲话讲个不停。苏老师来了，大家讲，苏老师开始讲课，大家照样讲。有的笑，有的画画，乱得很，我在刻纸。为什么呢？认为这门课不重要。仔细想想，是重要的，如果不好好学，就没有农业常识。鲁迅伯伯说："专看文学书是不好的，有些人厌恶理、化、史、地、生物学，后来变成了一个无常识的人。"

2 月 22 日（晴）

陈海宁在骑自行车，洪小禾问能带他回家吗？陈海宁看了洪小禾一眼，一句话不说，走了。洪小禾对我说：这个人太"三劲"（合肥话：显摆），我说是的。后来陈海宁骑回来，洪小禾和朱勤东、吴金锁一起挖苦他，一辆破车，"三劲"啥？陈海宁说："你们这样是不对的。"陈海宁如此克制，这我没想到。

2 月 26 日（晴）

今天作文课，黄老师要求大家做完作文后看书，可是龚亚平在画画。我看到了，当时我的作文还没写完。我叫龚亚平不要画，可他非要画，他说上回你画了，这回我也要画。我说我非不让你画，他说那我就不让你写作文。而吴擎华和魏小明居然支持龚亚平，说可以画。

2 月 27 日（晴）

大院车棚有辆自行车，我观察很久了，没人骑，锁也是假的。我对常立钊和魏小明说，教我骑车，他俩答应了。到体育场，那里地方大没车。我上来就摔跟头，手掌摔破皮，帽子摔掉。两人一直一左一右护着，渐渐地车龙头稳了。一下午下来，两人放手，我可以骑上很长一段路。

2 月 28 日（晴）

下午坐卡车到丝绸厂观看民兵防空演习。厂门口有条"民兵是胜利之本"的标语。警报先响，"呜呜呜"，楼里的人扶老携幼，往防空洞跑。突然几声巨响，楼顶起火。立刻跑来一队民兵，他们顺着一根木杆爬上楼顶，灭了火。中间有一位女民兵抱着一个受伤的，顺着绳索滑下来，真英雄。接着附近又起了几处火，民兵们都滑下来，继续灭火。演习是为打仗做准备，大院里好多叔叔伯伯都打过仗，他们说打仗会死很多人，但有准备，死的会减少。

3 月 4 日（阴雨）

晚上，我们在常立钊家讨论如何搞好男女关系，结果是：跟别的女的都好，就是不睬黎路和李农。

3 月 6 日（阴雨）

下午，我们从陈海宁家去常立钊家，遇上一位叔叔，他问掉红领巾没有，我们说没有，他说他昨天在这里拾到一条红领巾，等了很长时间没人领，所以今天又来了。

3 月 11 日（晴）

学校又添了两座双杠，应该多去练，增加耐力和臂力。我耐力不行，几个来回就喘气了，李宝林行，十几个来回，不当回事。

3 月 15 日（晴）

今天和王小明打了一架，他抓破了我的脸，我在他脸上咬了一口。是他先动的手，我只是说他像猪头山，他就动手了。

3 月 26 日（阴）

晚上和魏小明去看电影《泥石流》。很好看。泥石流是一种比较厉害的自然灾害，爆发时，巨大的石块随着泥土和水从山上冲下来，速度很快，每秒四至八米，能撞倒房子、毁坏庄稼、破坏交通运输，严重威胁人的生命财产。泥石流分布很广，黄土高原、青藏高原、南岭、太行山、海南岛、台湾都爆发过。现在预防的办法只有一种，筑坝，这只能预防小型泥石流，遇上大的还是没办法。

3 月 30 日（阴雨）

上午，全班和《天天向上》的小演员们联欢。很感动，有个小演员摔断手，治疗后继续练功。剧团缺少男演员，有个女演员剪掉辫子，化装成男角色上台。我和大哥哥演员赵双喜交上了朋友，我把我最喜爱的小红旗送给了他，他答应送我一张他的照片。

4 月 21 日（晴）

黄老师批评李农，李农不认错。我指着李农说："顽固"。可是在一边的朱勤东却指着我说："光会讲别人，你自己有多好！"李农是女的，学习很"拔弄"（合肥话：笨），不知道朱勤东为什么帮她。

4月24日（晴）

何星通知我，学校"六一"运动会，我不跑400米接力和100米，就跑一个60米。我很气，何星起初说要我跑，现在又说不让我跑，出尔反尔。何星说，让姜客跑，他个高，跑得比你快。个高不假，快不快没比过。没办法啊，何星是大队长。

4月26日（晴）

下午，我们第二小队去长江路扫人行道，我和吴擎华、魏小明、朱勤东一组。这一段很长，从省委大门到包河，我扫1路汽车站这截。大家很起劲，虽然天气热，汗直淌。朱勤东先扫完，马上帮吴擎华扫，然后我们一起帮魏小明扫，直到扫完。

5月3日（晴）

我参加了合肥市少年乒乓球团体赛。在4月份中市区的比赛中，我们梨花小学第一名。我和魏小明打主力，这次惨了，输给了附小、长一小、凤凰桥小学，只赢了巢湖路小学，获第五名。

5月5日（晴）

体育课60米短跑，我9.2秒，全班第一。我对许多人说我是短跑选手，而曹国庆指着我说："吹什么，不就想叫人知道你'过劲'（合肥话：厉害）。"曹国庆"好厌"（合肥话：可恶），莫名其妙地出我洋相。

5 月 14 日（阴）

关皖华刚转来的时候，算术差，跟不上，李方几个天天晚上去他家帮他补习，现在关皖华的算术上来了。

5 月 15 日（晴）

下午去逍遥津动物园，好久没去了，很开心。猴子最逗人，一会儿爬树，一会儿打架，一会儿荡秋千，还伸手要东西吃。水獭捕鱼的方法很巧妙，它不停地翻，一会儿肚皮朝上，一会儿背朝天，但是只要翻，就能捕到鱼。熊好傻，转啊转，一挨墙，就转回去。狮子、老虎和豹子则很安静，卧在那里。

老电影

小学四五年级的时候，特喜欢看电影，不是在"解放"或"长江"这样的影剧院，那要花钱。我说的是不花钱，去省委大院小礼堂看的，几乎每周六都去。闭上眼都不会走错，出家门，沿庐江路往东，穿梨花巷，再往东走过红大楼，从省委后门的传达室进入省委大院。

这事有意思，想看电影要说谎。有电影看是同窗黑蛋说的。黑蛋是小名，他皮肤黝黑，宽肩膀，寸头。我俩好着呢，一起游泳打狗斗鸡，互相抄作业。他说每周六晚 7 点 15 分放映，只要进得去就看得到，那时能看免费电影是天大的幸福。但我有点怀疑，黑蛋没问题，他家住省委红大楼，我家不住，省委大院不好进，传达室前有哨兵，没有出入证进不去。

黑蛋说小孩能。省委宿舍有两处，一处在省委大院内，另一处在大院外，叫红大楼。两处的孩子随便进出省委大院，那么多小脑袋，门卫搞不清谁是谁家的。黑蛋说他就这样进出，李葆华儿子也这样，哨兵都面熟了。他说他先在传达室外等我，然后一起进，有人问就冒名顶替。我常去黑蛋家玩，他父亲是领导，而他的母亲，无论我们怎么玩，从来不说什么。

第一次看的是《奇袭》。那是寒冬天气，我戴着帽子捂得严实，老远看见黑蛋在传达室外站着。他没戴帽子，他说这样是让哨兵一眼看清。果然，哨兵只看了一眼，便让我俩进去了。

这场电影看得很享受很有历史性。我吃着黑蛋弄来的椒盐花生米，味道好的咀嚼许久才咽下去。我记住了电影中的一句台词：古鲁姆，欧巴。还得到一种见识，勇敢加机智可以做很难的事，比如我是大院的孩子，不是省委大院的，这有关系吗？我不是进来了看电影了！

小礼堂没有外面影剧院舒适，木质排椅硬邦邦的，来看的都是家属，迟来的站在过道上。放的影片与外面一样，只是外面先放，如《第三次打击》我之前在公共影院看过。

我们那点小聪明是有破绽的。那是看26届世乒赛纪录片，当时我着迷乒乓球，只要有乒乓的地方都去蹭，电影就更想看了。那天不知怎么了，哨兵身边多了位大叔。就在我俩往里走的时候，大叔拦住了我，他高腔高调地问，哪家的？我说红大楼的。大叔"轴"啊，追着问，父亲在哪个部门？我有点慌，不是沉不住气，而是觉得把别人的父亲说成自己的父亲别扭，说不出口。没想到黑蛋扛了，是把门牌号码都说全的那种，大叔没法了。我问黑蛋，谁这么凶，他说，行政科的，唬人呢。

这部世乒赛影片对我产生了很大的影响。第二天，我把存钱罐剖了，换成一块海绵乒乓球拍。接着四处找地打乒乓，在学校、在少年宫，打左推右攻，打来回球，打着打着，许多人打不过我了。体育老师把我带到省体校，一位教练看着我打，他身边站着一位瘦高的男运动员。就这样，我成了业余少乒班的小队员。教练叫杨瑞华，那位瘦高的运动员叫刁文元，后来成了世界冠军。

就在我觉得挺不错的时候，少乒班解散。但是乒乓没丢，我仍然常打乒乓球。20世纪80年代，世乒赛电视转播，看到梁戈亮眼花缭乱的击球，突发感慨，如果少乒球没有解散，说不定我就是梁戈亮，一定将乒乓球进行到底了。前几天，领孙子去少年宫乒乓馆玩，小孙子满地拣乒乓球。一位穿运动服的人问："老爷子，孙子来练球？"我说："他只会捡球不会打球。"他笑着说："刘国梁也是从捡球开始的。几岁啦？"我说："四岁。"他说："差不多，我们这最低门槛是幼儿园大班。"

这句话让我思忖了半天。我想起了那部世乒赛纪录片和不花钱看的电影，当时我也就十来岁，两个小人拍拍脑袋，事情做成了。恍惚中，好像又走在去看电影的路上，我觉得要重走一趟这条路。

我沿着庐江路往东走，那是玩转童年的路，是和可以托付的小伙伴一起走出来的路。路在，长宽依旧，但是情景不再。梨花巷不认识了，梨花小学改名了，红大楼不见了，它的围墙被涂鸦了，而省委后门的传达室成了一家水果铺，没有岗哨，两个十来岁背着书包的男孩正往里走，他们大概是现在机关大院的孩子。

我止步了，不想再迈一步，再迈就是从前，而从前是回不来的。看着两个勾肩搭背的男孩，一种说不出的酸楚油然而生。当年黑蛋就在我止步的地方等我，然后我俩也像这样走进去。可是这一切只在我眼睛闭上的时候存在，睁开了什么都没有。

这里曾有一条路

　　"庐江路"的路牌在冬日的清冷中形单影只。它的背后是十八层高的省立医院住院部，这里拥有省内最先进的医疗技术设备，也集中许多不好医治的疑难杂症。而这座高层，有一种让人很不舒服的压抑感，它整个建在我的故居之上。20世纪50年代的二层小灰楼和一个很大的院子，我家在这里住了二十年。一场搬迁改造，灰楼和大院消失得无影无踪，先是护士学校，再后来是这栋大楼，地理就这样被历史改变了。

　　我不想抬头看它，曾经熟悉美好的家园，变成了一座水泥钢筋建筑。还有，父亲住进去四个月了，每天吊八袋水，他出不来了。

　　一个很大的停车场，旁边矗立着一个新建的立体车库，这些都是医院的。五十年前这里不是这样的，同医院毫无关系。有一棵百年树龄的老榆树、一个池塘、一片竹林和葡萄园，许多很高的白杨树和椿树，树上有许多叽叽喳喳不停的小鸟。一阵嬉笑，几位白衣护士擦肩而过。迷幻迷茫，究竟是女孩还是小鸟，到底是五十年前还是现在？但这里曾经是我的家，我很清楚是有过一道围墙和一条路的。

　　那块庐江路路牌是大院大门的位置，它有两个方形水泥基础，逢年过节可搭成门楼。大门往东才是医院。我那时走路很不着调，不走正门走院子围墙墙头，墙头狭窄，我走得四平八稳，到一个青石石阶处跳下。没什么特别，就是好玩，那时手脚灵活，整个初中都这样。

　　一条柏油路与墙头平行，每天上班上学的，来来往往，路尽头是斜坡，有青石台阶。这里是通衢要冲，北上庐江路、宿州路，南通环城路、二道桥，穿包河到芜湖路，往东是省体育场，往西到我的中学。

　　这条路上有一个著名的人文胜景，北宋包拯的包孝肃公祠，它被一条漂浮许多荷叶的包河环绕。那时它是祠堂，现在圈成了很大范围的公园，那时包公的卫士，张龙赵虎几位肃立祠堂侧面，现在则肃立在包拯两侧。一到夏秋之际包河荷花满盈，荷香弥漫，香气能飘过环城路，飘进我家的大院。

　　环城路是我们的地盘，小小少年出没往返的地方。

　　北坡安宁幽静，长满杂草和树木。我和一位叫作"驹子"的伙伴常来此痛快玩耍。这地方是我俩开发的，没告诉其他人。在这里，我们可以用手腕勾住横出的树枝做仰体向上，还能找到蟋蟀，蜈蚣和可以养蚕的榨树叶。后来"驹子"的父亲去当县委书记，家搬了，我就不到那里玩了，一个人没劲。从那之后，我再也没有见过"驹子"。

　　坡的东面有一道长长的铁丝网，那是医院的地界，里面有药材库，养着几条狼狗。狼狗凶，只要人走近铁丝网，它马上吼着冲过来。有事情做了，我们成立了"打狗队"，领头的是三道杠的少先队大队旗手，男生都参加。下午课后来，用小石块和树枝不断地掷击狼狗，或者沿着铁丝网来回奔跑。狼狗恼怒地咆哮着，不断地跃起想越出铁丝网攻击我们。其实，说打狗是瞎掰，中间隔着一道铁丝网，我们从来没有打到过狗，也始终没有被狗咬过，更没有打过除此以外其他地方的狗。许多年后，我们只要聚在一起，打狗总是一个不可或缺的话题，而语言的夸张则把游戏变成了传奇。

　　在包河南岸，有一条松柏相间的小马路，几棵歪歪的柳树，一座小黄泥山和一座很大的图书馆，这些都在。没想到，当年的歪枘依旧歪歪斜斜地立于河边，半个世纪，小树早成了大树，树身斑驳龟裂，但我依然一眼认出。

一条路，一条小时候常来玩耍，闭眼都不会走错的路。从家门口的墙头起，走过一条河，走过四季，走过很多人，走出了像我这样的毛头小子。后来改造了，被后起的生态截了，尘埃落定的是医院大楼。路没了，再能量守恒也回不到原来的样子，可我总觉得它还在，只是断而再连，移到更远一点的地方罢了。

葡萄树下的女孩

  大院里有一片藤枝缠绵的葡萄园，至少几十株葡萄藤，它们风韵十足地披挂在一些挺拔俊逸的葡萄架上。从远处看，一派绿荫，是一个香气十足的果园。

  葡萄是精灵。它的脚是立在土里的，身子弯弯曲曲往上攀，攀到葡萄架的上方，生趣盎然的绿叶一片片地长出来，长到把什么都遮挡了。春天过去了，一穗穗的小青粒仔，悄悄地从绿叶与藤架的空隙中钻出来，在风中摇来晃去，几场雨一冲，圆润丰满起来，变成一串串一挂挂的葡萄，秋天就来了。

  我喜欢在葡萄树下玩，尤其是悬挂着的小葡萄越来越膨胀、越来越晶莹剔透的时候。

  可是有位"花师"叔叔看得可紧了。他是大院的花匠，身体结实，说话口气严厉。我到现在都说不出这位叔叔的名姓，只知道他很会种植花草树木，治理果园。我记得他不止一次地对我们几个说，葡萄不熟不许摘，谁摘就不分葡萄给谁家，到时你家的老子就要打你的屁股了。

  大院男孩有几个信这个的。我就摘过，涩得锁眉张嘴，大口呼吸，但还是想走进这片葡萄园。

  一天下午，我悄悄走进了葡萄园。葡萄快熟了，紫茵茵，圆鼓鼓，每粒都在闪光，一种清香味一阵阵飘来。当然，想吃还急了点。仰起脸数数，一挂接一挂没数过来，架上挂满了。透过空隙看天，天空很小，但湛蓝明亮，偶尔有白云飘过。蓝天白云紫葡萄，自然的撩拨，一种懒散和舒适悠悠地来了。

突然发现，葡萄树的那一端，十几米远的地方，有一件花格子衣裳在闪烁。是女孩的，只是稠密交错的藤枝绿叶遮挡着，看不清模样。

我很奇怪，女孩来这干吗，摘葡萄？闭上眼睛把大院的女孩过一遍，没对上的。但是好奇心促使我又一次地朝那个方向张望。花格子衣裳仍在飘摇，时仰时俯，不像摘葡萄，像跳舞，很轻盈地旋转的那种。随便转转都像舞蹈，真到跟前了，还不知道好看到什么样子。我很满足也有点惶惑，从来没有暗中看过一个女孩。也没什么，少先队员的清纯，好奇加新鲜。

"毛毛！"一声呼喊从平房那边传来，"唉"一声清脆的回答，一个穿着花格子衣裳的女孩从葡萄树里走了出来。是"三毛"啊，追根究底的念头一下子消失了。她是大院中唯一的老红军的女儿，同班的，少先队大队文体委员，少有的能歌善舞。她长得还行，但今天突然觉得不能说还行，要改说好看，一种我没有看见或者发现过的好看。

毛毛家的门正对着葡萄树，她从我跟前走过时，朝我笑了一下，这是打招呼。在班上我们偶尔也说话，可是这次我从头到脚都来了些抖动，眼睛竟停止眨动了。

她变了，突然之间变了，什么地方变了，说不清楚。只觉得身子比以前挺，步子比以前轻，脸上的桃红比以前深，马尾辫则灵翘了，还隐约兼夹了一种扭捏，好像是又好像不是的一种扁腆。就像一个毛桃，突然窈窕丰满了，你就会说，这么可爱，就会既不想碰捏，也不想走开。一直到毛毛走回家，我才回神，但仍旧站在葡萄树下看着她家的门。我在想，怎么先前没发现呢，她先前不是这个样子的，是后来变好看了。

几天后，"花师"叔叔用剪刀把葡萄一串串剪下来，真甜，一点酸味也没有。可是我在吃葡萄的小孩中没见到毛毛，她家的门也关着。又过了几天才知道她父亲调动，家搬走了。我有点落寞，为什么不吃了葡萄走呢，再后来听说她进了部队文工团，我想葡萄树下不会再有好看的女孩跳舞了。

许多年后，一次同学聚会，我和毛毛坐在一起说话，我问她可记得大院中的那片葡萄园。她说怎么会不记得，那就在她家门口，她一直喜欢这些葡萄树，那是她父亲转业从南京带来的种子长成的。栽培葡萄的"花师"叔叔，是他父亲手下的兵，果农出身，葡萄架是他搭的。

我很惊讶。假如她父亲没带来种子，这里就没有葡萄树，任何美好的故事都不会有了。于是，我把从来没有对人说过的葡萄树下的事告诉了她。她十分的惊奇与意外，她说她常常在葡萄树下做作业，特别是葡萄快熟的时候她还常常为了演出，预先在葡萄树下练习。天下哪有这般巧的事情，几十年前，我在葡萄树下看到的一幕，属于这样的排练？她想了想说，记不清了，有可能是。

几十年前的事情，能记起就是值得称道的朋友，能滤出细节那更是弥足珍贵的友情。毛毛很友好地和我说话，称我为"发小"，"发小"两字足以涵盖曾经的岁月和友谊。她说葡萄树让她情不自禁地想起了大院和童年。

毛毛很不简单，她是省黄梅剧团的演员，不但戏演得好，歌也唱得好。她曾经为到访的英国女皇演出莎士比亚剧作，和香港明星合拍《刘罗锅》的电视剧，还和李幼斌搭台演戏，现在仍有一些学生跟着她学戏。我很奇怪她怎么会有这么多激情燃烧的生活，她说怎么会没有哇。她对我说了一件事。

2011 年春节，她去台北参加第三届海峡两岸文化交流活动，她演唱黄梅歌《春花秋月——虞美人》。演出结束时，很多台湾观众涌上舞台同大陆演员握手。一位白发苍苍的老人握着她的手半天不放，她感动地说："谢谢老先生，这么喜欢我唱的黄梅歌。"老先生热泪盈眶地说："不止如此，我是安徽怀远人，姑娘啊，终于听到乡音了。"一听这话，毛毛的鼻子立刻不由自主地酸了起来。后来毛毛在台湾演出了 20 场，她演唱的黄梅歌《春花秋月——虞美人》评获第三届海峡两岸文化交流特别金奖。

窃书者

我偷过书，但不是一向这样不靠谱的。

小学二年级时，常到邻居家借读《十万个为什么》。他家有一个带玻璃门的绛色书橱。那时有书橱的人家不多，他家大人是医生，所以有。书是他家上中学的女儿的，摆在书橱的位置我够不着，小姐姐有点淘，常常要我喊她一声阿姨才给我，尽管我对这种打劫的手法很反感，但还是经常妥协。

事情都是从偶然开始的。那时"文革"刚开始，机关图书室不开放，但是窗户坏了，我常常拉开窗户，独自进入看书。有一次，我看书累了躺在书堆上，身下一样东西硌得不舒服，随手一抽，一本1950年出版的解放军画报。好家伙，它出版的时候还没我呢。慢慢看，封面泛黄有破损，内页完好。

我开始翻箱倒柜，从一个书柜到另一个书柜，想找找其他的书。许多只听说但没读过的名著，仿佛有一种引力，帮我打开了一个新世界的大门。

我开始把一些书拿回家慢慢读，读着读着，有了一种认识。书不能当饭吃，它由许多字码起。字是文明，字里行间藏着知识，做人的方法。

从此我频频光顾图书室，但不再是"窃"，而是读。我在长吁短叹中读完了《水浒后传》，为那些替天行道的梁山好汉竟覆灭于蒙古骑兵而悲伤不已。

读得最多的是苏联现代文学作品。总冒出想法，《钢铁是怎样炼成的》中的保尔，怎么既会打架又有冬尼娅喜欢？读高尔基的《童年》《在人间》，读着读着，眼眶热了，替高尔基难过，多大的人，在家挨外祖父打，去餐厅洗盘子挨老板打。最痴迷《高尔基短篇小说选》中的第一篇作品《马卡尔·楚德拉》。一个吉卜赛人的爱情悲剧，刚烈的小伙爱上了姑娘，爱得失去理智，竟然杀了她，然后自杀。吉卜赛人太疯狂，追不上就别追，为什么非要吊死在一棵树上？现在我对《马卡尔·楚德拉》仍能倒背如流，小说的最后一句话是"美男子罗尹科怎么也赶不上骄傲的拉达"。

几年前我回机关大院，在图书室前的走廊里走来走去。走廊安静，但图书室里有人在说话。我仿佛看见了许多乱七八糟布满灰尘的书，还有那本1950年出版的解放军画报。铃响了，过去机关大人上下班的铃声，图书室的门开了，一群身穿洁白天使服的女孩涌了出来。我看到屋里有一排排课桌和一块黑板，黑板上板书"护理学"三个字。

这里已经成了一所护士学校，未来的护士们刚刚下课，她们嬉笑着，一股清香的气息飘然而来。她们不知道我是谁，更不知道我在这里做过什么，就让她们永远不知道吧。

中学的日子

十五岁那年，我开始上中学。

学校在芜湖路上，两座教学楼，一个带跑道的操场。它紧邻一座黑瓦绿檐的图书馆，一条漂浮着许多绿色荷叶的包河和北宋清官包拯祠堂，又叫包孝肃公祠。

这里应该是读书的好处所，每天我都在这里来来往往。

上课读毛主席的书，背诵"老三篇"，《为人民服务》《愚公移山》《纪念白求恩》，还学习毛主席诗词。我对毛主席诗词有兴趣，在革命和战争的硝烟中，有山有水，是文学，诗人在马背上指点江山激扬文字。找来一本毛泽东诗词，从头背到尾，老人家喜欢在山上写诗，从井冈山写到六盘山，又写到宝塔山，不同凡响地高瞻远瞩。

喜欢史地课，大河山川，城市铁路，农民起义，朝代变迁。世界真大，而地理和历史是世界的浓缩和再现，它囊括所有的产生和发展，比世界还要大。

数理化是主课，可我不喜欢。有一次上物理课，趁老师转身写黑板，一个会意的眼神，和另一个男生同时起身，踩着课桌越窗而出，跳到外面的草地上玩去了，几个坐在后排的女生瞠目结舌。后来，我在电影《在阳光灿烂的日子里》，看到了与此一模一样的情景，当时就对人说，姜文把我搬上了荧幕。

在我的记忆中，那时老师布置作业少，没有考试只有测试，究竟学了多少数理化，现在根本说不上来。学好数理化，走遍天下都不怕，我没学好，所以走不了天下，先天不足，后来生活的路窄多了。

最大的成果是结交了一拨大院子弟，其中许多小学就是同窗。当时父母经常不在家，家中无大人，十五六岁单独"留守"。没有大人的家，成了小子们的俱乐部，白天上课，放学是"据点"。

听唱片和下棋。许多外国歌曲，《红梅花儿开》《鸽子》《划船歌》，都是那时学会的。音乐无国界，好歌人人喜欢，不论是好学生，还是不听话的学生。爱下围棋，但棋艺不怎么样。有下得好的，让子我都赢不了，他爱琢磨棋谱，所以怎么都下不过他。

还有一个"据点"，大院老榆树下的井台。老榆树树梢高出办公楼顶一大截，树身要三个人才能围起来，井台上有两个大浴缸，白天有人洗衣服，晚上这儿清静安宁，我们常聚在这里听故事。我们当中有个讲福尔摩斯侦探破案的高手，他口若悬河、有声有色。我记得他讲的蓝宝石案，福尔摩斯最终竟从鹅的胃中找到蓝宝石。他很聪明，有时讲着讲着突然不讲了，要点上烟，才肯接着讲。后来他连续三年高考三次，大败而归，但考上了记者，最后竟做到报社总编。看来，东方不亮西方亮是有才能的人才可以的。

夏天来了，毕业了，下放当兵进厂，各奔东西，但是友情延续至今从未断开。有一张毕业时的十人合影，几年前我打量这十个人，起先当兵五个，知青五个，后来当官七个，工人一个，出国一个，不知去向一个。当年惹是生非，完全不被看好的小子，大都风风光光，混得有模有样，尤其是做官的，没有一个出事。人是会变的，环境不同做的事也不同，一条扁担，用来打人，是凶器，用来挑东西，就是劳动工具。

我愧对我的班主任。班主任姓蔡，语文教师，有双放光泽的大眼睛。

我给她添了不少麻烦。有一次我和一个同学发生纠纷，放学后在一个叫"黄泥山"的地方，"拦截"了他，恰巧遇上了派出所民警。第二天，学校对六个拦截的同学开批判会，毛头小子们站在一个土台下，羞愧地低着头，前面是全校同学，身后站着红卫兵。工宣队长说要处分为首者，为首者是我。蔡老师对工宣队长说，还是孩子，处分了，包袱背一辈子。他和蔡老师一起来我家家访，谁知道他和我父亲见面就握手，原来曾一起工作过。这事不是蔡老师挡一下，工宣队长也不会来家访，落个处分，就麻烦了。后来我暗暗发誓，争口气学好，不然对不起蔡老师，然而只是心血来潮，始终空话一句。

我一直不愿见蔡老师，没脸见。三十年后的一天，偶然听同学说她身体不好，我觉得即使撕破脸皮也要去看她。我刚进门，她马上认出我了，拉住我的手说："是你啊，你怎么不来呢？"蔡老师老了，眼睛依然大，光泽少了许多，她没有忘记我这个不省事的学生。老师就是老师，不管学生曾经怎样，老师仍然想着念着。

中学结束了，我在做了许多丢人现眼的荒唐事后，到农村插队去了。

想和一个女生说话

上中学的时候突然想和一个女生说话。

女生和我同班不同桌。那时男女生之间不说话，同不同桌都不说，不是不想说，是不能说。一说就有扯不清的是非，没谁想招这麻烦，可事情还是不由自主地来了。

记不清是要庆祝什么还是纪念什么，班上排节目。一首西藏民歌，女生跳舞男生伴奏，我吹笛子，"不献青稞酒，不打酥油茶，也不献哈达"。她舞步轻，转起来飘，像风筝。她本来就好看，圆脸柳腰，眼睛润泽，嘴唇附近还有一粒黑痣。

这粒黑痣搅动神经，怎么看与《冰山上的来客》里古兰丹姆是一式一样的，都嵌在嘴唇边上那个位置。我喜欢古兰丹姆，还喜欢《钢铁是怎样炼成的》中的冬妮娅，她俩都长得好看。我发现她至少长长地看了我两次，很专注，但我俩没说话。

演出结束，小男生议论小女生。一小子说她不怎么，毛病是那粒黑痣。真酸，听了就上火，我反问，你嘴唇上长不出来吧！对方跳了起来，旁边的费好大劲才没让我俩交手，但是话传开了。课间休息，我走出教室，这小子使坏，嚷嚷说我想跟她好。她是小女生，恼得脸通红，但是我一回教室，她立刻很分寸地收起自己，似乎没发生什么。

可我从此不安分了。她的座位在窗户边，隔我两排课桌，每次入座，先用余光感觉她在不在，在心情就好，有事无事回头找人说话。不在没心情，不想回头，疲疲沓沓不想和任何人说话。直觉表明，她遇上我不自在，也矜持不起来。我还真希望那小子再嚷一回，看她是真生气还是不好意思不生气。

爱慕这道花盖由谁掀起很不好说，这是潜意识，可以去想去猜。学农，我到伙房打开水，我进她出碰个正着。以为她会横眉冷对，或者摆出一副神圣不可侵犯的样子，但是没有，连起码的讨嫌都没有，头一低，脸上腾起一片红霞，咯咯地笑着跑掉了。笑声清脆悦耳，如摇铃，如鸟啼。笑给谁听？没第三者。

还有一次小组会，她侧身坐在我正前方，当中横着一张课桌，视线成直角。从来没有离她这么近，她正同旁边一个女生说话，而我则沉溺于那一脸灿烂，那粒在灿烂中微微颤动的黑痣。突然她掉转脸，眼睛直视而来。我脸红耳赤，我是偷看，但不想退，没想到她也不退，眼神火辣辣的，一波接一波。

我乱七八糟了好几天，众目睽睽，竟然旁若无人。找她"说话"，一句就能捅破窗户纸。

那是一个下午，学校外松树丛一条小道，她回家的必经之路。树枝摇动，树叶沙沙，偶尔传出几声鸟鸣。她来了，我控制着心跳，突然站到路当中。这是我从来没有过的拦截，不想给她留任何逃走的余地。

她"哎"的一声停住了，但接下来的我简直莫名其妙。事先想了许多话，当然不是死去活来的，此时都堵在嗓门口，僵住了，真正的话只一个来回。

我问："晚上能出来吗？"她回答："妈妈不会让的。"

我不知所措，她满脸通红，一阵沉默，竟相互说再见分头走了。精心筹划的"说话"，虎头蛇尾，没达成任何目的。那天晚上，我翻来覆去睡不着。

毕业了，我们都去插队，相隔几百里。一个雨天，我赤脚从田埂小路找到她插队的生产队，结果她不在，落个空。以后再也没去找，很难去找，那时几百里，走一趟很不容易。一只断线的风筝飘了，不知不觉三十年过去了。

三十年前是过去，离现在很远。当中，偶尔有回忆，一掠而过，但没想到还能有机会坐到一起说话。

那是新世纪首次同学聚会，在北京的都空降过来，我开车赶到合肥。激动兴奋，酒杯觥筹，对面是她吗？揉了揉眼睛，没错，一粒古兰丹姆的黑痣。但是迷惘啊，又高又胖，腰没了，苗条也没了。

我知道岁月是一把刀，谁都没办法，但输得如此彻底，实在大失所望。起身坐下，坐下起身，踌躇不前。

她看到我了，竟然在起哄声中走过来，说："哎呀，从前你很瘦的。"

我木木地说："恍若俩人！"她一脸诧异。我连忙解释："从前你轻巧，现在像俄罗斯的娜达塔大婶，居委会的大妈。"

她咯咯地笑了，数着手指："哎呀，跳舞做操遛狗，还是没辙！"

笑声依然摇铃般清脆，这清脆真还让我想起过往。我告诉她我到她插队的地方找过她，她说听说了。她说她见到我一次，穿一身工作服，那么多的人，一看就是我。穿工作服是在车间的老照片，那时还没有女朋友，我大声问，看见为什么不喊？她怔住了，我也感到了唐突。有些事错过了就是错过了，就是拐点，要她回答什么？

三十年前想和一个女生说话，这是自然而然的。没说成，隔三十年才说成，这是老天关照，让接着说。只是当年没说出来的，现在说不说已无所谓了。

我接受同窗的好意送她回家。她住在一栋通走廊的房子里，一听"通走廊"我一阵纠结，这是集体宿舍，大杂院，怎么住这种地方？月色朦胧静悄悄，她指着二层有灯光的一间屋子说，在等我呢！聚会时她告诉我，她有一个一米八个头的儿子。

我猛地停住脚步，她到家了。夜色中，她好像在看着我。夜风拂来，能感觉风的淡定和通透。

老同学亚平

真难以置信，亚平动了手术。不久前，一起去大青山和乌江霸王祠，他一直让他的孙女坐在肩头扛着走。当时我想，开过坦克的就是不一样，身体强壮的像坦克。现在，坦克没有了，只有一位伤兵。

亚平是插队时去当兵的，当坦克兵，当了好多年，驻地北京怀柔。

有两张他从戎的照片，一张是他站立坦克前舱，另一张是卧地手指紧扣扳机。一张是开坦克，精神抖擞；一张是打坦克，神色凝重。

我想起了小学时的亚平。话不多、结实、个头高、喜欢画画。曾经因为画画我俩发生过冲突，有我的日记为证。

1966 年 2 月 26 日，晴。今天作文课，黄老师要求我们做完作文后看书，可是亚平在画画。我看见了，当时我的作文还没做完。我要亚平不要画，他非要画，他说上次你画了，这次我也要画。我说我非不让你画，他说那我就不让你写作文。

后来怎么样了，日记没记，现在也想不起来。找出这篇日记时，事情已经过去了几十年，而如果没有这篇日记，我俩肯定不会相信曾经竟发生过这样扯淡的事情。蒙眬的岁月，懵懂的纠纷，青涩得不能再青涩。我俩互相看着，自清自透地哈哈大笑。

现在他有麻烦了，开刀无小事。他说良性的，爱人在医院工作，照顾挺好，快拆线了。可在身上拉一道口子，怎么说都会不舒服不好过。

亚平家紧邻浥河，阳台开在屋顶上。他神情自如，对老同学殷殷勤勤。预料之中的，当过兵的就这样，能扛事，不对外说事。出乎意料的是，他的家让我不知所措。

我的眼睛从未这样过，花了，不知道该往哪儿看。这究竟是家还是博物馆？全是藏品，连橱柜也摆满了藏品。邮票、钱币、扑克、地图、毛泽东像章、武器模型，还有一架很大的望远镜立在窗前。

我不懂收藏。我有过一些个人收藏，日记、老照片、奖状和证书，局限个人经历，寓于书橱一角。而像眼前这样的收藏，种类之多，藏品之多，从来没见过。光收藏的毛泽东像章，大到手掌，小到指甲盖，足足千枚以上。

亚平说最早是玩邮票，起自小学，起自废纸篓。那时不论废纸篓有多脏，他想方设法也要把废弃信封上的邮票弄下来。这是五十年前的事，他说这样收藏的叫信销票，现在都是新邮收集。

邮票很旧，色泽黯淡。有 1951 年的国庆纪念票，这比我出生都早，还有国庆十周年、十五周年的，那时我也还是孩子。小小方寸，人间方圆，抗美援朝，三面红旗，别看花花绿绿，却是一种轰轰烈烈的历史场景。有人说收藏邮票就是收藏了天下，收藏了历史。

最让我吃惊的是现代武器模型，摆满整个柜台，客厅里也有。

战斗机、直升机、军舰、火炮、坦克、导弹、电台，俨然一支装备精良的武装力量，海陆空俱全。还有一排排金灿灿的枪炮弹，步枪、冲锋枪、机枪和高炮的。我心惊胆战地看着墙角竖立的一枚齐胸高的炮弹，黑色的弹头，黄色的弹体，用手推，纹丝不动，马上闪出了诸如定时炸弹一类的东西。紧张中我说了一句玩笑话，假如把我孙子带来，他不把它弄爆炸是不会离开这里的。亚平笑着说，那是加农炮弹，这里所有的枪炮弹都是卸掉弹药空壳的。

这些哪来的？亚平说，淘来的。他指着一架炮队镜说，这是他最寻收藏的望远镜，抗美援朝时的，是从城隍庙后街的一个军品店淘来的。十几年前是几百元，现在有人出十几倍的价格收，他当即拒绝。他说不是钱不钱的事，这是武器，军人不能交出武器，即便不做军人，信条也不能丢掉。

亚平一边介绍藏品，一边搬上搬下。我的心同那些炮弹一样，沉甸甸的。伤口尚未拆线，可他说没关系。军人讲勇敢，狭路相逢勇者胜，没有这样的理念，是扛不住的。

他不止一次地去怀柔，昔日战友早就天南海北，但是军营在，那支坦克部队仍旧扎在那里。这些年，他开车到过满洲里、天山、拉萨、大理。他说一开车就兴奋，开车就是开坦克。开坦克的要领是：高速接近，低速通过，迅速离开。开车亦是，把开坦克融入高速公路驾驶，旁人不会，也做不到。我明白了，亚平的所有念想，从来没有离开过军营，全被军营融化了，或者休戚与共了。

看着满屋藏品，突然觉得这是守着一座金山。收藏是财富，除去蕴含的人文知识，单老版的人民币和邮票，现值不知翻了多少倍。但亚平不太在意，我问他怎么处理，他说留给孩子，或者捐献。留给孩子，合情合理，捐献，让我想起了一句古人名言："不以物喜，不以己悲。"收藏让亚平的人生观得到平衡和完善，也许收藏到一定程度，就超脱，胸襟宽广，淡泊名利。

别看亚平是坦克兵，为人处事低调、淡定、不动声色，与隆隆前行的坦克截然相反。他的这些，同学都不知道，退休后的亚平想方设法解决了好几栋居民楼的取暖问题，这就是境界。

铁打的军营，流水的兵。亚平摸爬滚打的艰辛，立功授勋的荣耀，我不想说，因为他已经不是军人。刀枪入库，回归百姓，他有足够的条件安享生活，但是军旅生涯形成的价值观，成了他极其金贵的精神家当。不论遭遇什么，军人的守成与信仰，勇敢与刚强，毫不褪色一往无前，就是军歌中那句气势昂扬的歌词——"向前向前向前"。

老同学建国

我和建国的友情，小学同学中学同学，从玩伴开始。

小时候家里就他一人。没大人管，我们玩得酣畅淋漓，除了上学之外，一起游泳，一起听唱片，也一起去打架。

中学毕业，我下放，建国小我一岁，符合去兵团或升高中。可他要求下放，说反正一个人，不如跟同学一起下放算了。我们插队一个公社，他在集上，我离他五里地，这样又成了插兄。

插兄讲义气，就是扛事。一次上集，走到公社门口，迎面来了三个上海知青，互不让道，肩撞肩。事情可以到此为止，都不吃亏，但在擦肩而过时，飘来三个字"小赤佬"。那时没事都想找事，别说找上门的事。我转身一句粗鲁话，那三个人也转了身，其中一个抽出了皮带。我后退几步，看四下有没有合适的东西。就在这时，建国递来半截砖，他还有另半截。钦佩，天衣无缝的默契。

建国把砖掂来掂去，蓄势待发。我心很定，有这样齐心的兄弟，不会落下风。对方开始劝抽皮带的，后来走了。我们也不想动手，那会头破血流。

冬天建国去验兵，验上了，空军工程兵。我既高兴又难过，当兵好，有出路，但牢靠的兄弟走了，心中空荡荡的。不久来信了，入党，十发子弹打靶九十九环。我很欣慰，进步快，说不定再见面他都当排长了。

人的认识有时和逻辑不合。六年后，建国回来了。他穿一套油污的工作服，站在我家门口，傻傻地笑，退伍到搬运公司做汽车修理。我又惊又喜，喜的是他回来了，惊的是搬运公司是大集体。当时的政策，知青当兵复员一律到大集体。

他找他父亲反映。他父亲是老革命，做过芜湖市副市长。但他父亲却说别人能去你也能去。家教严，他只好去了。家教可以潜移默化，后来建国做了二十三年的领导，一点事都没有，作风正派有遗传。他理解父亲，身正令行，但这口气咽不下。这事换谁也想不通，当六年兵，回来大集体。

1977年恢复高考，建国心动了，拿起书苦读，他本来就爱学习。知道数理化差，学文科，边干活边复习。1978年考了但是落榜，离分数线差二十分，不气馁，再努力一把。1979年再考，感觉不错，第一志愿填安大法律系。那时报专业在先，公布分数在后。分数公布，傻了，离法律系录取差十分。考得不错，除了数学低，语文政治高分，但考法律的人太多，假如考财经就录取了。

这个五雷把建国轰晕了，第一志愿没取，第二志愿、第三志愿没戏。可是老天有眼，招生办突然打来电话，问师范专科上不上？招生办对一些分数高，没被本科录取的让合肥师专录取。有学就上，功夫不负有心人。建国是这样上的大学，靠自己，有路自己走。插队落户的一茬能金榜题名，凤毛麟角。

师专毕业应该当老师，但建国要求回原单位做职工教育，这样他又回到搬运公司。这事引起了领导重视，大学生要求到基层的人少，而当过知青、当过军人、当过工人的大学生更少，于是领导把建国调到局里。

建国无所谓，六年部队生活养成了习惯，严守组织纪律，不搬弄是非。而大学学习，使他文字表达笔酣墨饱。后来建国一步一个脚印，从一般干部到领导干部，六年兵两年大学是基础。

建国做官了。有一次我去看他，门卫挡住，我说找万建国，门卫说没这个人。我大吃一惊，说找万书记，门卫态度逆转，几层楼，房间号讲得清清楚楚，还不停地说万书记厚道。门卫年龄不小，一看就不是拍马溜须的人。

厚道就是实在，这是历练的。部队六年，艰苦的工程兵，闭塞的山沟，严格的军纪，训练出做人的原则。他说战争年代军人不能拿老百姓的一针一线，解放了军人要保护老百姓的利益，现在他做官了，要记着不能损害群众利益。

一个学路桥的毕业生，一直找不到工作，建国知道了，推荐他去路桥公司，后来这个人成了技术骨干。这样的事难办，编制控制严。他下属的单位，两大难题，医疗费和子女就业，他尽量想办法。他做了很多这样的事，有的做过忘了，直到人家打来感谢电话，才记起。

最过硬的是作风。建国在运管处和公路局当了二十三年领导，没一点事。这两个单位有权有钱，何况合肥是大城市。公路局，一个局长进去了，不久又进去一个。建国被找去谈话，竟要他兼任局长，他婉言谢绝，后来主持了一年半的工作。

信任不是凭空的，上级不是傻子，群众不是瞎子。党政一把抓，大权独揽，做什么不容易？有同学开他玩笑，局长进去你快了吧！建国说啥意思？好给你送红烧肉啊！建国笑着说没这口福。是的，红烧肉在那放着，吃不吃是你的事。人要慎独，无人监督更须谨慎从事。进去的，没有不知道党纪国法的，但不慎独，所以进去了。

建国经手十几个亿，多是工程款。他说只要单子压两天，肯定有人来找，而且不会空手，收了，等着被围猎。他的办法，报来就批，绝不压手。干部好坏看作风，作风好坏看修炼。建国洁身自好，追根溯源，家教严和部队的熔炼。军旅生活使他坦荡沉稳，头脑清醒。

我和建国从同窗开始，一路走来，六十年了。我从不称他官衔，只呼老同学，我觉得这样清正高雅。同学是底色，朋友是后来的，称兄弟江湖了，称官衔见外了。人生得一知己足矣，知己是什么？知根知底，并设身处地为他着想。我女儿怀二胎时，建国送一把玉扇，雕工可以，是老物件。我问怎么讲，他说头胎是男孩，二胎是女孩，扇子一面龙一面凤，龙凤呈祥！听这样的衷肠之言，肺腑都感慨。半年后，小外孙女来了。

老同学皖华

老同学姓关，做了局长，大家喊他"关局"。

零星地记起小时候的事。个不高，墩墩的，平头，头发硬。喜欢体育，乒乓球、足球、游泳都来，常常一起去安医游泳池，那里有跳台，爬上去捏着鼻子，"一二三"往下跳。说一口普通话，好听，他说他妈妈是吉林人。那时大家直呼其名，皖华。

皖华家与我家隔一条马路，一栋红房子的二层。别看他父亲是老红军，但家里没啥摆设。她妈妈对儿子的同学热情，嘘寒问暖的。他父亲大别山人，1929 年参加六安农民起义，从此戎马一身，长征、平型关、进东北，随四野一直打到广西。

皖华当了五年装甲兵，退伍回来，入了党没当官。他笑着说，想爬没爬上去。不过他单位不错，市公安局，后来在这里一步步上去了。

先到公安四科，做企业内保，又去逍遥津派出所做内勤。皖华人善，在派出所时，监管原国民党金寨县党部书记。这人有学问，会讲英语，蝇头小楷写得漂亮。他定期写思想汇报，皖华不看汇报看字，说字写得太好，当字帖临摹练习。暗中放一马，不让做小工，受欺负时出面制止，说此人身体不好。那时候敢这样做是不容易的。

皖华喜欢侦破，他也是由此才受到重视。1984 年，合钢办公室连续被盗，案一直破不了。他带了两个警校生，到厂里住了两个星期，案子破了。这是他第一次破案，局长惊奇地说，四科怎么能破这样的案！有一天，局长去一个命案现场，在楼梯口碰上皖华，指着说，小关跟我走。不久，皖华调刑警大队当刑警。

提拔后，同学来找的就多了。公安工作和其他工作不一样，有一种威慑的力量。有同学开饭店，地痞老来骚扰，皖华一个电话打给派出所，五分钟内出警，骚扰就没了。所以口碑好，同学聚会，"关局关局"的，不绝于耳。

有一次我回合肥，他知道了，说无论如何要说说话。那天晚上，他驾三轮摩托，置我于车斗，满大街找饭店。他说他不会忘记，入伍前，我摸黑去他家与他叙别。这事过去十几年，他不提，我还真忘了。有些事忘不掉，因为总是不由自主地惦念与回想，所以地久天长。

我同皖华私聊，说"关局"，很顺啊，警员、科长、大队长、副局长，顺风顺水。皖华说真错了，他指着头上一片片的白发问，知道怎么回事吗？是啊，这些白发长得怪，两鬓后脑头顶，不应该啊，才四十多岁，他不久前还是一头乌发。

一个月内，两起持枪杀人案，一沉一浮，先输后赢，惊心动魄。

全椒一民警遇害，枪被劫，凶手蹿来合肥，被围在一座楼里。皖华赶到现场就问，搞清楚没有，凶手有几把枪、几发子弹。回答，一把五四手枪，六发子弹。他带人进楼，凶手先开枪，他对持微冲的刑警说，他开一枪，你还他一梭子。凶手开了六枪，他马上往上冲，可枪又响了，冲在第一的刑警肩胛骨中弹，他在第二位，子弹没击中，他身后的一位头盔中弹。他把人撤下来，用微冲封锁楼洞，布置把楼围死。这个空隙，居然被凶手利用，蹿到五楼，从窗台逃走，和一位警察对射，双方都中弹，但罪犯带伤逃脱，一个月后才被抓获。

市委领导大怒，开会时问谁指挥的？皖华站起来，领导指着说，水平太凹！皖华默默无言，心中窝囊之极。他从来没有这么失手过，这么多人捕一个，人还跑了，三位警察负伤，还有一位要不是钢盔质量好，可能就挂了。凶手有三十发子弹，不是六发，这样的敌情居然弄错。抓捕方案不是他制定的，他来是因为部下在这里，但他担了责任。晚上翻来覆去，他明白市委领导说"水平太凹"的含义，他不反悔，话说了就得认，但不服气，他是吃公安饭的，不能这么认栽。第二天早晨，两鬓、后脑和头顶白发丛生。

二十天后，又发生一起持枪杀人案。蚌埠一民警遇害，枪被劫，罪犯又蹿入合肥。他凌晨三点半接到电话，立即布置抓捕。他对局长说，这一仗打不好，我下班。他把凶手在合肥所有关系人的材料找来，一个个鉴别，确定重点，布置警力。七点半，刑警副大队长报告，一个关系人接到凶手电话，要钱和食品，但是不去关系人约的地点，提出另一地点，是省公安厅附近的一家商店。

皖华对副大队说，带四个人、一支微冲去那家店。同时指示交警大队，对省博物馆路段交通管制，防止凶手劫车逃窜，然后穿便装带手枪驾车赶去。

持枪杀人的都是穷凶极恶之人。店在省厅旁边，闹市区，人来人往，一点闪失都不能有，他必须到场。刚到店门口，手机响了，是副大队的，但这次是明码暗语。副大队问："货已看好，可买？"他说："看好就买。"话音刚落，一声枪响，他马上辨别出是五四手枪，但不知谁开的。他掏出手枪进店，一位小刑警走了出来，手中握着一把五四手枪。这一枪是刑警开的，罪犯手指中枪，人被抓获。

一个持枪杀人犯，蹿入合肥五个小时，省厅附近一声枪响，逮住了。反应最快的是媒体，当天《合肥晚报》就登出了消息。许多年后我问皖华，事后有关领导说什么没有？皖华说一句没听到，倒是那家店老板找来了，说子弹打了他的玻璃门，留下了一个圆洞，要赔。他回答老板，一定赔，他跑进你的店，我只能到你店里抓，放心，今后你的店一定名声大振、生意兴隆。

可以说，合肥所有重大的刑事案件，皖华都介入，有的是直接刑侦，因为他是"关局"，职责所在。至于一夜白发陡生，那是过度焦虑，生理嬗变，没办法。

老同学皖华之二

皖华做了近三十年的警察，从刑警到副局长，他干的活就是侦破。"命案必破"难，但有案一定要去侦，废寝忘食，找线索找证据，有侦才能破。他说犯罪分子不可能束手就擒，除了侦破他们逮捕他们，没其他办法。他破了不少案，有的很精彩。他说不要以为警察光鲜，神通广大，破案从来不会一帆风顺，而是充满危险，流血牺牲都是摆在面前的。

肥东炸药仓库爆炸案。两吨半的炸药，炸出一个二十米宽八米深的坑，在场的五位警察尸骨无存，全部雾化。先前，有人报告炸药库门被撬，合肥刑警肥东刑警都到了，五个人进库，刚进就炸了。另外一个开山的作业面随后也发生爆炸，遗尸一具，下半身没了。

副大队和女化验员惊魂未定，两人在库外勘察，逃过一劫，但爆炸飞出的灰尘碎片，弄得衣衫褴褛、蓬头垢面。皖华看到警车顶上有一摞卷发，登时心如刀绞。一个刚从大学法医专业毕业的刑警留着这样的卷发，此时也只剩下这点卷发。

线索集中到当地一个采石工身上。立刻去他家，经过严肃谈话，采石工的父亲交出他儿子写的一封信，信上说这里马上要发生惊天动地的大事。通过血型指纹的技术鉴定，核对笔迹，确定那具在开采作业面下的半截尸体正是这个采石工。

公安部的一位专家到现场。皖华说，这是他最佩服的刑侦专家，叫乌国庆，蒙古族人。他根据现场遗留的一双鞋底，一只完整，一只半截，画出了采石工的最后姿势，半蹲半跪。他在做什么？安装定时爆炸装置，因为现场还遗留一只小闹钟。案件背景是复杂的婚姻纠纷，而现场上方是女方家开采的作业面，就是说，罪犯想炸死女方和她的家人。他先在仓库做局，炸掉勘察的公安，认为有利脱身，然后到女方家采石作业面安装定时爆炸装置，不慎引爆炸药，自己被炸死。

警察是高危职业，尤其是刑警，他们面对的罪犯都是凶狠残忍，不择手段的。肥东爆炸案，五位刑警牺牲，合肥三位，三位中两人有孩子。后来皖华调任省海关，听说两位孩子作为烈士子女也进了公安，专门回来看望。孩子一见皖华，叫了一声"关叔"，就扑了上来，哽咽不已。

合肥大通路爆炸案。这是繁华街市，派出所刘警员中午回家，门口有一塑料包，刚拎起，轰隆一声人被炸飞，炸断一手、炸瞎一眼。皖华赶到医院问，看到谁？知道谁？刘警员说没看到不知道。

局长限他三天破案。皖华五味杂陈，警察被炸，他这个刑警大队长的脸往哪搁。皖华了解刘警员，转业军人，疾恶如仇，他认为可能是被处理过的人实施报复，但这个人是谁？没一点线索。

突然，派出所接到报告，一个匿名电话举报说有人在一个酒局上称爆炸是他做的。马上核实，找到了，姓杨，拉网时抓过，因流氓滋事判刑入狱，处理他的正是刘警员。

罪犯落实了，怎么抓？他身上带没带炸药？必须从快，他连警察都敢炸，你知道他还要炸谁。一条巷子，两头各四位刑警。皖华说，人来就扑，要活的。罪犯一身腱子肉拼命挣扎，被折断一根手指后才制服，手里还紧攥着住处的钥匙。他家中肯定有东西。

两位刑警在书架上找到了一本被塑料纸包裹的很厚的书，轻轻划开，书被掏空，里面安有一排电雷管，通上电线和电池，只要一动立刻爆炸。皖华倒抽一口冷气，这是亡命之徒，皖华断定里还有炸药。省军区派来了一个从越南战场下来的工兵排长，他带着一把剪刀、一根绳子、一根树枝，半个小时，一排雷电管被移了出来，接着第二排、第三排雷电管也被移了出来。皖华说，一看就是行家。

罪犯是在监狱，学到爆破技术的。这是一个愚昧之极的法盲，审讯时，他问刘警员死了没有，他说当时希望他死，现在希望他活，他活我也能活。皖华轻蔑地笑笑。一审判死刑，他又问皖华，一命抵一命，人活着，为啥判我死刑？皖华说，你制造爆炸袭击警察，致人伤残，你平日欺负邻舍、欺负妇女，作恶多端，不该死吗？罪犯竟无言以对。

肥东拐卖儿童案。办案难，因为有的案不能止于侦破，比如打拐。一户农家仅爷爷奶奶在家，罪犯上门抢孙子，转手卖掉。刑警在罪犯家门口蹲守一夜，抓了。皖华立刻提审，大吃一惊，一条犯罪链，从合肥到江苏邳县，这边拐那边卖，已经卖了七个。案破了事没完，还需要赶紧解救孩子，但好解救吗？那里的人认为花钱买来的就是自己的。

皖华带了八个刑警去邳县，在地方的帮助下，确认孩子，抱了就走。在一个村庄却被围了，一位老奶奶死死拽住皖华，说还我孙子，他的名字都是我起的，叫狗蛋。皖华脱不了身，他们加上当地警察和妇联主任十来个，被一百多人围住了。他只好苦口婆心地劝导，他说："奶奶你听我说，你这边是亲骨肉，那边就不是亲骨肉？刚会走路，被拐到这里，那边的奶奶急疯了，还给人家吧，以后还能成亲戚。"这番让老天都落泪的话，使邳县老奶奶登时懵了，手松了，皖华赶紧撤了出来。这次解救，七个救出五个，第六个女孩死于肺炎，皖华看到死亡证明，找到坟头才罢手。女孩的妈妈听到这个噩耗，当场昏死过去。

皖华女儿四岁那年，有一次他着急出警，但爱人不在家，他只能用手铐把女儿的一只手同床锁在一起。后来他只要想起这事，就扎心的疼，何况这位妈妈！

合肥大蜀山警察学校枪支丢失案。这案发生得离奇，处理得离奇，结局更离奇。警校进行手枪射击讲座，几十把五四式手枪，课讲完了，少了两把。皖华分析来分析去，作案人是学生。他头疼，未来的警察盗枪，目的不图钱，不是凶杀，是好奇。他从这个班到那个班，反复说只要交还，不追究。整整一星期过去，没动静。排查，定人定时定位画图，排出了目标，是一个长得清瘦的在校生。皖华想来想去最好让他自己交，他让刑警用学生的口气写了一封信寄给他，说知道枪是你拿的，交出来，不揭发你。这个学生收信后立即请假说父亲生病，当晚坐火车走了。第二天上午，蚌埠市公安局门口，两把五四式手枪，附字条一张，上写：这是安徽省警校训练用枪。枪擦得干干净净。

枪回来了，事怎么办？皖华说到此为止，他清楚，查下去就是抓人，盗枪要判刑的。农家子弟不容易，没有社会危害，何必一失足成千古恨。他对警校校长说："枪回来了，案结了，我撤了。"临走时看到那个学生，没事一样的。时值五一前夕，皖华想只要枪不在外面打响，他心安理得，剩下的是学校的事。

几年后的一天，皖华办公室来了一位年轻警察，他恭恭敬敬地说："关局，我来看您。"皖华又惊又喜，是当年偷枪的学生。皖华问："你怎么来了。"回答："办案路过合肥。"

他拿出一袋"肉夹馍",说老家土特产,新鲜。"肉夹馍"又香又解馋,当年被赵匡胤当军粮而流传后世。皖华问具体做什么,结婚没有?回答:"做刑警,结婚证领了。"皖华奇怪地问,为什么做刑警?回答:"当年在警校,看您这么有本事,决心毕业后当刑警。"皖华不会点破往事,这是有智慧的心照不宣。离开时小刑警流了眼泪。看着他的背影,皖华很宽慰,当年拉人一把,实际是救活一人,浪子回头金不换。

二十一世纪初,皖华调海关缉私局。他说刑事警察打击刑事犯罪,缉私警察打击走私犯罪,而走私是盗窃国库的犯罪。有个案子,有人来说情,说对本地贡献大。皖华严词拒绝,后来说情的对在案的说,这个姓关的,六亲不认,不会放你一马的。看到前来补交罚款的,几十万的支票掏出来无所谓得很,他当面怒斥,罚死你,补国库。老公安一身硬气,硕鼠们噤若寒蝉、手足无措,交完罚款拔腿就跑。

皖华退休了,我们几个说,刑侦缉私,近四十年的公安,一直绷得如箭在弦,该放松放松,换换氛围。没想到他居然老骥伏枥、志在千里,准备开车进西藏。

一辆"猎豹"越野和几个越野协会一道,从合肥出发,一人一车,一路狂奔,八天到达拉萨。其中有两天,每天开车近一千公里。车上就他一人,香烟一根接一根,感觉头昏,喝一口兑葡萄糖水的矿泉水,这土方法对付高原反应有效。他在林芝、樟木、珠穆朗玛峰登山大本营兜圈子玩。有时赶不到预定地点,就在车上过夜。人精神得不得了,身体一点毛病都没有。

皖华开车进藏,事先我不知道,有点挂脸,我也喜欢驾车出游。我问他,你万里走单骑,为什么和别人走,不和老同学一起走?不久,两辆车,连皖华七位老同学,去皖南大山深处的牯牛降。小学同窗，近六十年了，相互携手，何时彼此虚度？

那几天秋高气爽，原始森林古老，瀑布青山迷人。

1970 年 8 月 30 日，我胸佩红花，在锣鼓喧天声中，登上了合肥开往淮北萧县的知青专列。插队落户的日子来了，此后我做了四年零七个月的知识青年。这是一段蹉跎的岁月，但当我告别它，回过头重新审视它的时候，发现我曾经的毛糙和自大，被敲打得荡然无存，人变得脚踏实地起来。

乡村第一天

萧县火车站，一块灰白色的站牌、孤独的站台、几条铮亮的铁轨。天蒙蒙的，东边有些红霞，突然地平面露出鲜红的一点，太阳升起了，光飞快地冲来，眨眼的工夫，一掠而过。

我下车，走到了空地上，那里有许多人，还有许多卡车和马车。一条很长的横幅在初秋的晨风中飘拂，上面写着毛主席的话：知识青年到农村去接受贫下中农再教育很有必要。

我要到的农村是赵庄公社桃园大队，离县城约 50 公里。"桃园"，鲜艳欲滴的名称，几天前我在一张全省行政地图上找了半天没找着。

两位桃园老乡在公社接站，他们穿一身蓝色粗布衣，把我和两位女生的行李装上一辆板车，从一条乡间大道向北走。比起女生，我简单得多，只有一只黄色木箱子，所有的日用品包括被子都放进去还有空地。这是母亲为我独立生活请人打制的。她一边为我准备行装，一边说，每次寄五元钱，省着用。五元钱在当时算大数目，能办许多事，做母亲的在任何时候都为儿子想。

乡间大道一片寂静。两边是大豆、玉米和棉花地，绿油油的，传递出各式细腻的声音，鸟叫、虫鸣和清风的"沙沙"声。两位老乡不断地回头看我们，不断地小声说话，但不同我们说，直到走近一座被白杨和梧桐掩蔽的村子，才按下车把说这就是俺的桃园。他俩一直用一条脏得没法形容的毛巾擦汗。

一群衣服色彩与规格搭配混乱的孩子，将我们团团包围，面露惊奇的神色。远处一排草房的屋檐下，一些老乡默默地注视着我们。一种淡淡的孤独，因新奇而发出的视线集束而来，和敲锣打鼓的喧闹完全相反，我在陌生的沉寂中被围观。

来了一位嘴含烟袋，穿一身白色粗布衣的老头，他招呼我们一声，然后转身大喊："来呀，整屋子。"这是桃园生产队的老队长，他那硬朗不容反驳的呼叫，一下击穿了沉闷的气氛，人像水一样流动起来了。场边有一间生产队库房，堆着许多布满灰尘的篱笆条筐，转眼就被清空。几十块土坯搬来了，在房子的中间垒起一道墙，形成隔间，一边我住，另一边女生住，还抬来了三张辕床和一张旧桌子。

中午，在一位叫兆相的农民家吃饭，兆相娘和兆相媳妇，一位很精神的大娘和一位很端正的大嫂做饭。这是第一餐农家饭：一盘烙馍，一盘炒豇豆，一碟暗绿色的腌辣椒，一碗能照清米粒影子的稀饭。兆相娘要我们吃好，说吃饱了不想家，接着去做家里人吃的第二锅饭。我吃得很香，从后来的情况看，这绝对算美味佳肴了。

饭快吃完时，天突然下起了雨。来得很快，刚才还在田野的那一道裹挟着乌云和闪电，一会儿就到了头上，飞流直下，许多凹地积满雨水。来得快走得也快，雨停没一会儿，积水消失了。看见有人从地间往村里走，很轻松。我走出来，用脚踩地，地面软软的似沙滩，一踩一个鞋印，抬脚鞋印没了。兆相娘问我找什么，我说这地方真怪，这么大的雨不起泥。她笑着说，这里是黄河故道的沙土地，吸水，就算瓢泼大雨，半个时辰水就吸光了。

晚上，大队副书记兼民兵营长和几位大嫂来看我们。营长头扎白毛巾，腰间插一根长柄旱烟袋，说："欢迎欢迎，知识青年到农村来，接受贫下中农再教育，很有必要，各地农村的同志要欢迎他们去。"

插队前，工宣队长来家访，他进门就背诵了毛主席那段话的全部，父亲说知道知道，他还说能第一批走是很光荣的，父亲说好的好的。母亲始终没说话，她有想法，政策允许留一个，我家为什么走两个？而我妹妹还未满十六周岁。母亲心疼，她刚用绳子把行李捆好，又拿起剪子把这些绳子绞断。我是家里第一个插队知青，后来，我的两个妹妹一个弟弟也插了队，而且都在淮北平原。

几位大嫂把我的床从头到尾拾掇一遍，营长用手按了按，转身说先不忙干活，领着他们看看，熟悉熟悉贫下中农，有文化的孩子哪能是"土坷垃"的命。"土坷垃"我不懂，一位大嫂对我说"土坷垃"是土块，"土坷垃"的命就是种地的命。这话听着舒服，看营长那身行头，粗布衣，白头巾，像电影《小兵张嘎》中的老钟叔。

四下静悄悄，不知道几点，我睡不着。桃园友好新鲜，但我没底，不知道接下来会怎样。

桃园人

桃园是一个狭长的村落，它曾是桃园公社所在地，撤区并社后，归属赵庄公社。但老公社的痕迹依然在，有粮站，商店，学校和卫生所。这里经济相对好些，我插队的桃园二队一个工五角三分，算高的。可我心神不宁，一个城市初中生，突然敲锣打鼓送来当农民，什么都不懂都不会，他可以努力地接受再教育，但难以安家，肯定居无定所，不晓得该怎么办。

我开始做农活，也是交往，日出日落，入乡随俗。渐渐地，一种温馨、一种人脉、一种帮助，在我身边围了起来。

先说营长。他是桃园大队副书记兼民兵营长，从"大跃进"办公兴食堂开始，一直做大队干部，一直副职也一直兼民兵营长，时间一长，"营长"成了大号。

营长身宽体胖、声如洪钟。天蒙蒙亮，一声吆喝"下地了"，传出很远很远。那时民兵有地位，生产治安靠民兵，一到征兵，前呼后拥，喊他"营长叔""营长爷"，家里门庭若市吃香得不得了。就是人不整洁，有一回去他家借东西，看见他正用指甲挤压衣缝里的虱子，叭叭地，他说咱一年四季断不了这玩意，我心惊肉跳地逃了出来。

营长喜欢喝白干酒，大碗，咕噜噜，酒量上下没比的。一次，来俩检查的，划拳声震耳欲聋，喝完了，两位胡话连篇地被架走了。营长没事，他喝酒不醉，喝得再多也没有混乱的废话。事情还怪，他喝得天翻地覆，喝到深更半夜，老婆也不烦，两口子没有沸沸扬扬的场面。有闲话说他是"酒营长"，他说媳妇都不嚷嚷，关小舅子什么事。营长是大队领导，村里和大队的事就是他的事，有酒局不奇怪，然而话传出去影响搞坏了，所以做来做去只是副职，上不去。

营长是个老粗，但粗中有细，尤其对知青，满心关爱。他喊我们不喊名字，这孩子那孩子，信手拈来。我第一次打摆子，他叫大队医生来打针，我不让打，营长一声吆喝"这孩子咋不听劝"，上来几个按住，裤子一扒，针就这么打了。

我这个人不省事，有一次为搭便车，差点咬掉了卡车司机的手指，营长很生气，但先把事挡了。他对拿着麻绳的公社武装部部长说，急了才咬的，两个大人打一个孩子，说不过去。公社的人一走，营长发脾气了，他说，没有下次了，不然对你父母没法交代。营长与我非亲非故，无利无禄，让我避免吃亏，苦头擦肩而过，人生能碰上几回？

再说三太爷。三太爷不是老头，"太"是名字，排行老三，称"三太爷"。那时近四十岁，壮壮的。

结识三太爷是从他那双手开始的。我打摆子两天下来，连睁眼的力气都没有。大队医生来打针，我死活不肯，营长一声吆喝，上来几个人把我按住。我拼命挣扎，但是脚脖子被一双手"拷"得死死的，这手是三太爷的。后来，我问他为何下这手，他说你这人不识好歹，村里人看病要花钱，你不用花钱，医生上门还不让看，不下手咋办？

在村里，三太爷做农活行云流水，耩豆子、耩麦子、耩棉花都是主把式。他耩的地，幼苗一垅一垅的，很直，尺寸间隔相宜，长势好。他还会大棚技术，这在当时很稀罕。三月春寒，他收拾出一块地施足底肥，挑选表皮光滑的红薯栽下，然后撑起塑料薄膜，一端留个口，连接可以烧火增温的地灶，半个月后，那些绿茵茵的红薯秧苗密密地生长出来。

我问他，这样种蔬菜行不行？他说行，但要立架子搭棚子，花一大笔钱。

三太冬的绝活是自家门口的菜地。刺槐圈着，担水锄草整地施肥，下足功夫。他还常让读书的儿子跟着摆弄。冬天有黄芽菜、青菜、葱和萝卜，外面高天滚滚寒流急，这里大地微微暖气吹。夏天有黄瓜、紫茄、灯笼椒，还有碧绿的豆角，来往的牛羊发出望梅止渴般的叫声。真是耕地桑柘间，地肥菜常熟。

他家的蔬菜，我们吃过不少。他老婆或者孩子，动不动送一把，爽气得不得了。远亲不如近邻，我们都不好意思做他的邻居了。

"谢"，一个瘦小机灵的乡村少年。"谢"是小名，谐音，是不是这个字我到现在也没弄清。开始把他当作小弟，他矮我半头，眉清目秀，讲义气，肯帮忙。冬天翻地，我没翻完，下工了，跟着走人。"谢"正好从我身边走，他"咦"了一声，拿起锨接着翻，说咋能走呢。我说知青翻不完就不翻了，他说你不翻没人说，但会瞧不起你。这句话让我刮目相看，比我小教我怎么做人。

我们成朋友了，开玩笑，说私房话。一天晚上，我俩顺着棉花地往南溜达，一直走到沙河。他突然问，那天来找你的女知青是你朋友？我说不是，人家是路过的。他说我们这里，女的上门就是相亲，但我不信。

"谢"会捉鹌鹑，这是一件非常好玩的事情。秋天的田野是鹌鹑的世界，棉花地豆茬地，数不清，叽叽喳喳，发情争斗。这可是好机会，歇工时，"谢"轻手轻脚把一张好大的网罩住地头，收工时，大家一起帮着轰。鹌鹑傻，一个劲地往前扑腾，不晓得拐弯，结果被捕获了。我跟着"谢"捉鹌鹑，不知不觉想起了少年闰土，吃他捉的鹌鹑，那才叫野味。

　　春节下大雪，我没回城。初二一早"谢"来了，他说今天去他家。一张小桌，摆了七八个盘子，有萝卜粉丝炖羊肉，韭菜炒鸡蛋和山芋熬的糖块。他父亲，一个稍稍驼背、精通各种农活的老庄稼人，一个劲地对我说"尅"（淮北方言：吃）。整个春节，我在桃园一家家吃着过，真有点乐不思蜀，扎根不扎根无所谓了。土居三五载，无有不亲人，我这还不到一年呢！

女生当家

桃园插队知青是一个集体户，三位女生两位男生。

我们真把它当成家，很简单，有房住有床睡有饭吃就是家。我们都十六七岁，才走出校门，但我们是同学，三位女生还是我的同窗。在学校，男女生不说话，下放了，在一起吃饭，我住东屋她们住西屋，说话了。

人的遭逢际遇一向复杂，而我们单纯，诚挚无猜。

下放第一年，每人有几十元的安置补贴，加在一起数目不小。油盐酱醋是要花钱买的，钱是需要管理的，否则日子就过不好。女生们毛遂自荐，当"组长"和"出纳"，说白了，管钱。她们笑着征求意见，我纳闷了，在学校当班干管人头，这会腼腆了。三位女生一看就舒服，清纯青涩，个头挺拔，其中两位有天然卷发，没卷发的有洋娃娃一样的眼睛。男伙伴也是小帅哥一个，一米八伟岸得很，就数我拉胯，我能有什么意见。见我说得坦荡，大家开心地笑了。

生活不是一下子能学会的。女生们只做饭不挑水，我们不让挑，水桶太重。村里的水桶经常泡水塘，泡后很沉，女生一挑就扭秧歌，不能让她们出这种洋相。做饭菜还行，她们想做也能做，花色品种少些，但一直设法改进，发豆芽，做盐豆子当小菜，擀杂面条，常常忙得汗流浃背、脸红红的，吃进嘴觉得是比不上老乡们的。但吃现成的，要懂得领情，我从不说不好，那可是要强聪明的女生，心里可明白着呢！

夏天，老队长送来两个冬瓜，这是特殊待遇，我们吃得很香也很省。可是天热搁不住，看着冬瓜淌出了水，女生们说包冬瓜"饺"吧。想法很好，但不好做，冬瓜做饺馅越拌水越多，最后剩下一团泥，一尝说不上是什么味。几位恼得掉眼泪，我们赶紧帮忙，这才雨过天晴。热气腾腾的饺子端上来，饺馅就是一包水，笑着说着一扫而光。女生们说不容易啊，是不容易，以前我们吃父母做的饭，现在不一样了，自己动手，当家才知柴米油盐贵。

那年我们每人竟然分了二十八元的安置费余额。悠然舒坦，这比一年的工分收入都多。怎么余的，我不知道，也从不打听。女生们既不会多花也不会少花，像一个裁缝将一块布裁剪出很得体的衣服那样，我们什么事都不管，还能分到钱。其他男知青听说后呆了，他们不相信，他们早就分文不剩，那是他们没有遇上我们这里的女生。

但是桃园知青组很快分裂了。第二年冬天，"出纳"招工，她去了一家工厂。从此，大家都在想回城，也不断回了城。又过了一年，"组长"去一所大学读书，她是桃园村出去的第一位大学生，我的男同伴则去一所中专学校。不久，我也离开了，再过了一年，最后一位女生病退回城。到她离开时，全国上山下乡结束已经指日可待。

女生当家绝非易事。她们同社员一样，在冰天雪地里翻地，在烈日炎炎下割麦，在星星点灯时挖储存白菜和红薯的地窖，回到家里还要做饭。在我的记忆里，我连灶房的风箱都没帮着拉过。一起插队，一锅吃饭，可是一点这样的场景都没留下，以致现在一夜思量当年事，只能徒想几人健在几人无。

扒　河

　　"扒河"，淮北方言，就是人工挖河。20世纪70年代，淮北平原的水系不完备，有的河道不畅，要清理，那时没机械，全靠人挖。冬天河水枯缩，农活也不多，"扒河"成了重要的农事。

　　我"扒"过河，插队第二年冬天。"扒"的是沙河，一条西北东南走向的河，流域面积好几百平方公里。生产队让我和一个男知青出工，"扒河"是政府组织，队里贴工分，有白面馍和菜吃，这种好事，村里人争着去。

　　河工工地离生产队几十里，租住临河的一户人家，二十多人打通铺。我是第一次睡这种床，在地上铺麦草，被窝桶一个挨一个，暖和拥挤，就是虱子多。

　　生产队副队长带队，他虎背熊腰，皮肤黝黑发亮。他心中有数，只要吃饱吃好，剩下的不算事。所以派专人管伙食，开工那天，热腾腾的白面馍，一大盆粉条白菜炖猪肉，大家或站或蹲，一会儿就吃光了。

　　"扒河"工艺上简单，挖出淤泥，运出河床，政府量土方，队里讨价还价劳工费。但是真做起来很麻烦，二十来米地段，看似平坦，脚上不去，棍子戳，黑水咕嘟咕嘟出来了。副队长摇着头说不好弄，话得到证实，淤泥会流动，几个人穿着裤衩奋力挖，挖掉一点，马上不知从哪淌来，复平如故，为此副队长和工程指挥吵得不可开交。

　　工具就铁锨和板车。先挖后拉，河坡陡峭，弓腰蹬腿手撑地，"嘿唷唷"地喊着往前挪。趔趔趄趄，笨拙原始，如愚公移山。愚公一点点地挖，把山挖掉了，我们一锹锹地挖，把河挖通了，今人与古人一样角力自然，只是少了智叟。

那时我还没习惯农村。"扒河"从早做到晚，老乡们习以为常，我很难。晚上睡觉，周围侃大山抽卷烟，闹哄哄的，根本睡不着。没热水用，只有一个水瓶盛开水，想洗只能自己舀水缸水。最难熬的是脚，在河床里踩来踩去，泥浆浸透鞋子，只要停下来，寒气从脚往头蹿，而这样的鞋整天套脚上没换的。

副队长看出了我的麻烦，他不让我下河床挖泥，只让我在河坡上拉车。副队长脾气大、辈分长，他说怎样就怎样了，没谁说啥。该吃苦吃，没有受不了的，插队就是吃苦，没想到受不了的真来了。

"扒河"土方完成大半时，我的胳膊长出几个小水痘，痒痒难禁，抓破后疼痛难忍，很快遍及全身。副队长说水土不服，让我去工地卫生所，卫生所的医生说是皮炎，看你是知青，给你打青霉素。可是我的病一直不见好，我有点挺不住了。

冬天的淮北平原特别空旷，北风一无阻挡地穿行。近处有干涸的沙河、绿色的麦田，远方则是空落落的苍茫。工地的扩音喇叭正播放京剧选曲《穷人的孩子早当家》。我喜欢这段西皮流水，平常只要听到都会跟着哼两句，此时却触发了压抑很久的乡情，"家"在哪里？

我有点愣头青。记得登上知青专列时，看到一个女生在落泪，那时我还纳闷，还没离开就伤心，以后怎么办。专列开动，父母向我摆手，有股暖流撞了我一下，瞬间过去了。现在轮到自己了，想家想得没办法。家有祖母，我是她带大的，还有不论怎样都会罩着我的父母。望家乡海阔天高，思故土路远山遥，看不见。

烦躁不安，甚至恨起了隋炀帝，大运河是他要挖的，当时肯定有许多河工病得身不由己。我开始不想待在这里，想找到堂而皇之的理由离开这里。

世上真有母子连心的事，就在我进退维谷的当口，生产队捎来口信："你母亲来了。"我欣喜若狂，这是最充分的理由，母亲当场，我有救了。母亲事先没说，她坐火车到县城，然后走了25公里，才到生产队。她不知道我在"扒河"，她只想看看儿子是怎么过日子的。

副队长指着一条白色的大路说，一直往南走，三个时辰能到。我大步流星地直奔生产队，"扒河"结束了。

我人生第一次尝到生活的苦涩就是"扒河"，当时几近崩溃，现在成了笑谈。现在的水利工程，机械设备轰轰隆隆，而五十年前是人硬生生地从平地挖出一条河。沙河后来怎么样，没去过。

两年前重回桃园，头一个遇上的是副队长。五十年没见，他走路一瘸一拐，曾经的英姿和豪爽荡然无存，这符合规律，也让我难过。我俩站着说了许多话，见人越来越多，他转身走了。没想到最后他在村口等我，要我带点土产再走。我感慨不已，他记我记得很牢，还像以前那样关照我。我握着他粗粝的手说："俺叔，保重啊！"

我只能这么说，我不知道什么时候还来，他八十三了，岁月不饶人。

"插兄"

我插队的时候，处了一拨同甘共苦的知青朋友，相互称"插兄"。

插兄大多在生产队接受贫下中农再教育，日出而作日落而息，风里来雨里去，和农民一样种地。可时间一长，耐不住寂寞，出来透个气，一出来就不着调地瞎混了。

公社是最像城市的地方。有学校、商店和饭店，有集市、邮电局和广播站，有公路通县城和徐州，晚上有电灯。我一看到公路和电灯就兴奋不已，如在黑暗中找到了光明一般。

公社附近几个村都有插兄。一天晚上去了时插兄那里。真亲兄弟，我们没吃饭，他马上蒸馍，接着去弄菜，拎着两个黄书包就出去了，去生产队的菜地。跟上，哪有让他一个人去的道理。

那是深秋，月色朦胧，我们几个摸进菜地，深一脚浅一脚，好一阵忙，装了一书包胡萝卜和大蒜。几次以为被发现了，但始终平安无事，看菜地的怎么能想到，城里来的毛头小子会做这种不靠谱的事！胡萝卜炒大蒜太可口，维生素太丰富。但是另一只黄书包不知丢哪了，不管它，我们吃我们的。第二天早上，生产队长来了，他扔下一只黄书包没说话掉头就走。我们面面相觑，村里的人是没有红卫兵的黄书包的，队长顾大局，没声张，只发出好自为之的警告。时插兄仗义，他说没你们事，全是我的事。

时插兄魁梧，不久就当上空降兵，我俩再见面是三十年后，他当了大机关的行政处长。我调侃他，你单位的伙食供应一定不错。他哈哈大笑。

还有一天在吴插兄处歇脚，聊到半夜肚子"咕咕"叫。逮只鸡吧？没人反对。乡村的鸡窝都在屋外，傍晚鸡归窝，主人在窝口堵一石块。吴插兄引路，趁夜潜去，轻移石块，手伸进锁定目标轻轻抚摩，等鸡发出舒服的"咕咕"声，突然卡住颈脖拖出，脑袋拧个圈，往包里一塞，半点折腾都没有。下半夜，我们在另一个知青组把鸡吃得干干净净。

偷鸡必然摸狗，成语有"偷鸡摸狗"，《水浒》里的梁上老手时迁说的。偷鸡摸狗自古有之，插兄也可以有，但插兄有分寸。

农村家家养狗护院看门，这类狗绝对不能摸，我们摸的是野狗孤狗。冬天的一个下午，我们在地边发现了一条瑟瑟发抖的迷路小狗，也就十几斤吧，甩点馍馍跟来了。对不起了伙计，别怪哥哥心狠，实在好久没吃肉了。狗肉在冬天是好伙食，但没做好，放了许多生姜辣椒，揭锅后，一股土腥味熏昏头。那天我没吃一块狗肉，倒是邀来的生产队长，吃得津津有味赞不绝口。而我从此不再"沾"狗，至今拒绝狗肉。

最有意思的是去公社饭店混吃羊肉汤，那也是一种较量，良心和价值的较量。公社饭店的羊肉汤方圆几十里闻名，熟羊肉片，拌上调料葱花，滚开的原汁炖汤一浇，吃了还想吃。插兄们早瞄上了。逢集，饭店拥挤不堪，瞅着顺手"摸"几张餐券，然后一本正经坐下喝。没见掏钱端碗就吃，大师傅疑心大起，从头到脚盯着看。赶紧走人，白食不吃事小，小偷恶名事大。

不过插兄们最终把面子扳回了。几天后，又进店，十元钱往柜上一放，然后开吃，一碗接一碗，羊肉汤两毛钱一碗，十元钱根本吃不完，末了还找钱。大师傅大惊失色，递每位一根烟。钱是一位插兄的，他家不宽裕，他凭强壮的体格拉板车做木工挣的，但为了插兄的名誉，不惜工本果断出手。知道这种辛酸，其余插兄于心不忍，这样的事情不再做了。这位插兄说，都穿一条裤子，钱算啥！他后来去读书，毕业后当老师，最后做到中学校长。

插队时候的偷鸡摸狗，丑陋荒唐丢人现眼，思考再三觉得写出这些也没啥。事情是人做的，历史是人写的。插兄们还在当知青时，发誓以后谁都不许忘记谁，谁都不许忘记插队，写出来就是为了不忘记过去、不违背誓言。当年一起混的插兄，后来天南海北河东河西，升迁沉沦社会角色很有转换。但是一见面，还是觉得亲切得不得了，仍旧是彼此不分的好哥俩，就凭这一点，曾经的日子值了。

五斤全国粮票

　　粮票是我们那个年代特别的印记之一，"五斤全国粮票"是我亲身经历至今感慨不已的一件事情。

　　临插队，母亲给了我五斤全国粮票，我说我马上要当知青，不是大串联的红卫兵，全国粮票没啥用。母亲说备着点或许有用，没想到后来还真的派上了用场。

　　村里有位六十岁的老乡，从我看到他起，总听到他断断续续地咳嗽，一说话就气喘吁吁，但他不看病不吃药。他小儿子说，俺爹怕花钱，他大儿子说，不是怕花钱，是没什么钱花。这位老乡觉得到这年纪再用一笔钱没意思，反正老了，能拖就拖。后来拖不下去了，大儿子偷偷地卖掉一头猪，想用这笔钱带父亲到徐州看病，老乡知道后大发雷霆，骂大儿子不懂个啥，猪脑子。这头猪是他给小儿子娶媳妇留的，他觉得这样用钱才是用在刀刃上。然而猪已经卖了，加上村里的人都来劝，帮着凑，他只好答应了。

　　临上路来了问题。城里吃饭要粮票，那时粮票分为全国通用和省内通用，徐州属于江苏省，去那里要全国粮票，而村上的人谁有那玩意儿。大儿子慌了，老父亲由此按兵不动，眼看就要前功尽弃。我突然记起母亲为我备的五斤全国粮票，赶紧拿来给了他。看着他们父子背着被褥走出村庄，心中一阵释然，五斤粮票可以坚持几天，几天该办的事也就办了，想不到母亲的细心还能办这样的好事。

　　几天后，他们回来了，大儿子对我说，肺气肿。我问怎么治，他摇了摇头。从徐州回来后那位老乡一直躺在床上没出过家门，不到一个月人走了。

老乡种了一辈子地，养育了一个大家庭，他在子孙面前很有威严，但是疾病让他痛苦，不给他健康的精神和生活。虽然乡亲们都帮着想办法，包括我那五斤全国粮票，都只是杯水车薪，作用微乎其微。

老乡们认理，认为种粮应该，不种吃什么？所以他们辛辛苦苦地种，还把收获送进城给不种粮的城市人吃。种粮是人类生存的基础，最原始的劳动，按这个理推，老乡们的日子应该过得好点，至少是种瓜得瓜有病治病，可实际不是这样的。那位老乡不是不想看病，是没办法看。最近的医院是大队卫生所，那只能治伤风感冒，没有专业医生，没有病床。病稍重去公社医院，那要不小的开销。农村没有医疗保险，小病卖鸡鸭卖口粮，大病卖猪羊，这对本来就没有什么积蓄的老乡来说是一种伤筋动骨的损伤，所以从拖着不治到治不好。我到现在都无法想象，那位老乡是怎么忍受疾病最后的折磨。肺气肿即便在当时也并非绝症，可以治好的。

逃票兄弟

插队时最难忘的事是逃票，最早讨得人生教训的也是逃票，而让我至今都无法忘怀的是我的逃票兄弟。

他叫亚鹏，小学中学同学，插队同一个大队。他村子的地与我村子的地交界，我俩做活地头都会碰上。他长得好玩，鹰钩鼻小眼睛，但为人大气，做事说话有理有据。他喜欢看书，我一直认为，他说话缜密同看书有关系。

冬天挖河结束我俩回家，凑在一起只有半张车票钱。商量来商量去，逃票。

逃票就是无票乘车，当时很多知青都这样。县城每天早上有徐州开往裕溪口的慢车，晚上到合肥，单程五块匹角，那时五块钱还了得。母亲每次只给我寄五块钱，赶赶集，理发加邮票，不够车票了。关键是人待不住，老想家，家有父母罩着，所以家里一阵，生产队一阵，来来回回，想不逃票都不行。

买了两张短程票上车。临近过年，车上人头攒动摩肩接踵，淮北老乡旱烟袋吞云吐雾，弄得车厢跟澡堂似的。我心里七上八下，毕竟是无票乘车。对座的老乡问我，是学生吧（知青）？惊奇，已经老乡化了，棉袄不扣，上半截敞开，腰间系条布带，还被识别。他说看你的黄书包，几寸长的头发就知道了。黄书包从红卫兵年代就跟着我，那时装毛主席语录，现在装了半包秋季新黄豆，回家过年用，让母亲发豆芽或者磨豆浆。

慢车真慢，淮北、濉溪、符离集，到宿县，中午了。查票了，女列车长和乘警从车厢两头往中间查。女列车长有气质，乘警很英俊，但都一副公事公办的样子。预料中的，中午人流高峰，此后就不会查了。

逃票有时好逃有时不好逃，得看机会。机会就是运气在时空中给你留的位置，能否得到，要看随机应变的水平。我把黄书包置于行李架，然后不动声色地站在车厢过道上等待机会。有机会的，查票时查票人背对过道，这时闪身通过，票就逃成了。亚鹏机灵，女列车长刚背对过道，他一闪而过，女列车长毫无察觉。他站在隔开我一排座位的地方，不停地递眼色，这是要我抓紧见机行事。

很多事情一步之差，结果胜负翻盘。我伸手从行李架上拿下黄书包，想和亚鹏一样，趁女列车长转身跟着过。可此一时彼一时，问题出在黄书包。

"站住"，一声吆喝，一回头，我被一把拽住，一张愤怒的脸出现在眼前，既不是乘警也不是列车长，是一个穿绿军裤的中年人。我丢下黄书包，反他的手腕，两人一起跌倒在车厢的地板上。人围上了，我被控制。中年人喘着气对女列车长说，他是小偷拿我的包。我赶紧看丢在地下的包，心差点蹦出来，是黄色军厏包，但肯定不是我的，因为没有黄豆掉出来。

头胀得生疼。有没有黄豆分量不一样，怎么不掂掂呢？无票乘车还拿别人的包，怎么说得清。女列车长根本不正眼瞧我，她用剪票夹指着我问："车票？"这下不好过了。我摇摇头，周围马上一片喊打。

亚鹏来了，他推开了好几个人，走到了女列车长面前，指了指我，义正词严地说："他不可能做这种事，我们是插队知青，是没买票，但这种事不可能做。"

没想到亚鹏的坦荡和磊落，城市学生的娃娃腔，竟使得女列车长的脸色和悦起来。她收起了剪票夹，看看亚鹏又看看我，她一定被亚鹏的话打动，改变了先前的看法。

我获得了普遍的同情，鼓噪停止了，指责没有了，连那个指控我的中年人，也缓和了愤怒。我清醒了，想起我的黄书包，里面装有黄豆。女列车长挥着手说快去找，我一抬头就看见了，一上手，黄豆像雨点一样哗啦啦地倒了出来。

女列车长没怎么我们，晚上火车到达合肥，我俩从货场走出了车站。五十年前的站前胜利路，万家灯火，小吃店不少。我摸摸口袋，问亚鹏，吃碗面？他想了想，坚定地说回家吃。我说女列车长家肯定有插队的，亚鹏说这本来就是误会。误会成小偷，够胆战心惊的，如果不是亚鹏仗义执言，还会怎么误会下去真不好说。

首次逃票仅仅曲折了一下大获成功，从此我的逃票向纵深发展，往北逃到济南，往西逃到郑州，往南逃到上海，票逃得游刃有余，水平越来越高，而我在逃票中心安理得地游山玩水，直到招工进厂，逃票才自行消亡。

亚鹏后来去读书，毕业后到农机部门工作。招工后我去找他，说到那次逃票我俩哈哈大笑，眼泪都笑出来了。我说那个女列车长真不错，放了我俩一马，他说知青是苦孩子，大家都同情。

20世纪80年代初，亚鹏援外去了非洲尼日利亚，是当苗子培养的。他写来一封信，说了非洲丛林的一些情景，他知道我喜欢游山玩水。但没想到几个月后他竟患上热病死在那里，从发现到结束就半天，等大使馆的医生赶到，人都硬了，根本没办法救，而当时他国内的孩子刚满周岁。这该死的非洲丛林热病！

拖尾河

我插队的小解庄位于路的尽头。从公社来的大路在大队变成小路，到村前又变成好几条小道，小道穿过草屋和牛圈，消失在村后的河堤沿，堤沿那边就是湛青湛青的拖尾河。

这条河没多少弯曲，它从北边来，在这一带折向东南，但分成了两股河道，圈生和滋养了一块很大的地域，形状像摇篮。

这和历史一致。很多年前这里没有河有湖，湖水通过老滩河流入洪泽湖，是洪泽湖的边缘湖。湖里有芦苇和鱼，后来湖水消退，显出湿地和河床，开始有人了。最先落脚的，用鱼和芦苇换粮食与盐，渐渐垦荒种地形成村落。这是小解庄的雏形，听说有族谱，但我没见过。这段史前史是村里的一位老人口述的，他是第一任村长，当时患哮喘，咳嗽使他的讲述磕磕巴巴、断断续续。

说边缘湖是有道理的。村子四周有许多低洼湿地，水不深，长着一片片绿色的芦苇，这表明这一带曾是水底，和拖尾河一体的。我记得，从公社到小解庄至少有十几个芦苇荡，像沙漠绿洲那样独特。还有，这里下地做活不叫下地叫"下湖"。每天清早生产队长一声吆喝"下湖啦"，一天的劳动就开始了。语言溯源就是物质的初始痕迹。

苇荡让人讶然，生命在这里循环往复。春夏之际，草虾多得蹦出水面，农家孩子拿拖网拖来拖去，总能网到一碗半碗活蹦乱跳的，回家让大人加上野菜熬成稀粥，味道极好。老乡称此为"掺麻糊"。夏秋之际的晚上，苇荡流萤闪烁，蛙鸣此起彼伏，用电筒能照到青蛙鼓鼓的眼睛，但它们不害怕，不晓得逃。深秋苇叶变黄，苇尖长出了白色的苇花，割了它，苇秆编织筐、卷席赶集换钱，苇穗装进口袋做枕头，我枕过，又软又清香。冬天苇荡只剩下一汪孤独的清水和枯黄的苇茬。来年阳春，苇茬冒出嫩芽，没多久，它又长成了一片绿色的芦苇。

我喜欢观察拖尾河。它是平原上的河流，没有山岭高原河流的险峻激烈，而是委婉温和。白天河水湛青，平心静气，夜里河水沉寂，万籁无声。而夏秋之际的拖尾河圆润出彩，河堤上的白杨或桦树一棵棵排列，河中青丝般的藻类一沉一浮，堤坡上一片片绿草，其间许多红色或黄色的野花亭亭玉立，河风一起，左右摇晃，像许多小人在跳舞。

村里的人都说拖尾河性子好。他们在河边出生、长大、变老，划水捕鱼摆渡，从来没听到它大声说话，即使大雨滂沱，它仍旧谨慎地走动。而它所有的益处，全给了河边的人，保佑着一方土地和土地上的人。

河边有水电站，那是大队用贷款建的。田地渴了，启动闸门，拖尾河变成细长的水流溜了进来，只听到"嗖嗖"的流水声，顺着沟渠来了，向一望无边的土地奔去。一种神秘的引力开始拾掇阳光和土壤，庄稼被滋润得手舞足蹈，飕飕长，这年能增产好几成。

在拖尾河，我还经历了一件事情。

那是冬小麦灌溉的日子，生产队队长领我看水势。我俩站在河堤上，下面七八米就是河水。几个四五岁的孩子在河边跑，领头的是队长五岁的儿子，队长喊他们，没一个听。突然队长一声惊叫"我的娘咪"，身子腾起，鞋子甩飞，横空出世般地跳进河里。离岸五六米，一件红棉袄在漂，他抓住了，一个手脚乱蹬的女孩被他高高托起。水齐腰深，嗖嗖流淌。

我心惊胆战，这是我第一次看到人落水又被捞起。假如水流稍稍快一点，它应该快，电灌站正在抽水。假如队长的步子稍稍慢一点，他不会慢，他是在拖尾河边长大的。

乡村依然平常，第二天早上，队长像平常一样吆喝"下湖了"，小谢庄又忙碌起来。农家无闲日，从早到晚，日复一日。集族而居，一家人，谁做了好事，救命的事，做了就做了。但从这天起，我觉得队长的吆喝特别遒劲阳刚，它产生一种宽广的回音，在拖尾河的上空打了一个旋，奔向远方。

我是下冰雹那年招工的，临走时队长悄悄给我二十块钱，他说是队委研究的，灾年拿不出更多。小解庄工分值一毛四分钱，去年年底分红得二十元的没几家。我泪眼闪闪，从此拖尾河成了我的梦中之河。

三十年后，回到小解庄。村口有一家杂货店，原来是没有的，门口坐着一个近四十的男人。

我上前问，解光队长在吗？

他疑惑地看着我说，是我父亲，去世了。

我浑身一震，对他看了又看，模样依稀，但缺了一条腿。

他问我，你是谁？

我说，你不记得了，我是插队知青，那时你五岁，你妈挺护你。

他从头到脚打量我，最终摇摇头说，不记得了，我母亲也去世了。

我长吐一口气，念想没法有了。一个救过人的人走了，而他的儿子，当年那个五岁男孩对我毫无印象。

　　我带了一点积蓄，这没什么不妥。但是我明白，对一条河，我是永远报答不了的。

五月人倍忙

乡村每天都忙，从早到晚，像生生不息的泉涌，这边一点点流淌，那边又源源不断地生长出来。

早晨，东方刚现出白色的光点，门轴转动发出的吱吱声一家连一家，老乡揉着惺忪睡眼走出来，扛起农具，向地间走去。他们醒得比天早，太阳都迟到了。一条蒙眬的淡淡的光带，急促地由东往西奔来，眼前突然一亮，它一掠而过，瞬间下地的人被它拉成一条直线，留下了长长的影子。傍晚，太阳向拖尾河的河床上滑去，队长说了一句文学家都不一定说得出来的话："太阳公公回家搂地婆婆去了。"姑娘媳妇们一阵嬉笑，收工了，在田间小路上跑着，似晚归的鸟儿，不时弯下腰，拾把柴火抓把猪草。农家"晨出肆微勤，日入负禾归"。

其实，哪一样农活都是一项工程，说不清要付出多少辛劳。

我种过高粱，那是村东头一块二十多亩平坦的地，上年种小麦，为保持地力�换种高粱。种前个把月，先往地里拉塘泥。塘泥在塘里，要把塘水舀干才能挖出充满腥味的黑色污泥。做农活哪管什么腥气，光脚穿着裤衩往塘里一跳，挖就是了。挖出的塘泥要立刻往地里送，黑色的泥浆全是宝贵的肥力，流淌了可惜。这个活要做好些天。等塘泥的水分被地力吸干成灰褐色，用锹拍碎散开，用犁耕上一遍，一搅和，满地泥腥味。后来这里的高粱长得特好，节节增高节节变色，由翠绿变成深绿，又由深绿变成紫红。

高粱长到腿脖子高时要给它耪地，就是松土除草。这时还算好，到它长成一片青纱帐时，耪起来就不舒服了。盛夏，青纱帐成了一道挡风林，风吹来如剑砍在棉花上，软软地弹了回去。地里蒸笼一般，不透风，空气凝固，感到窒息。在赤日炎炎的日子里，我耪过好几次高粱地，穿裤衩从地的这头进，一出那头就大口呼吸，接着跳进了旁边的水沟。

最忙的是午季，五月麦收前后，能忙得错不开身。

最先是从麦穗上飘溢出来的。"小满"刚过，麦穗变沉，颗粒变得繁密饱满，麦芒成了针刺，挺拔扎手，麦香开始踌躇满志地满地乱跑。生产队长背起手在田头走来走去，偶尔掐一穗，粗手一搓，往嘴里扔几粒。不是吃着玩，是由此判断熟到哪一成，哪一块先收割。

这时离收割还差几天，金色的成熟还停在田野上。谁都有事做，一开镰，披星戴月，哪还有空闲的时间。年轻人磨镰，在磨刀石边，脱得只剩汗衫，来回磨。发现镰把拉胯的，用木楔塞紧装牢。这里的镰刀形状很奇怪，不是弯月形，是一把装有长长把柄的铲子，收割时人站着往前推铲，不弯腰，勇往直前。中年人整场，这是讲究活，冷清了半年的麦场，长满了绿色的杂草。从沟渠中挑来水，泼湿地面，用犁耙一圈，把草耙掉，土松开见见阳光，再让牛拖着石碾叽叽喳喳碾来碾去，直到场地碾硬碾光溜了为止。

女人也有事，晚饭后妇女主任在村头仓房的门档上挂上一盏汽灯，平时在家捻线走针的不找自来，编芦席卷、搓麻绳、缝口袋。这等于召开全村妇女大会，你来我往地传话，添油加醋地斗嘴，有滋有味地嘲讽。

芒种差几天，麦穗沉甸甸似乎要折断的时候，麦收开始了。那种压倒一切的气氛铺天盖地。村里没人，人全开进麦地，身强力壮的爷们一入场，麦地里响起"唰唰"的收割声。

这是乡村最紧绷的时光。

月色还亮，鸡才打鸣，麦地里已经闪烁出爷们蒙眬的身影，不听声音分不清是谁。晨露湿了衣服，启明星暗淡下去，东边飘来了薄如轻纱的云片，爷们汗流浃背。汗水只在皮肤上蠕动一会儿就不见了，不知是滚到地上了还是被融化了。汗滴晶莹，味道是咸的，流进眼睛是涩的，但无法挡住麦芒，身上仍起又痛又痒的红肿。男人是麦收的主角，晌午不回家，在田头吃饭，老妇们送，边吃边调整，吃罢抹抹嘴继续收麦。

老人和孩子拾拣遗落的麦穗，姑娘媳妇跟着捆麦垛麦。麦垛多了，牵来牛车，用木叉一叉叉往上堆，堆得高高的，一声吆喝，牛车吱吱呀呀地往回走，摇摇晃晃的。男人渴了，媳妇递碗茶，就是碗里漂几片苇叶；要吸烟了，赶紧提个醒，地里干燥的能引爆。可男人不管，水要喝烟要抽，那是喘气，打个盹。终于西边一片红霞，再收几拢，皓月重新不紧不慢地升起，而麦田里人声的消失，比月亮的升起还要迟好一会儿。

五月是双响曲，不仅忙收割还要忙播种。麦收还在进行，收割过的麦地里，一头牛，一把犁，翻腾出黄褐色的泥浪，开出一道道垄沟，跟着的人，用锃亮的镢头刨坑，将一粒粒种子播进土里。

麦收结束那一天，第一茬新麦肯定进了家，家家户户蒸第一笼的新面馍，这是庆祝丰收也是慰问劳者的辛苦。新馍松软喷香透白，孩子们欢天喜地啃着满村跑。夜深人静，磨坊里的灯还点着，驴还在转圈，乡村在麦香的弥漫中慢悠悠地恢复着宁静。

"爷们"

插队最后一年的冬天，我目睹了一场乡村家族间激烈的冲突。

小解庄的最高人物，大队主要领导与邻村亢家女子偷情时，被预先埋伏的亢家人逮个正着，写出笔供后仍被砍断腿，他是爬回小解庄的。

不要说小解庄，从公社到县都震动了。这不是一般的男女关系，远远超出了大队范围，涉事者并非平民百姓，而是公社党委委员、县委常委，那位亢家女子的丈夫还是一所小学的校长。

解家兄弟几次筹划报复，但是公社很快撤销了大队领导的职务，派来了新的大队书记，这场由情争几乎引爆的家族冲突渐渐平息下来。但事情的结局非常微妙，砍人者、拘人者没有一个受法律追究，而小解庄的会计不久当上了大队副书记，他当时说了一句话："还是咱爷们行。"

我插队的桃园村和小解庄都是"一"姓之村。桃园村为"张"姓，我插队时"兆、培、锦"三辈人最多，加上正在来到的一茬，至少是四世同堂。小解庄为"解"姓，当时"有、硕、德"三辈人最多，连头带尾也是五代同居。明末顾炎武说家族"聚于村而治"，"聚"即"集族而居"，指四世同堂、五代同居由血亲关系为纽带形成的村落。这是家族的村落，家族的村落是男人的天下。

在小解庄，男人一开口总是一句自豪无比的"爷们"。"爷们"有许多的解释：出大力气的，养家的；可以喝酒，打老婆的；做事干脆，说话硬气的。其实这些都应该解释成"夫权"，在乡村的方言中叫"大男人"，"爷们"就是说话算数的"大男人"，一个家庭或者一姓之村的中流砥柱。

说句笑话，假如在庄里办一个幼儿园，肯定不够用，因为孩子太多。大队主任有七个，生产队长有六个，生产队会计有四个，很多家庭都有三四个孩子。

孩子多事多。有六个孩子的生产队长白天很忙，要到晚上才有空管他们，方法是饭碗上桌点人头，然后说说要注意的事。一天晚上开饭多出一只饭碗，赶紧拨拉人头，发现少了三岁的儿子，于是全村出动遍地寻呼，连池塘都下去摸了一遍，最后在与家一墙之隔磨坊的磨盘上找到了睡得呼呼的孩子。混乱过后，大队妇女主任来做结扎宣传。队长媳妇说要听男人的，队长说要听自家叔叔大队革委会主任的。主任两手一摊说："谁管了这么多，大不了再生一个嘛。"后来队长媳妇又生了个妮。

村里的"爷们"时起纠纷，但那是家里事，骂骂街，彼此讲讲狠话，最后协调解决。对外就不同了，与外界冲突时，一村的"爷们"会发出一致的声音，同仇敌忾，这就需要上面来调解。

这种家族主义和血缘宗亲，包括相应的思想观念，是有一定基础支撑的，不完全是旧风俗的遗留。在桃园，收获的棉花由老乡自己纺纱织布，制成一匹匹的棉布，就是"土布"，也叫"粗布"。那里的女子个个心灵手巧，都会纺线制作纱锭，几乎家家都有纺车和织布机。织布机笨重，木质的，油漆剥落。我看过织布的情景：昏暗的油灯下，女子用脚轻点机子底端的踏板，手臂左右挥舞，"土锭"在梭子中间来回穿梭，"咔嚓咔嚓"布就织出来了。这是典型的农村家庭手工业，即"男耕女织"的"女织"。

这种方式生产出的布质地粗，和"洋布"比，篇幅窄，不如"洋布"平整光滑，但柔软保暖经久耐用。老乡身上穿的，家里用的都是这种布，一些妇女，没出阁的女孩，也由此积攒私房钱。但土布多了，"洋布"没有市场。一般只有大队干部、生产队长、退伍军人，才有"卡其布"这种工业制成品，绝大多数人都习惯穿染成蓝色或白色的土布。这就形成一种惰力，它排斥商品经济，不需要工业布制品，至少，配给老乡的布票用不着。有人从集市上五分钱买进一尺，去城里一角钱卖出。我倒腾过这样的事情。

村庄是独立的。都是一村一姓，都自给自足，都种棉花自己织布自己穿，都在一定范围内共同享用一个铁匠或者剃头工。他们满足物产贫瘠经商逐利还无从谈起的苦作，习惯以粗放笨拙的劳动换取最低的生活资料，崇尚民气强悍令人望而生畏的"集族而居"。这就是当时农村社会的基本背景，也是我最早获取的社会学知识。

初夏的冰雹

大自然的变化像京戏里的说唱脸谱，一翻一个样。我经历过的，插队最后那年临近麦收，一场突如其来的冰雹，瞬间使夏收变成绝收。

这天下午，我在棉田打杈。这是赶时活，一到麦收，会搁置起来。这时小满刚过，麦穗变沉，麦秆变黄，麦浪开始起泛，离开镰没几天了。

突然，西北的天空飘起乌云，很快乌云向拖尾河上空集结，发出黄色的光芒。跟着是雷鸣电闪，雷声沉闷，像岩浆在地层深处躁动，或者一辆坦克从头顶隆隆开过，闪电"咔嚓"地从空间跑到地头。起风了，尘土扬起老高，乌云变成黄云，天空黄通通的。

一位老农说恐怕下冷子（冰雹），他后来说，四十年前这里一场冷子发生的情形与此一模一样，当时他二十岁。

地里的人走得精光。我刚回到插队的草屋，天摇地动的事情来了。

风在对面房东的屋顶上转圈，猛地踢腿，屋顶铺草立刻飞扬四散，高粱秆哗啦啦地栽了下来。院里，十几棵笔直的泡桐，被刮得低头弯腰，最后实在支撑不住，全都"啪啪"地拦腰折断。

天空瞬间变得灰白，一些白色的团状物顺着目光飞来，被残破的房顶挡住。冰雹，只听说从未见过的冰雹，鸡蛋般大小，带着一条条白色垂线从天而降，四下一片"咚咚"的响声。触目惊心，树叶被一片片打光，树皮被一寸寸打掉，屋顶被一点点打穿。一条拴在树下的牛，被打得"哞哞"直叫，甩开蹄子乱踢。周围传来了女人和孩子的哭喊声，乡村混乱了，整个被打蒙了。

十几分钟后，冰雹稀疏，风开使减速，灰白的云层朝东退去，天恢复了明亮。我急忙走出屋子，地面全是白森森的冰雹，寒气逼人。

我无法相信自己的眼睛，所有绿色的植被都没有了，被摧毁了。屋顶被掀开，院墙破裂，成片的芦苇猫在水荡如浮瓜沉李，一棵柳树被连根拔起。先前挺拔的棉花和红薯支离破碎，而麦田仿佛收割了，只剩麦茬，大地秃秃地向天边延伸。

大自然有无数美好，但像这种铺天盖地的暴戾，我第一次见到。它不分青红皂白地打击所有暴露的东西，把它们打倒打穿打碎。生产队长抓起一颗冰雹，圆形灰白色，小于手掌，秤重一斤二两。

地上的冰雹开始化成水，它浑浊地淌来淌去，不停地皱缩，一遇缝隙赶紧跳入，最后销声匿迹，好像从未到过这里。

大队、生产队干部站在村头石桥上无声地流泪，悲痛悲伤，不知所措。乡村辛辛苦苦，服田力穑，眼看丰收就要到来。如今却颗粒无收，存粮无几。

第二天下午，一辆军用吉普开到石桥上，下来几位军人，省委书记宋佩璋到了。又几天，来了送粮的，一波波，背着粗布口袋，里面装着自家的口粮。冰雹是多路行进，隔几里地就是一个密集区，他们不在密集区，那里只是刮风下雨。

队长交代要登记，以后好还，但他们放下口袋就走，不肯留下信息。粮食是农民的命根子，而这些邻里乡亲，只剩一块饼，也要掰一半给什么都没有的人。这是习俗，乡村最原始的人性。

救济粮下来了，不少知青打道回府。日子不好过，知青比社员好，饿不着，但全是粗粮，没蔬菜吃。我没走，天天出工，跟着抢种秋粮，后来得到一张抗灾的奖状，这是我插队时唯一获得的荣誉。

秋粮上来了，有吃的就安定。大家从外村亲戚家周转粮草，修缮房屋，挖野菜捞鱼虾，应付时艰。准备了打狗棍的，最终没去逃荒，救济一直延续到冬天。20 世纪 70 年代的乡村很穷，但有所积累，加上救济到位，即使受伤很重，也没有怵怯和失掉自信。年底知青招工，积极抗灾成了推荐我的理由，我是这样进厂的。临走前，生产队长拿来了二十块钱，他说这是小解庄的心意，拿不出更多了。当时我震撼得说不出话，这可是吃不饱肚子的灾年，而我又拿走了二十块钱的份额。

上海女娃

上海女娃是上海来插队的女知青。老乡们喜欢这样叫。上海人洋气，一声女娃，既是闺女又是娃，升一级，多好的事。大队有十来个上海女娃，开始我们不来往，在一起待久了便熟络起来。

我和一位上海男知青开始去女娃插队的村子玩。她们好客，她们的村子也好客。女娃们住生产队长家的房，队长母亲可心疼她们了，一口一声上海女娃喊着，女娃一口一声大娘回着，我们也跟着喊，大娘把我们也喜欢上了。后来只要去，队长就放女娃工，让我们在屋里说话，随便说，欢声笑语、细声细语都行，轻松自如。我们常被留下吃饭，她们也会拿出好东西，包括罐头，只是要帮忙烧火。

人在一起久了会生情。先是一个女娃和上海男知青，男知青一副白马王子样，很快女娃被吸引，小鸟依人飞来飞去。不知怎么回事，接下来，我和另一个女娃也微妙起来。

这起源于说上海话。我从小跟祖母在上海生活，上海话地道。女娃不知道，她们以为我是听不懂上海话的外地知青。同我说话像外事活动，先伊里哇啦商量，然后这个女娃翻译给我听。她长得好看，属于回头率高的那种。面孔白里透红，说话柔软悦耳，一开口"哎，合肥小歪头"（合肥来的毛头小子），声音飘进耳朵，痒痒的。有时那两个女娃用上海话"说"我，她不翻译，脸上挂着不高兴，意思是利用别人听不懂说人闲话不好。

一次帮她烧火，我突然用上海话问："侬住上海啥地方？"她清秀的脸庞立刻出现一些粉红，粉红不断扩大蔓延，一会变成了一朵桃花。她若有所思地问："侬很会藏东西，到底啥地方人？"我笑了，她也笑了，鲜艳欲滴的桃花红在她脸上不停地闪烁。我有点管不住自己了。此后，有人在我是合肥知青，无人我俩用上海话直拨，她从不说穿。

我开始沉浸在一种从来没有过的忙碌中。她想家，但上海远，我说可以逃票，她吓坏了，一个劲摇头说："不可以的不可以的。"她父亲是工人，哥哥妹妹在江西插队，家里很少寄钱。我送她十张邮票，让她多写信回家，她坚决不要，我干脆塞到她枕头下。后来我甚至拿出看家本领，吹口哨，吹《划船歌》《拉兹之歌》。她惊呆了，不是"嘟嘟"蹦跳的哨音，是这些外国歌曲，她从未听过。我说我有一本《外国名歌二百首》，不信去我那里看。她说她信，但也不说去看，只是不接话茬。

可是下冰雹的第二天，她一个人来了。看到被老天敲开的房顶，惊讶之余安慰我说："人总算没事。"这句话让我感动了好几天。中午，我让房东家做绿豆面条，要她吃过走。她执意要走，我急了，一把拉住她的手，她急促地说："松手，侬要死了"。手松了，尴尬的沉默，房东家不声不响在一边看。

绿豆面条香，她边吃边警告我："没哪个小歪头碰我手，不要歪念头，以后不许。"哎呀，我念头是多，就是没有歪念头。她轻声说："我晓得。"同太阳升起一样，那种桃花红一点点蔓延分散，最后覆盖了她的脸庞。

夏天她回上海，我送到县城，半个月后，写来一封信，我又把她接回。秋天，大队播音员要生孩子，大队书记问哪个上海女娃说话好听，我连忙说她说话好听。我以为大队书记说着玩，没想到她真当上播音员。大队广播设在拖尾河边的电灌站里，人少清净，我天天去，其实没必要，她一天三次播音，可我还是天天去。那是一个充满引力的磁场，无论你怎么跳，最终还会被吸回来。

可是有件事情的发生破坏了这个磁场。年底，大队推荐我招工，我去告诉她，可她却生气了。

"侬到好，要走了，我怎么办？"

"不要急，想办法嘛。"

"侬家里有人做官当然能想到办法，我家去啥地方想？"

"大队书记说了，明年还招工。"

"一年一个，轮到我成老太婆了。再说，我家在上海，其他地方我不去。"

我一下坠入云里雾里，回城可能，回上海不可能。她没流泪，我走她也不搭理。争吵怨怼，一意孤行的姿势，让我很意外。招工体检那天，我心情荡漾地从公社回生产队，没走几步，看到她在前面。这天逢集，一只篮子挎在她手臂上。我喊了几声大步赶上，伸手接篮子，她果断地推开了。

我拉住篮子，我无法接受突如其来的生硬。她叹了一口气，郑重其事地说："侬帮我不少，谢谢侬，但是侬要走了，难见面了，侬讲对不对？"这种决意了断的口气，怔得我惶惶不安不知所措。我不得不收回伸出的手，而她超越而过，头也不回朝乡间大道的那一头走去。距离拉开了，越拉越大，距离就是这样，当你发现它的时候，已经没法缩小。终于一片枯萎的芦苇遮住了我的视线，也淹没了她的身影。

我一夜心绪不宁，她要回上海，我要天亮去找她，可还是迟到了。生产队长牵出一辆自行车，说这会往公社能赶上。我没接，我有点犹豫，我无所谓帮过她什么，但是如此不珍惜，招呼都不打，追上又能怎样？感情这玩意挺复杂，世界上最复杂的是人，人最复杂的是感情，有话说是开始，没话说就差不多结束了。犹豫了好一阵，我掉头了，一直到招工回城，热情才渐渐熄灭。

许多年过去了，现在我越来越懒散，许多事刚做过，马上就会忘掉。而有关上海女娃，那张粉红的圆脸，那种柔软清新的昵语，并没有和那片枯萎的芦苇一样枯萎掉。世上走着走着散了的很多，男人不能小家子气，不能形同陌路。我知道知青大回城时她回了上海，回去做什么不知道，我还知道她家住在一条狭窄的弄堂里，门牌号记不起了。

房东硕录

我在小解庄插队的时候，一场冰雹掀了我的屋顶，起先生产队腾不出屋，我在渗透阳光的屋子里住了个把月。一天，生产队长来说屋子有了，在硕录的院子里，让我上那住云。我卷起铺盖跟着走了。于是，就有了房东硕录的故事。

那时硕录不到三十岁，个头不高，身子结实，肌肉鼓鼓的，像米开朗琪罗画的大卫。

屋子在村庄南头，正规三间堂屋的尺码，周围有一道半截的院墙。冰雹是从北边过来的，村庄南部房子毁坏得比北部的要轻。硕录接过铺盖领我进了院，院子拾掇得很清爽，墙面补了新泥屋顶铺了新草，显然是才修缮的。里屋只摆了张辕床，一种用麻绳作绷子的小床，外间有一个带风箱的地灶，整体显得空空荡荡。只是屋前一条小径隔开的一块菜地，飘溢出一股勃勃生机。

我蹊跷了，这是硕录的房子，那他的床他的家具呢，他住哪？硕录说院子是他的，房子不是他的，是队里的公房。他住对面，抯了指对面只有一间堂屋尺码的小茅屋。那里站着一个头发凌乱脸蛋通红的女人和一个光腚男孩，那就是他的家和家庭了。

原来我住的屋子是生产队的不是硕录的。硕录是招来女婿，俗语叫"到插门"。硕录家境并不好，除了一个破旧的箱子和一张床，看不到其他的大件，全家栖身的那间小茅屋还是借他女人堂哥的。他一直想住得宽敞些，看上了我住的这间，这是公房。堂哥是生产队长，队长答应了，队委会却没通过，于是队长要他出些钱，也就几十块吧，硕录咬咬牙答应了，可是人搬进钱一直交不齐，队委们的意见更大了。正巧我的房顶让冰雹砸通了，队长对他说知青不能没房住，他只好搬出。队长又对他说知青早晚要走，等走了再搬回来。有关房子的来龙去脉就是这样，这些话不是硕录说的，是我快要离开小解庄时其他人告诉的，一听登时觉得心中内疚惶惶不安。

我住公房，硕录就不能算东家，但是我住在他的院子里，吃他种的菜，喝他老婆烧的水，衣食住行少不了他的帮助，他不是东家谁又是东家？

玉兰属于那种没见过世面的乡村女子，条子好长得靓，就是不会说话，同人没拉扯几句，就一声"谁知道哇"，剩下的只能红着脸洗耳恭听了。她是孤儿，双亲一个病故一个饿死，很不幸。我去搭伙，带去了城市生活的方式，麻烦的是玉兰。玉兰做事细，我一早一晚要用热水洗脸，她每次做好饭后，就把盛了水的陶罐放入灶膛，再添一把火，等我用的时候水就热了。这罐水仅仅是我用，他们家几乎不用，要用也是等我用过后再用。而除去烧茶她一般不烧热水，节省柴草。于是我去麦场上背柴草，生产队长对看场的说过知青可以随便背。而玉兰只要看到我背柴草就害怕，一副惴惴不安的样子，我问她怕啥，她一声："谁知道哇"，接着脸就红了。

玉兰做饭很可口，贴出的玉米面饼一面脆一面软，山芋面窝头蒸得香喷喷甜丝丝，还会做各种面条，麦面、豆面、杂面、绿豆面，面揉得很实，切得很细。其中绿豆面条做得最好，味道又香又鲜，我喝了还想喝。玉兰很好，但硕录有时很野。硕录爱喝酒抽烟，积在一起开销也不小，两口子常吵，吵得不可开交硕录就撒野，打得玉兰发出尖叫，儿子在一边号啕大哭，可是第二天阳光照进椰林，玉兰脸红红的还是照常料理家务。

有人告诉我，硕录欠一屁股债，还不清，所以经常拿老婆出气。确实是这样硕录很少误工，拼命挣工分，有事赶集，来回二十里地，搁下早饭碗动身，办完事赶回来，挣上午下半趟活的二分工分，累死累活的。秋收前，地里庄稼熟了，他白天干活晚上看地，就是拿着一根棍子满地转，看住玉米、棉花什么的，不让人偷摘。困了，随便找个地方躺下闭会眼，等到被蚊子、蠓虫一类的叮醒了，起身再转。第二天，红着眼继续上工，这样可以挣双工分。不是债主追屁股干吗受这罪？那场冰雹，使硕录愁上加愁，屋顶掀了，他从外村亲戚那里弄些高粱秆麦草，修缮了一下，总算能住人了。但他的二十棵泡桐全泡了汤，本来能值些钱，现在让狂风拦腰折断只值柴草价。他难受地蹲在东倒西歪的树干前一声不吭地抽卷烟，心情自然好不了。雹灾过后是荒年，秋收也不好，救济粮吃到年底还不够，沟渠水塘里的鱼虾，田野里的野兔影子都不见，逮光了。天气也怪，整个冬天没雨雪，到来年二月却下了雪。硕录说，吃饭都成问题，心情怎么能好起来。

我在硕录的院子里住到冬天招工开始，两口子听说我要当工人很高兴，但也显出依依不舍的伤感。走的那天大雪刚停，小解庄到公社十里路，一片银装素裹，路面积雪尺把厚，板车走不动，硕录套了一头牛车赶早送我。他把一张辘床翻个身，装上我和行李，牛车就成了一辆雪橇，走在雪地上发出沙沙的声音。

挺着大肚子的玉兰起了早，她又怀孕了，硕录老想再添个小子。玉兰给我做了最后一顿绿豆面条，还往我包里放了十个煮熟的鸡蛋。面条喝得香，鸡蛋不能收，那是硕录给玉兰坐月子攒的。硕录不由分说地牢牢按住了我的手，问嫌穷还是嫌少，我不知说什么好。我吃过许多鸡蛋，从来就是随随便便大大咧咧，但这次实在难以收下。农家吃鸡蛋不稀罕，陆游说："莫笑农家腊酒浑，丰年留客足鸡豚"，那是丰年，现在是灾年荒年，硕录一家还在吃野菜，肚子还未填饱。而当时十个鸡蛋可以交换不少的玉米和薯片，他们却拿出来做最后的人情，这实在无法担待。

雪橇"沙沙"地行进。我对硕录说："玉兰挺好的，不要同她吵，少喝点酒就不会吵了！"硕录生气地说："这女人不懂个啥！年成不好，咱又没本事盖房子，老找着吵，不捶她捶谁。哎，要不是这场冷子（冰雹），债就还清了。"听到这，我心里不禁咯噔一下，硕录的气是"穷"出来的，与天灾有关，与房子有关，而房子又与我有关，是我无形中侵占了他的住房权利。

太阳刚出地平线，牛把我拉到了公社。可县里的班车没发出来，公社书记拦了一辆拖拉机。没费什么劲，硕录就把我的行李弄了上去。开动时，硕录叮嘱我："饿了吃鸡蛋，别忘了写信来。"开出老远，他还在公路上站着，随着阳光越来越强，身影才渐渐地模糊了。

我回城了，自由舒畅。硕录呢？他能不能住进我的那间房子？他堂哥能帮忙吗？他没钱买房，也没地方挣钱。

后来，我再没见过房东硕录。我回过小解庄，小解庄的人说，硕录外出打工，全家都走了，没留通信地址。

1975年春天，知青返城的大潮还未来到，我的运气先期而至，招工进了马钢。从此我成了这个位于长江南岸的大国企的一名职工，与这个工厂休戚与共近四十年，我的自立、发展、学会做人，都是从这里开始的。

进 厂

　　早晨，寒风刺骨但是阳光灿烂。两辆长途客车，载着七十名马钢中板厂的新工人开出了县城，一路向南，汴河、沱河、淮河。冬天淮北没下像样的雪，挪到春天下了。车外积雪皑皑，车内人言籍籍。大家在议论什么是"中板厂"，可没谁讲得清楚。

　　厚度6—20毫米的钢板称"中板"。带工师傅一说，我就记住了。简洁明了，生产钢板的工厂。

　　从后来的历史看，这七十个人是幸运儿。知青没有不想被招工的，这是梦寐以求的事。至于招到哪里，听天由命。四个去向，县城、淮北、蚌埠和马钢。马钢引人瞩目，当时有句名言"工人阶级领导一切"，这个工人阶级指集中许多机器许多工人的大厂。马钢位列国家"八大钢"，国有大厂，工人阶级的摇篮，它的稳定和牢靠，其余是没法比的。二十年后，企业改革，下岗职工知多少？而这七十个人，端着铁饭碗，背靠大国企，平平安安至退休。

　　马钢中板厂距南京和芜湖各50公里，宁芜公路从厂前通过，地理位置很好。我从来没有见过如此气势磅礴的工厂，几层楼高的轧机，几十米长的加热炉，几百米长的作业线，像一条龙，一段城墙。

　　我当维修工，一套白色的帆布工作服，一双橙色的翻毛皮鞋。之前给母亲写信，她说要寄钱让我换身行头，现在不必了，现在还让母亲操心，未免太不懂事了。

在这里我感到了约束。当时处于调试安装阶段，班长带我值班。第一个夜班，迟到一钟头。我对班长说没手表，睚过了头，其实我从来就是四仰八叉到天亮。班长马上反呛："小子，弄个闹钟不行嘛！"我点点头。工厂和农村不一样，在生产队，不出工没人管，进了厂，不好好出工，立刻有管你的。班长从武钢来，不同他扯，天上九头鸟地上湖北佬。

进厂第五十天试生产，终于看到大机器是怎么把钢板轧出来的。

轧机转动，通红的几吨重的坯料吞进吐出，爆裂的响声，像隆隆的雷鸣，地面颤抖。擀面一样的碾压，变长变薄，长到十几米，薄到几毫米。表层颜色激烈蜕变，鲜红绛紫青灰轮番出现，最后稳定在一种可眺望出倒影的瓦蓝瓦蓝的光泽中。两分钟，一种物质在直和横的冲撞中，完成了物理变化，变成了新物质。

这块十几米长的钢板，一直立于厂内，上有"第一块钢板"五个字，生命的印记依然清晰：1975 年 4 月 16 日上午 9 时 16 分。

《人民日报》对马钢中板的投产发了消息报道，这让我对工厂信心十足。与农村比，工厂有一种浓缩的创造力，一种惊人的速度，相当于《共产党宣言》里的一句话："机器生产创造了整个中世纪都无法容纳的社会财富。"

我好好干活，工人就是干活，师傅指哪就去哪，哪里脏油污多就去哪，干活能学到本事。刚进厂，不能叫人说闲话，苦或累，对当过知青的不算回事。

我喜欢去厂房顶，那里能看到不远处一溜很长的厂房，那是中国唯一制造火车车轮和轮箍的工厂，"扑哧扑哧"有节奏的轧制声，透出厂房传得辽远，而没这声音，轮箍就休克了。后来，我养成一种习惯。每次进厂，我会在离厂房很远的铁道口，侧听生产线有没有"咣当咣当"的翻板声，有，正常，没有，加快脚步进厂。

很期待每个月的发薪日。这天中午之前，我会去车间把全班的工资领回。那个曾经很漂亮的老人事员，在我点清数目后，总要轻轻拍拍我，说小伙子好好干。我很享受，感到了尊重。我有工资了，插队五年两囊空空，掏不出钱，现在我独立自主了。

变化最大的是衣着。从进厂起我全身上下整天劳保品，白色的新工装，一看就知道是马钢的人来了。后来劳保服越做越好，色彩各异，夏款冬款、中装、西装、休闲装，说是劳保服，却能比肩品牌，而我一直这样让工厂包装自己。

四十多年前的进厂，是知青回城，从农村进入国有大厂，从低往高走。起先笑得嘴都合不拢，运气啊！后来想想是国运也是时运，假如不招工，运气不归我，招工了机会来了，落到头上才叫运气。

一个老头

马钢中板是自动化作业的新厂，很长很宽敞的厂房、标准的作业线，许多台整天"轰隆轰隆"的机器。当时华东地区除了上海还没有第二家钢板厂，整个冶金行业也就十几家这样的工厂。毛泽东纪念堂的建设用上了马钢的钢板，专列送往北京，那是无上荣光。马钢中板成了马钢的窗口，来参观学习的人络绎不绝，省部领导常来视察，我竟然碰上一次。

那是1978年冬天的一个中午，我和同伴在车床旁吃饭，一个满头银发戴一条灰色围巾的老头走了过来，绕着车床转来转去。我正想问老头你有啥事，他停下先说话了。

"能吃饱吗？"老头问。

弄不清这个老头是做什么的，像能不能吃饱这样的问题，不敢随便说的。

"每月多少工资？"这是他的第二个问题。

"可怜啊，学徒工，每月二十元。"这次我俩回答了，而且是抢答。

老头的第三问有点意思，说："有女朋友吗？"

我已经看清，他有一脸的雀斑。

我指着同伴说："他有了。"

同伴立刻反击，指着我说："你也有了。"

老头哈哈大笑，非常的开心和爽朗，然后手一挥，说："互相拆穿。"然后就扬长而去。

我俩看着他的背影使劲猜，不寻常，但猜不出是哪一级的。后来厂部的人说冶金部有位部长开现场会，中途"开小差"出来转转，属于体察基层。我舒心地吐出一口气，高层领导的水平和气质就是非同小可。不是那一脸雀斑，而是他问的三个问题，吃什么，收入多少，有没有对象？仔细想想，哪个不是老百姓最需要解决好的问题。

我师傅

1980 年，我从学徒转正已经两年，可班里的人还把我当徒弟看。在工厂，先你进厂的就是师傅，有技术的更是了。

全班七个人，鞍钢来的，武钢来的，两个小师傅"老三届"的，还有一个不知出处的老师傅。按理班长收我学徒，佢他没收。有一天，老师傅对班长说他收。没有仪式，谁收我，谁就是我师傅。

我师傅平头，戴眼镜，穿褪色的海军军装，说话慢条斯理的。我一直觉得他不像工人，他会技术活，设计、画图纸挺有样，车间技术员也说好。他年长，大家尊重他，但一说来历，都讳莫如深，顾左右而言他。

师傅曾是军人，没进过工厂，讲干活，他差火候。但他悟性好，每次值班，不是看工艺书就是看设备图。有一次他把相关设备的性能用途甚至尺寸，如数家珍一气说出，我当时呆若木鸡，这班长也做不到啊！

人对人的尊重是一步步的。年前，师傅托人从矿区带鸡蛋，那里的便宜，但出了正月蛋壳也没见着。师娘说把钱要回来，师傅没去，他对我说那个人很困难，算了。事情虽小，但从中可以看出师傅的人品。

班组政治学习，大家问师傅怎么看，他想了想说："从前安禄山有个大肚子，唐明皇问装的什么，安禄山说一颗忠于皇上的心。唐明皇好高兴，不久西风落叶下长安，安禄山打进长安。"

我好惊奇，如此风趣地讲政治，没学识压底做不到，从此佩服得五体投地，鞍前马后一口一个"我师傅"。没想到弄巧成拙，惹了事。

现场调试时，师傅和一位领导发生争执，我嘲讽说"你没我师傅懂"，领导甩手走了。

车间领导来了，指着我说："瞎起哄啊！"

我很不耐烦地说："惊动官府了。"

领导脸一沉说："怎么这么说话！奖金扣了！"

师傅把我拉到一边说："傻小子，这么贫嘴，得罪人啊！"

师傅送我一张照片，身着戎装，背景是嘉陵江和锦屏山的交汇处，还抄了成都武侯祠的半副楹联给我：

能攻心则反侧自消（从古知兵非好战），不审势即宽严皆误（后来治蜀要深思）。楹联全文，括号内是我后来找全的。师傅是规劝，他看出我的弱点，争强好胜不晓得量力而行，意气用事不懂得忍让三思。

1979 年部队来人，师傅没多久就被安排做小厂厂长。20 世纪 80 年代初，很多大厂职工子弟无业，于是大厂里有了小厂，厂中厂。

师傅接手时小厂没产品，只有小吃店和鸡场，那无济于事，几百个小年轻嗷嗷待哺。很快，师傅筹建一个生产圆钢的小轧钢厂，从基建到投产不到一年。那时的钢材，不愁卖，这边出来，那边拉走，小厂赚钱养活了自己，反过来帮大厂建住房发副食。我没想到，许多人也没想到，一个转业军人能做这样的好事。

师傅恢复待遇也没忘掉我。先要我去做工长，后来又让大厂厂长在我上学的申请上签了字。做不做工长无所谓，但读书太重要，会改变我的人生。这就叫机遇，机遇就是好人送你的运气。

但没想到，师傅突然靠边了，先挂起来随后免职。小道消息不绝于耳，收了好几台电视机，房子有好几套。国企有很多这样的问题，此前小厂副厂长已经进去了。去师傅家，眼见为实。师傅是搬进新居，三室一厅，简装，但电视机还是老的。师娘气愤地说，几套房在哪？师傅笑笑啥也没说。

之后我读书去了。就在我为师傅忐忑不安时，突然听说师傅啥事没有。我跟了师傅七年，凭直觉，他不会有事，他不乱且正直，不是他的不要，不该拿的不拿。说实话，起先我觉得他就是师傅，渐渐觉得他是老师。老师和师傅是不一样的，师傅教手艺，老师既教手艺也教做人，所以说一日为师终身为父是有道理的。

班长老韩

从进厂起我就觉得班长为人太糙，脾气火爆还有外号，外号也是客观的反映。

班长的脾气厂里上下皆知，对上不惧，左右不让，几句话不对路就来横。他是湖北人，姓韩，一开口就是"我老韩"。他有个外号"老六"，这可不是什么人都能叫的，能叫的是和他差不多的班长或者老师傅，他们叫，他一点也不恼。这是怎么回事，起先我不知道，有一回，班长把小师傅捋了一顿，小师傅一气之下，来龙去脉全抖给了我。

班长从武钢来，六级工，活做得好脾气很不好。车间主任看重班长，厂长见了也称他老韩师傅。可是脾气不好得罪人，左右结怨人缘没了，车间很头痛，以至这样，评先进给了，升级涨工资却搁下了。

毛主席去世那一年，厂里有百分之三的升级，班长认为自己升级是板上钉钉的事了，他很指望这个，上面也考虑提他的级，可最后公布的时候却没有他。班长不干了，他说我老韩贫农出身，管道学校"老毛子"技师带出来的学生，六级工做了十年，圆圈里的活哪样不会，涨票子了，把我弄圈外，让我还是六级。他到车间找，车间主任好言安抚，到劳资科找，劳资科长顾左右而言他，最后找到厂长，厂长想了好一会儿说："下次再说吧。"事情通天了。班长大气一场，请了一星期病假，一天一斤酒，一星期上六天班，就是六斤酒，还是六级工，所以叫"老六"。

不过，小师傅说别看班长表面凶，内心很苦，家里日子清汤寡水，喝酒也是喝闷酒。

班长老婆没工作，户口在郊区蔬菜队。她原先在武汉，迁移过来时户籍证明弄丢了，补又补不来，最后只好挂在郊区蔬菜队，就这还是厂里出面才解决的。问题来了，蔬菜队属于"菜农"，"菜农"是农村户口，不发粮票，吃饭要去黑市买口粮。还有，夫妻一方农村户口，厂里分房不考虑，他只好去租房。房子八平方，挨着铁路，一过火车，像来地震，屋子里的东西跟着动。这些都是我后来弄清楚的。班长日子苦，所以脾气不好。他有技术，做的活没得说，够格升工资，但是因为脾气差影响升级，他想不通。

班长的脾气，我们领教过。他安排的活只说一遍，不按他说的做，马上把你搡一边，那劲，能把人搡倒。偶尔去隔壁班串门，回来屁股没坐稳，话就来了："瞎跑什么，不能看书制图。"不服气，嘬了一下嘴。班长脾气更大了："嘬啥，说瞎跑就重了？"

但时间一长，我觉得班长坏脾气里有股侠气，他并非任何时候任何场合都不好，发脾气也很难说都很恶劣。

端午节班长带我值班，吃饭时他要我尝他的菜。我不太敢，他说没事，他不是对什么人都凶，是有时不凶没法过日子。他说他住的小平房，火车噪音不说，四邻全是农民和盲流，就他一个马钢工人，不厉害根本住不下去。他老婆养了二十多只鸡，全下蛋，用这换零花钱。一天他下班走到铁路口，儿子慌慌张张地跑来说鸡让人打了，到家一看，血呼呼躺地下十来只。他眼睛冒火，取出猎枪，子弹上膛，出屋破口大骂，断子绝孙的，敢蒙我老韩的鸡，老子不干。然后持枪挨家挨户问，没有承认的，也没有犟嘴的。他说那天真要有出头的肯定一枪上去了。他用筐装上死鸡，到厂里开水房

"烫"，捋鸡毛，死得太多，家里小炉子来不及烧水。有说闲话的，啐他一口，有同情的，送他一只。这脾气能压邪，打鸡的事没再有了，他老婆继续养鸡，补贴家用。

最出奇制胜的是房子。房子是班长的心病，一家三口租八平方小屋，夏天热，冬天冷，晚上吵得睡不着。可是没办法，政策规定农村户口分房不考虑。为这事他跟行政科长干过好几次，说菜农算农村户口，那么我要探亲假怎么不给我。行政科长说，算不算农村户口找派出所，请不请探亲假找劳资科，你有本事把这条政策改过来，我立刻分你房子。

1979年厂里分房有新政策，二十年以上工龄可适当照顾。班长忙开了，七个分房委员找了六个，境遇实在让人同情，都说该照顾，但说得很清楚，楼房不可以，平房有可能。20世纪70年代，能分到平房算不错的。班长算过账，平房十八平方米，比他的铁路小房大十平方米，房租不付了，火车噪音没有了，农民和盲流的麻烦消除了，他觉得这十八平方米解决了他最关切的问题。回家对老婆一说，老婆也高兴。谁知道一开会，行政科长提出一个问题，说像这种情况的有好几个，解决了这个其余怎么办？班长找了其他的分房委员，就是没找行政科长。

这天班长下班回家一气喝了半斤酒，然后直奔行政科长家。科长爱人认识班长，一个劲地说韩班长坐。班长说我今天不是来坐的，是来找科长的。科长连声说喝茶，班长说我也不是来喝茶的，我来问平房还有没有，科长说还没有定嘛，班长说到底有还是没有，科长说怎么这么个口气，你回去写份申请。班长想已经写过了，还叫写，有希望，转身走了。

回家后他把儿子喊到跟前，说："我怎么说你怎么写，一个字不许少：工人老韩，贫农出身，工龄二十六年，一家三口现住租房八平方，申请一间平房挡风避雨。"第二天一早往行政科长办公桌上一丢。

隔几天，房管员来找班长，见面就说："老六，单身分到房子的，你是头一个。"

班长啐了他一口："干了二十六年，连一间平房都不给，我老韩不干。"

搬迁新居后的一个星期天，班长请全班人到他家"坐坐"，之前班长从来不说请谁去他家里这样的话。晚上班长喝了一斤酒，我头一次进班长家，头一次看着他喝一斤酒。

后来我离开车间去读书，有一次碰上小师傅问班里有啥变化。小师傅说有啊，班长变好了，不训人不骂娘，吵都不同人吵。我说怎么啦，小师傅说没什么可吵了，儿子参军，老婆蔬菜队的地被开发商征用，眼下等着招工和补偿，厂里又要分房子，这次是新房，两室一厅，他是板上钉钉稳如泰山的。

小师傅

我有两个小师傅，一个是老三届，一个是回乡知青。小师傅相对老师傅而言，技术上差点，但已有历练，可以独立工作，包括带我这样新来的。

老三届的小师傅姓黄，个头不高，精干。他肯琢磨技术也有技术。刚进厂跟着他做活，有一次制作一个备件，画图，锯管，钻孔，还要焊接。我做得一塌糊涂，他很耐心地手把手教，最后等于他重做了一个。我当时就说黄大师你真行，什么活都拿得起。

小师傅是正规称呼，大师是调侃，是调皮小徒对长兄般师傅的戏谑，厂里都这样，但对老师傅不能这样喊。黄大师说："你刚进厂，自然不行，多做就有了，技术是多方面的，要学会看图纸、制图和下料，你到新华书店去找，管道施工和钣金工下料的书。"

茅塞顿开。在车间什么活都得会，不是说越界去做其他工种的活，而是你做活时不可能有其他工种的人跟着，这是工厂的社会学。那时讲技术是粗放的，本事都是现场学来的，黄大师就是这样走过来的。他苦活累活从不挑剔，学到了很多，积累了很多。

后来班长退休，黄大师当班长，人比班长还忙。厂里技改多，工程师、工程队都来找他，甚至请他，郑重其事地喊他黄大师。那是佩服赞赏，因为全厂所有管道都装在他的脑子里，掌握了，少走弯路节省资金。这就是技术，一种符合科学标准的专长，一种可以实时解决疑难杂症的本领。

回乡的小师傅姓许，采石人，身体壮实。他也带我，我也喊他许大师。许大师本分老实，干活不差，什么都能做，名誉利益从来不争，也不掺和纠纷。我们班，特困户是班长老韩，贫困户就是他。他家在农村，有三个孩子，他当工人，师娘种地。师娘能干，但一家五口，四个农村户口，许大师只是二级工，缺钱是不言而喻的。

许大师关照我，干活不必说。那时我单身，他常喊我去他家。有一次去了，师娘做红烧鱼，特好吃。我说干嘛这么破费，许大师说是她从河里弄的。师娘贤惠，待人真诚，这是美德，同身份和贫穷没关系。

黄大师、许大师都是我刚进厂的师傅，那时在一起干活，一起说笑，什么顾忌都没有。我离开车间时，他们还恋恋不舍，可当我重回车间，做了车间领导，反而尴尬了，疏远了，客套了。

有一点我清楚，两位师傅有困难。黄大师家住房困难，有段时间因家中太挤，只能住厂单身宿舍。许大师更困难，本来就是农村的，还吃了一次不小的亏。那年城郊农业户口可以转为非农业户口，但是要花钱，一个几千块，许大师给三个孩子都转了，本来没什么积蓄，这下不但家底空了，还欠了债。

可他们从来没找过我。一到分房分奖金，评困难补助，办公室吵吵嚷嚷，他俩从没出现过。说实话，有时我还真想他们来，只要来，再僧多粥少，我也会想办法的，可他们一次都没来。我离开车间时，问黄大师，他回答干脆说："就因为你是我徒弟，所以不来。"

小师傅不会讲大道理，他们是工人，凭技术吃饭，肯帮人，不会讨好人，宁愿自己吃亏，也不想给人添麻烦，这就是格局。范仲淹有名言"不以物喜，不以己悲"，这是士大夫的格局。小师傅有小师傅的格局，在他的范围内，磊落做人，先人后己，这和范仲淹在《岳阳楼记》中说的道理是相通的。

我女儿结婚时，黄大师来了，他带来了十个晾衣服的衣架，五个宽些，五个窄些，不锈钢焊条做的，他说不会生锈可以用很长时间。我不知道他怎么知道我女儿要结婚的，但他的苦心我懂，宽的女婿用，窄的女儿用。

许大师退休前终于分到了房子，但是比较差，那时我能说上话，但他没来找，我也不知道他要房子。后来我有事找他，事情不大，但他尽力尽心，反让我觉得有愧于他。女儿的女儿养蚕，要桑叶，小区有棵桑树，手够着的都秃秃的，高处有桑叶，但得攀墙头。晚上给许大师打电话，第二天早上过去，一包桑叶一包蔬菜。师娘几十年菜农，许大师退休后帮着种，菜园里什么菜都有，盛情怎么都拦不住。我作着揖说："桑叶我拿走，菜到市场卖，钱留着用。"许大师说："你现在不是我领导，怕什么？我种菜不是卖，卖不了几个钱，是自己吃，都是无公害的有机菜，旁人我还不给呢！"

从进厂起，两位小师傅一直把我当小弟看，他们给了我不少兄长般的关照，我有过回报吗？想想都赧颜见人啊！

工　匠

　　像班长老韩那样的不是一个，是一群。当时厂里工人来自三方面，老师傅，从轮箍厂来，往上溯源，从鞍钢、武钢、包钢等大钢来。班长、工长、技术员，包括车间领导都出自他们当中。小师傅、老三届和回乡知青招工进厂，有一定历练。还有我们这批新工人。老师傅是骨干，中流砥柱。

　　我当时在机修车间，这里讲技术，车钳铆电焊都是技术。老师傅都是能工巧匠、业有专长，再复杂再大的东西，到他们手上，能丝毫不差地制作或重装出来，没这本事，当不了头。

　　我进厂时现场很忙，经常加班加点。马钢中板建厂历经曲折，1969年动工，计划当年施工当年投产，但到1975年这还是一个工程，没成为工厂。一些老工人急了，写了一张"不做马拉松工程的奴隶，要做钢板的主人"的大字报。工人朴素，讲责任感，对年年喊投产，年年放空炮很烦。领导层很有组织能力，车间主任的话直截了当："工程的尾巴一律归口消化。"

　　这段激情燃烧的岁月，我赶上了。上千个项目，一个个做。一根轧机主轴试车出了问题，要返修。问题来了，三米长十几吨重，没这么的大车床。上海有，但运输费事，周期长。几位老师傅和技术员想出了用两台大车床合成一台超大车床的办法，没先例把事情做了。

　　这些经验丰富，能解决现场各种问题的老师傅，热爱工厂，为此怎么付出都行。他们生活朴素、思想传统、不会同领导叫板，更不会到社会上随波逐流。在工厂怎么建设的问题上，很清醒，一靠专业技术，二靠艰苦奋斗。这就是当时大厂的人文背景。那时夜以继日，就是个夜班费，搁到今天，加班奖、革新奖，至少几百上千。后来他们退休，聚到一起讲往事，自豪无比，没有一点愤愤不平。

几年前，我参加一位老工长遗体告别，他获得好几次公司劳模。我朝躺着的身体投去最后一眼，一阵悲伤，一代人走了，他们是工匠，没有工匠就没有车间。那天，我想起了许多老师傅，一个个地想。老工程师姓林，我听他讲授过机械制图。金加工班长姓胡，八级工，手上总拿着把卡尺。铆焊班长姓王，也是八级工，闲时爱唱"二呀嘛二郎山"那样的老歌。

办厂报

我读电大要结束的时候，被抽回厂部办报纸。现在不会有这样的事情了，没有谁认为工厂办报值得和有必要，但当时不同。厂里主要领导对这事饶有兴趣，他也想办，但缺少编辑人员，正好我是学中文的，就把我抽去了。去没几天，部门领导看了我写的东西，大概觉得还行，就对我说，不能光办报，内外报道都要搞起来，于是我成了既办报又写稿的宣传干事。

厂报全称《中板报》，周六出报，十六开，马钢印刷厂承印。同正规报纸一样，分为要闻、生产经营、政文和副刊四个版。但是副刊除了刊登文化生活稿件，还有下周的电视节目预告。报纸是免费发放的，职工很欢迎，不是喜欢这张报纸，而是喜欢副刊上的电视节目预告，等于是免费买了一张电视报。

我负责编辑，还有一个帮手负责新闻图片和校对。这个帮手，书法很好，尤其是"魏碑"，造诣相当深，《中板报》刊头三个字就是他手书的。后来他果然成了书法家，我看到他出版过好几本介绍"魏碑"书法的专著，现在他应该桃李满天下了。

办一张报纸很不容易。那时是一周六天工作制，从周一起，我要参加各种会议，到各个车间、科室了解厂内发展的各种动向，常常是一边听一边记，或者打腹稿。那位喜欢办报的厂领导，对这张报纸要求很高，大的错误是不允许出的，所以我一直小心翼翼，多问多调查，避免差错。在我的记忆里，大错没有，小错少不了，从错别字到标点符号。那位领导仔细，只要发现了，就会立刻把我叫到他的办公室，指着说："不好看，和一张白纸上泼上一滴墨是一样的"，弄得我脸红耳赤。到周四下班前，我必须完成版面编辑，经科长审阅，送交印刷厂检字排版。周五得待在印刷厂，从小样看到大样，消灭各种文字和排版错误。周六下午取回印好的报纸，那是必须取回的，因为全厂上下都等着电视节目预告。也就从这时起，我要考虑下周《中板报》该如何组稿。

没记错的话，《中板报》在我的手里一共编辑了二百多期，时间近四年，按每期八千字算，至少编辑了二百万字。厂报不能和专业的报纸比，但对我的文字运用能力是一种极大的锻炼和提高，我文学创作由此开始。同时，这项工作让我对工厂生产经营的方方面面有一定程度的了解，为我后来的工作做了准备。我觉得人十分忙碌的时候，也是他学到东西最多的时候。

后来，那位喜欢办报的领导调任了，换了新领导，新领导对《中板报》兴趣不大。有一次，他问我办这张报一年需多少钱，我回答三万多，他摇了摇头说："上正规的新闻媒体才叫报道，我们却在家里下功夫。"没多久，科长对我说《中板报》不办了，改成厂内信息情况交流"简报"，半月一期，这对我来说自然轻松多了。再没多久，我调离厂部，到车间去了。

搭　档

　　我把车间的主任和书记称作"搭档"。有段时间强调企业党政"将相和"，车间不必要，车间哪来将相。我在车间多年，有过不少搭档，朝夕相处你来我往，年长的称老哥，年幼的喊老弟。

　　孙老哥，大学电器专业，高工，板刷头，精气神十足。厂里的设备机械电器各半，老哥学电器的，但机械故障控制得很好。他说机械设备个大，毛病好找，电器设备个小，毛病不好找，细活难雕粗活好做。其实这话言不由衷，隔行如隔山，半路出家半个专家好不辛苦。

　　孙老哥强势。俩女工骂仗，工长劝不住，他去了，撸起手腕看着表说，从现在起一秒钟一块钱。一看真要扣钱，两下立刻偃旗息鼓。他当车间主任，指哪打哪，都听他的，没唱对台戏的。

　　别看人狠，但其实很"儒雅"。有一次和我聊唐诗，胸有成竹地背诵张若虚的《春江花月夜》，"春江潮水连海平，海上明月共潮生……"二百六十三字一字不差。我震惊之余困惑了很久，我学中文的背不了，他学电器的能背了，他到底是学什么的？我问他是不是庐江人，他说什么意思，我说庐江有周瑜。

　　孙老哥调任科室，他说车间不分白天晚上，挪窝对身体好。我觉得不是这样的，科室是轻松，但就这样了，车间是封疆大吏，这个位置没谁敢小瞧。曾有厂领导说孙老哥能管住一个车间，但是这位领导走了。

孙老哥没忘掉车间，上下岗时他做了许多劝解工作，他从未提过此事，许多年后别人说我才知道。

白老哥，孙老哥的继任，膀大腰圆，其貌彪悍但为人实在。只要有事，不论白天黑夜，都泡在厂里。他腰有过伤，这时扶着腰站在现场，一副砥柱的样子。车间就是这样的，主任是柱子，他立在这里，没有敢从这退的。

我刚到车间很多地方不懂，白老哥精心，哪些场合替我挡，哪些场合我出头，他只做不说，我心中明白。我觉得基层党政关系好不好处，得看人的素质。

白老哥护犊子，这是公认的，下面出了事，他先想的是兜着。一次几位惹事的把事惹大了，对方上告，公安要逮人。老哥问我有什么办法不带走人，他把那几个骂得狗血喷头，然后带人上门修门窗，人家看主任都这样了，就算了。老哥说，真进去了，老婆孩子日子怎么过。

有时有酒局，白老哥会把我圈进去。有位老师傅邀请我去他家"坐坐"，我不想去，我不喝酒也怕喝酒。老哥说，人家是有事找组织，你是书记，我是帮你做工作，振振有词的，我都不好意思了。白老哥在车间一呼百应与喝酒有直接关系，他性格豪爽义气，工人很在乎。但我观察过，他并非有请必到，看啥事，婚丧嫁娶，不去会被戳脊梁骨的。

白老哥提升了，临走对我说了一句话："对事一定较真，对人不能较真。"白老哥走了，任老弟接替。任老弟大学文化，温文尔雅，但能吃苦耐劳。

车间没正点，刚到家，BB机一呼，立刻调头回厂，节假日年三十，任何时候都这样。只要有事，车间办公室就是家，饿了方便面加根火腿肠，困了靠着椅子打个盹，电话铃一响、安全帽一戴跑现场。他那时三十而立，孩子还小。

任老关学机械的，我看见他从一个电器柜中找出一根短路的线头，让边上的电工班长一脸羞愧。他能组织大修，也能进行整修，玩积木似的。他性情温和，他办公室只要有嚷嚷的肯定是别人。我去看看，他还连连推我说："没事没事。"车间主任怎么能不遇事，有事化无事，这是胸襟和定力，没这个，车间做不下去。

我俩经常中午交流。一份蒸饭一小盒自带的可以相互品尝的家常菜，他对我的虾子炸酱感兴趣，我喜欢他的蒸咸肉。我说我十二岁那年稀里糊涂地交了一份插队申请，结果五年后才回到城里。他说他十九岁时心不在焉地填了高考志愿，没想到在北京读了四年大学。

任老关是农民的儿子，他父亲几次来车间，性格憨厚没客套话，但最后不幸脑出血去世，他姐姐和弟弟仍旧务农。农家子弟，寒门才子，同这样的人搭档，牢靠。后来他升任公司领导，我打电话找他，接通后他说："老哥，是你啊！"老弟已居高位，依然喊我老哥。

"搭档"起先是喊着玩的，喊多了，约定俗成了。钢铁企业车间至关重要，没有车间，钢炼不出来，材轧不出来，而"搭档"好，车间就好。我先后有十个"搭档"，引以为豪的是没有一个出事的。对我而言，岂止是搭档，而是交了一批业有专长、可以推心置腹的朋友，仔细想想那些朋友，觉得在工厂的日子没白过。

工　伤

　　20世纪90年代，我遇上了一件要命的事情，工伤。做基层的，安定走天下，不怕麻烦多，不怕事情多，就怕人出事。

　　那天我在办公室看考核。隔一条专用铁路，就是宽阔的厂房和长长的作业线，"咣当咣当"的震荡从那里传来，飘得辽远辽远。轧钢生产充满物理学理念，光、速度和力激烈地奔跑。

　　电话突然响了，厂调语气慌张，抬出去一个人，是你那里的。

　　我的人出事了，抬出去的，我蒙了。厂门口，脸色铁青的厂长说了一句话，快去医院，扭头走开。这个姿势表明了他的立场，也让我更加惶惶不安。天空秋高气爽艳阳横亘，我知道马上要山雨欲来风满楼了。

　　事情像猝不及防的地震。四个人正在抢修，一块瓦蓝光泽的钢板突然冲来，眼快的一个大喊"快跑"，这一喊救了其余三位，自己却慢了半拍，左腿先被挤住，接着被切断。那个区域电源拉了闸，钢板怎么动得起来？既然动了，谁动的？

　　抢救和救死扶伤不是一回事。大夫拿着一张单子说，签字，马上截肢。我眼睛冒火："截掉还能长？才二十岁今后怎么过？"他说讲这些没用，救命要紧，你签不签？我的话没用，那好，你是医生你看着办。

厂长到了，他签过字后说，赶紧请他父母，你自己去。厂长脸上的铁青消了不少，我迟疑不决。我是伤者的车间主任，这时候让我这样做，怎么好做，怎么张口？厂长看出来了，他冷静地说，这一关你是非过不可的。我猛地清醒了。

我小心谨慎地说小腿被挤了一下，他母亲说挤一下会派车来接吗？我反复解释真的不致命，他父亲说，真有事，你一定要帮忙。我鼻腔立刻酸得满满的。

渗透血迹、套着劳保鞋的一截东西被推车拉走了，我毛骨悚然地斗了一下，我知道那就是断掉的腿，我想象不出一个人少了一条腿怎么办。小伙子醒了，这位才进厂的技校生，头发茂密漆黑，鼻梁挺直，但脸色苍白。他毫无气力地对母亲说："没事。"母亲哭着说："腿都没有了还没事！"我如鲠在喉，从观察室逃了出来。后来我一直认为，孩子的疼痛加上母亲的眼泪，是最容易令人动容的。

一只手一把拽住我，小伙子的爷爷。有人告诉我，他一直在找我。他说："早上好好的去上班，下午腿怎么就没有了？"老钳工手指粗砺，拽人生疼，我有思想准备，不论遇上什么，沉住气。

调查组第二天来了，除了公司还有市劳动局的人。那年头走过场的事很多，但工伤走不了过场。他们反复地问，出事前你在哪里，出事时你在哪里，出事后你在哪里？

那天我彻夜难眠，不是怕追究，而是觉得委屈。当车间主任，安不忘危，花力气最多，从不敢放松，事故还是上门了。还有，一个篮球打得很好、获得全市新年长跑第三名的小伙子，突然一条腿没了，何况他救人在先，能脱身没脱身，对上对下我怎么交代？

有资格当车间主任的人很多，但我没有玩忽职守。那个擅动操作杆的，才是玩忽职守，往高了说是害人性命。艰难的医治，南京上海，找黄牛挂号，买车票住宾馆，亲力亲为，财务上走不掉的从车间走。人要讲良心，没有那声"快跑"的呼喊，其余三个谁都跑不掉，我还有日子过。

那些天，我忧心忡忡，但也慢慢冷静下来。我去了那个操作台，黑色的操作把，往前推，辊道上的钢板就动。但那天它应该动不了，没电，电锁锁上了。我盯着看，往前往后送电断电。突然我狠狠地跺了跺脚，电可以锁住，但来一个不问青红皂白的等于没锁。怎么不派人看着？

厂长担了不少。责任者待岗半年，我和责任者的车间主任各扣三个月奖金。这算客气的，厂长对上对下也要有个交代。车间主任是大厂中层，车间好大厂就好，这个道理大家都懂。

小伙子腿被截位置挨着膝盖，医生说假肢不好装。果然，摩擦大，伤口愈合难，渗血发炎发烧，有半年时间都这样，假肢前后换了好几个。他母亲说他没喊过疼。

我去他家，一个五十来平方米的两居室，简单整洁，墙上贴着学生时代的奖状。我问他们有什么要求，除了医疗，他家从没提过。他父亲说："我三十年工龄，相信组织。"这不是大话是实话，他父亲是工人，母亲是下岗工人，这是一个不宽裕的本分人家。我像被刺蜇，阵阵隐痛，接着是一脸一失足成千古恨的羞愧。

一年后，几次在厂部碰上拄拐跚蹒的他。每次碰上，他朝我笑笑，我也朝他笑笑。我是苦笑，无话可说。生命是运动，他只有一半在运动，我还有什么可说的。后来，只要是善后，我都全力以赴。我只能这样回报，回报是想扯平，可是半截腿，扯得平吗？

二十多年过去了，扯平成了一种纠结，没离开过我。听说他后来脾气很差，常常悒悒不乐。又听说他成了家，有了一个女儿。那条生产线终因陈旧被淘汰，过去的回忆无所依附全走了，于是只好把扯平换成上面的文字。

"老科"们

"老科"就是老一代的车间主任或者科长，大厂中举足轻重的一层人。

20 世纪 70 年代的老科，大都是现场和社会经验丰富的工人或者复转军人，我写的是与我交往密切的老科，他们领导我，影响我。我在潜移默化中默默地跟着走，也由此看到了大厂中复杂的人际关系。

魏老科，我的车间主任，东北人。

那时我刚进厂，干活肯出力不耍滑，魏老科说我是"良种"。同伴说这话不好听，我无所谓，优良品种，夸我的。魏老科钳工出身，他说小青工要出息，从基本功练起。用锯弓，端直，马步，抡锤要击中圆心。我哪有这耐心，但还是照他说的练，他是主任，会来检查的。后来我能配个钥匙修个锁，还做过一盏自名为"北京"的小台灯，小聪明有长进起源于此。

魏老科会做思想工作。那个年代的老师傅，讲师道尊严，徒工上班要扫地打开水，给师傅泡茶蒸饭，我和班长就是这样杠上的。我说班长倚老卖老，班长说我胡闹，最后班长找车间说再不处理班长不当了。魏老科来了，狠狠压我，不让我说话，手把桌子敲得"砰砰响"，说不整整不知道工厂是怎么回事，而具体的发落，一点没有。然后他把班长弄到家里喝酒，说呼来唤去让人干杂活，不合适。最后，逼着我向班长赔礼道歉。班长明白，主任的酒就是主任的面子，顺着给的梯子就下了事情也就这么算了。

几年后，魏老科调任机动科长，我还真舍不得，见面总是主任长主任短。有热心人把他的女儿介绍给我做朋友，但这事没成，此后我看到魏老科舌头就僵，主任也喊得不自然，魏老科对我依然如故。

1980年元旦我调集管科做工长，当时集管科有四个科长，我受他们直接领导。集管科是为安置返城知青和本厂职工子女就业而设置的科室，又叫知青厂或小厂。小青年不好管，一下过来好几百，所以得党政工齐全，科长多配。老科多事多，政出多门，矛盾和冲突来了。

张老科，科长，江苏海门人，一九四九年的兵，大个子，一脸络腮胡。从排长、连长做上来，又做过铁厂、钢厂的车间主任，人厉害，作风强硬，常称自己是"带兵的人"。比如开大会，他手捧保温杯，不断用江北口音发出指令："立定、向右看、向前看"，指挥小家伙们在球场排列队伍，很有定力。

张老科对副手不尊重。张副老科，营长转业，长得矮胖。正职厉害，他就不太管事，张老科看安排不动他，就开涮他，摸着他的头故作惊讶"怎么长得和吴法宪一个样"，副老科尴尬地笑，张老科脸一板，说："笑嘻嘻不是好东西。"

副科中屈老科不服管，他脾气倔，常常和张老科争来争去。开始有分寸，次数一多，就拳脚来往了。屈老科分管生产和销售，科里唯一的一辆车子跟着他四处跑，有时几天跑得无影无踪。张老科开火了，他在科务会上问："车子去哪里了？大厂书记开会说防止以权谋私，在我们这里要防止以车谋私。"接着定规矩，"用车子，我在家我说了算，我不在书记说了算，我和书记都不在，两位副科长一起定。"果然车子的轮子稳多了。

知青厂最挠头的是没正经活干，几百号人，今天挖沟、明天修路、后天拔草，和临时工差不多。张老科到江浙调研一番，回来提出办三产，但是厂领导意见不统一，事情拖了下来。张老科把设想往每个厂领导的桌上放了一份，然后咄咄逼人地说："谁不做谁来收拾烂摊子"，作风纵横捭阖到这种地步。没多久绣花厂、花圃、工程队和小吃部办了起来。可是又没多久，绣花厂和花房关门，小吃部被承包，只有工程队存在下来了。

事与愿违，张老科受到刺激，调任保卫科长。临走，说了一句沉重的话："怎么五十岁了呢？我不该有五十啊！"一腔力不从心的遗憾。

屈副老科，无锡人，嗓子沙哑，铆工出身，手糙得能砺破皮。他属于那种直来直去的大老粗干部，不善言辞，能喝酒，他办公室橱柜有许多酒瓶，有未开过的，也有只剩半瓶的。

屈老科不讲规则，喜欢乱拱。张副老科没有参加他安排的捡废钢，他随即怒气冲冲地要人事员扣奖。他和书记很少冲突，和张老科总掰，不知什么时候就掰上了，不买张老科的账。知青厂四位科干，他和两位不对付，好几次我以为他要调走，但最终走的不是他。有人说他和大厂主要领导关系不错，能说私房话，他矢口否认。

有一天，屈老科和张老科在办公室开掰。张老科说："我调查了，你要买的大剪是二手货，螺丝都锈死了，不能把钱扔水里！"

屈老科气得发抖，说："你那个绣花厂、花房假如能赚钱，把老屈两个字倒过来写，我们是小厂，要靠大厂，告诉你，上大剪是大厂韩书记支持的！"

底牌一亮，大家有数了。不久，两万元的四米大剪进了厂，一个月后张老科调走。这台二手大剪做钢板边料加工，养活几百口人好多年。这样看，屈老科还是有眼光的，但屈老科最终很潦倒。不知什么由头，他和秘书科李老科打了一架，两个老科扭在一起影响极坏。那时大厂书记已调走，厂长扣了他的奖金，让他退二线，此后就很少看见了，有人说他到苏南某乡镇企业当厂长去了。

　　一代人一代风气。社会有官场，工厂肯定也有，有官场就有争斗，但毕竟是国企，有党纪国法管着，斗而不破。老科们廉洁，斗来斗去，没出事的，他们的观念决定了他们不会出事。车间级的出事的概率相对低，它就是生产，厂矿一级也是如此，就是生产。

我是祖母带大的，她是旧中国丝织厂的挡车工。外祖母一直操持家务，没有职业，但外祖父是国民党军人，在抗战中阵亡。父亲在学校读书时加入共产党，从此参加革命。母亲是中学的班主任。而父亲和他的那批同志投身革命的惊险历程，让我赞叹不已，推崇备至。

我的祖母

我家先辈，对我至关重要的是祖母。我出生第三天，眼睛还未全睁，父亲就把我送到了祖母的手上，一送十年。可祖母从未享过我的福，即便去世四十年，我又去看过她几次？于是用文字来回忆祖母，我不想让祖母默默无闻，想让她栩栩如生，文字可以永恒寰宇。

祖母和我

祖母和我的事要从父母亲说起。上海解放第二年，父亲带了一个人回家，就是我母亲。事先没说，祖母一阵慌乱后惊呆了。那时母亲出奇的漂亮，个头不高不矮，身段苗条，头发乌黑，一双大眼睛，两条弯月眉。祖母拿出了积蓄，买了一套家具，请了一个名厨让亲朋好友吃了一顿喜酒。后来祖母说这是她一生中办得最体面的一件事，而这套家具至今父母仍在使用，它的商标是一条狼狗。

又过了一年，我出生了，母亲没奶，于是父亲就像送一件礼物一样，把我送给了祖母。听父亲说，祖母接到手一看，立刻笑了，说我父亲也是一双小眼睛，一式一样的。我的眼睛的确像父亲那样小小的，但是父亲眼睛的大小同祖母差不多，血脉遗传，祖母高兴劲流于言表了。

我不好带，也会惹事，比如打人家玻璃窗，对站在公用便池尿尿的大人撒沙子。现在想想难为祖母了，人家找来了，祖母赔笑说对不起，我在一边一声不吭。祖母从来不敲我，人走了，她会说我几句，但是让祖母丢人，我心里不好受。后来上小学，成绩还行，但常常掉作业。老师来了，祖母说："以后我看住他，他老子以前也这样，让我看住了。"祖母喜欢说父亲的事，对她是回忆，对我是历史。

祖母和太祖母

祖母小时候聪明。她是家里的小女，曾外祖母疼她。她曾经裹脚，裹到脚尖痛脚心胀，受不了就吵，曾外祖母于心不忍，网开一面松了。后来我看到的祖母的脚，脚拇指不舒展，脚背罗锅，明显是当时松开的痕迹。

祖母想念书，她的兄弟都去念书，或私塾或学堂。当时家境没问题，但曾外祖父觉得女孩念书没什么用，不让去。祖母又吵，曾外祖母说去考刺绣学校，适合女孩，考上就上，考不上就不上。谁知道祖母考上了，学刺绣也学识字，在当时算得上学历教育了。

民国初年，女子守闺房已成旧俗，进校上课是新潮。祖母在刺绣学校学了两年，学成后留校任教，有了一份工作，走出了旧式妇女的圈子。

祖母刺绣很好。父亲说溧阳老宅的厅堂上，挂有一幅祖母绣的"猫嬉"，几条猫在一座假山上游戏，有的翻滚向上，有的仰卧撕咬，有的弓腰发怒，还有的相互亲密，生龙活虎，惟妙惟肖。曾外祖母喜欢，把它挂在厅堂，视为家族文化的标志，可惜日本人打来时，未能带出来。我小时候，祖母常在我的衣服上绣小鸟小花，她想用传统文化把我装扮得好看些。

祖母和祖父

祖母的闺秀是梦，遇上祖父梦碎了。

　　年轻时的祖母清秀玲珑，一股江南水乡的韵味，像小雨，像小河，祖父喜欢，祖父自己也高挑英俊。父亲说祖母是喜欢祖父的．我也记得祖母曾对我说过祖父高个子、高鼻梁，有喜欢的意思。可惜祖父不是一个负责任的男人，婚后不久，嗜食鸦片挥霍家产，还偷偷卖掉祖母的陪嫁，祖母气得吃不好、睡不好，直到祖父染疾去世，祖母才得以解脱。那时父亲还没出世，父亲是遗腹子。

　　祖父一去世，曾外祖母立即把祖母接回家。小女出嫁一年，有了身孕，但男人死了。曾外祖母特别心疼，一直住一起。父亲出世后，还帮着照顾父亲。而祖母似乎一直没能走出一段婚姻，孑然一身未再有婚事，她保留一张祖父的全身照，放在一本黑色的相夹里存了至少四十年，与她一起独撑绵长的岁月。她对祖父只字不提，从不说不是。

　　祖父吸烟土，从小听父亲说过，开始不愿接受，不情愿祖父与鸦片有牵扯。上小学读了虎门销烟的历史后，觉得这是一个问题了。英国人用鸦片侵略中国，中国人居然有喜欢鸦片的，这个人居然还是自己的祖父。

　　我问祖母："祖父真是抽'福寿膏'（苏南一带对鸦片烟的称呼）死的？"

　　祖母回答简单："是的。"

　　我又问："他为什么要抽呢？"

　　祖母有些不愿意了，说："不学好呗。"

　　我接着问："他是怎么抽上的？"

　　祖母生气了，她用尺在桌上重重敲了一下，说："问这些做啥，谁记得清，你好好做人就可以了！"

　　在我的记忆中，祖母性情温和，很少发火，唯独讲起祖父就很不情愿，看来她不是记不清，是不愿去想、不愿去记清，祖母是一个不会伤害人的人。

祖母和"工棚"

日本人打来的时候，祖母带着父亲逃出老家溧阳，先逃到无锡，后来逃到上海，不久进一家丝织厂做工。

祖母这生有过两种职业，在刺绣学校教书和进工厂做工。教书时间短，离现在远，以前我也没问过她这方面的事，几乎不知道什么。做工时间长，做了二十年，父亲对此印象深刻，以前我也常听祖母说起。

祖母做挡车工，当时只顾着找事做，能不能做得下来，没多想。挡车工很累，祖母每天围着织布机转十个小时，身体散了架。住宿条件更差，外来工人住工棚，女工工棚在厂房顶上，临时搭建的，很小的一块地方住着二十几个女工，楼下是机器轰鸣的车间，根本谈不上休息。祖母一边上班，一边忙着照顾稚气十足的父亲，当时父亲八岁。父亲说同室的女工都是善良的人，她们看祖母单身一人，拖着一个小男孩，挺不容易，常常帮助祖母。有时祖母顾不上，但会有人来管他吃，管他睡。

工棚只有一盏电灯，在靠近出口的背侧，那是工棚最好的地段。祖母想，父亲要长大，要念书，晚上做功课要灯光，她觉得这个有光亮的咫尺之地合适。她把这种想法说了，没想到工友们一掬同情之心，一致同意那里是祖母母子居所。就这样，祖母带着父亲住上了这个恶劣居所中的最好地段，住了好几年。

后来父亲只要话及工棚就感慨万千，他说那是真正的无产阶级生活。虽然他一点也记不起关照他的阿姨们的模样，但他无法忘却底层工友之间的善良淳朴，无法忘记"工棚"，那个只有一盏电灯，只能放一个铺的地方，那里有他的童年。

祖母和我的家

几年后，祖母在新闸路一条狭窄弄堂的尽头，租了一间厢房，厢房背后是苏州河。舅公们看祖母实在困难，非让祖母搬离工棚，祖母也觉得不能让父亲在那样的环境中长大，就搬出来了。

厢房很小，摆一张桌子一张床，祖母带父亲睡，床睡时放开，起时收拢。

苏州河畔的这间厢房，是祖母呕心沥血为父亲筑的巢，也是我"家"的起源。家要有母亲，多大在哪里无关紧要，没有母亲不称其为家。后来这里又成了我的摇篮，祖母带着我在此住了整整十年。

几年前我去上海，听说这一带即将拆迁，拿着相机急忙赶去。一位爷叔在门口拦住了我，我不记得曾有这位邻居。我告诉他我的祖母在这住了至少三十年，他吃惊地"噢"了一声，转身走了。

"家"被镜头放大延伸。这是一座两层木结构的前后厢房，住十来户人家，中间叫客堂，门前有一小块地方被称作天井，它的后厢房和西厢房是没有阳光光顾的。这是老上海弄堂建筑，也叫"鸽笼子"，父亲的童年，我的童年就在这样的地方度过。后来我们长大了，离开了，它没法离开，只能变老，变得憔悴不堪，霉迹斑斑的木头柱子，绿苔丛生的房椽砖瓦。

一种酸楚不已，睹物思人的情绪油然而起，随着镜头直扑而去，最后覆盖了父亲和我两代人睡过的摇篮：新闸路160弄33号。

祖母和父亲

祖母常常把我和父亲喊混淆。祖母就一个儿子，儿子是她的命根子，她为父亲牵肠挂肚担惊受怕，经受的折磨，是许多其他母亲没经历过的。

父亲自小与祖母相依为命，知道祖母的孤苦和辛酸，很听话。渐渐长大，父亲骨架像祖父，祖母十分欣慰。可是上海高校风起云涌的"学潮"改变了父亲。

父亲读高中的时候，经常换学校，就是转学。起先，祖母感觉没什么，次数多了，祖母不放心，悄悄去学校。正好校门口贴着一张开除学生的《通告》，祖母一眼就看到名单中有父亲。祖母慌了，她问父亲怎么回事，父亲说只是和同学一起去马路上游游行喊喊口号，哪晓得弄成这样。

其实，父亲读高中后不久即加入共产党，并担任地下学联联络员，他忙学潮，缺课是常事，还常常夜半归宿。祖母半夜醒来，儿子床上空空如也，她起身走到弄堂口，翘首企足，有时一站就是好几个小时。但是每次父亲都能说出理由，祖母说不过父亲，只是逼着父亲在弄堂口吃一碗阳春面后回家睡觉。祖母心地好，又生活在固定的圈子里，对父亲的事一无所知，邻居们都觉得父亲不像正常的学生，而祖母做不出这种判断，她还把父亲当成听话的孩子。

秋天，父亲身份暴露，上了警察局的黑名单。那时学校的"三青团"已经带着国民党宪兵在校内抓人，也不断有学生被抓走。

祖母是直接感到危险的。有一天，家门口来了一个戴墨镜穿黑绸衫的男人，看不清他的眼神，但进出的人，他都要过目。邻居非常害怕，祖母也倒吸一口冷气，这是"包打听"（特务），他来"打听"谁？想来想去想到了儿子身上。她感到有股杀气在步步紧逼。关门闭窗检查父亲所有的物品，终于在一个小箱子里翻出了一批传单，一本《新民主主义论》。一向小心谨慎的祖母，突然迸发出一种勇气，将这些传单书籍，转移到客堂楼梯的夹壁中，一点点烧，全部烧成灰烬。她认为烧了能保护儿子。

那天父亲没有回家，第二天"包打听"进家了。他问祖母，侬儿子人呢？祖母说儿子是学生，住宿学校。"包打听"说，侬儿子算个啥学生，天天在游行队伍里读书。祖母没听明白，"包打听"转身走了，他要找父亲，而父亲不在。

父亲悄悄走了，是"悄然撤离"，按照地下党组织要求，不能对任何人说。但祖母急坏了，父亲突然去向不明，销声匿迹，她焦急万分，精神惶恐，她怕儿子落到国民党手里。舅公们纷纷往好的方面开导，说外甥灵活肯定跑掉了。好在不久上海解放，否则真不知道祖母会急成什么样子。上海解放后，父亲才回家，但因为他的出走，祖母寝食难安，后来祖母的"神经衰弱"就是从这落下的。

祖母和奖章

新中国成立后祖母的生活比新中国成立前好，有了儿媳，添了孙子。月薪七十万旧币，相当于今天的七十元人民币，属于八级工资制中的六级工。心情好，工作有动力，生产指标超额完成，得到不少奖励，但有一项奖励是这样得到的。

有一次一位修理工被一条突然断开的皮带击中头部，当即不省人事。祖母恰好路过，她迅速上前俯身嘴对嘴送气，直到昏迷者苏醒。一个瘦弱的女工，救了一个男人的性命，全厂上下传开了，厂里奖给祖母一笔奖金。这件事祖母生前从未说起，我听到时她已过世多年，她从何处学得这种救人方法连父亲都不知道。别看祖母平时细声细语、小心谨慎，关键时刻仗义出手，追根究底是人好心好。

祖母获得的奖励，现在只留存一张奖状，还不是工厂发的。祖母退休后，到街道托儿所当保育员，那时上海街道为方便双职工开设托儿所，义务工作。祖母不计较，没有报酬也做，中间还到其他街道帮助办托儿所。五年后，黄浦区政府将一张"先进儿童工作者"的奖状和一枚铜质奖章授给了祖母。奖章纯黄铜，图案是一颗五星，连着一条红色的绸带，可惜被我玩丢了。而奖状从 20 世纪 70 年代起，被我接到手中，现在仍然存放在我的抽屉里，上"先进儿童工作者杨韵芳"几个楷体字清晰明了。它表明，还在七十年前，祖母已经是自愿为公共利益服务而不获取报酬的志愿者了。

祖母的遗物

我手头保留的祖母遗物有三样。一幅遗像，就是我们最后为她送行，悬挂在殡仪馆墙上的那幅。遗体告别一结束，我就把它拿到手中，当时我没有一张正规的祖母照片。一张纸质发黄的奖状，上书"先进儿童工作者"几个字，落款是"上海市黄浦区政府"，那是祖母退休后无偿在街道托儿所工作五年的回报。一份橘黄色封面的工会会员证，上面记载着祖母在工厂每月交纳会费的数额，贴一张照片，就是后来成为遗照的那一张。祖母的这张照片拍得挺好，面带微笑，头发卷烫，很精神。

我常常捧起这三样遗物细细端详，这是我同祖母保持交流的唯一通道。只要捧起，我的眼睛一下明亮起来，祖母来了，要同我说话。祖母平时话不多，不会讲大道理，但她会做事，在工厂会做工，在街道会做托儿所的保育员，在家里会为自己的儿子孙子做事。我是从她所做的事当中，感受到生活底蕴的。

打开橘黄色会员证，证上注明祖母加入工会的时间是1950 年，那年祖母正好五十岁。祖母一生品尝了许多人间辛苦，但是她心地善良品性淳厚，对于灾难的耐受力超乎寻常，对于后代的挚爱无边无际，是一个平常得不能再平常，慈祥得不能再慈祥的贫家祖母。

我写了上述凌乱的文字，以告慰天堂的祖母，寄托后代对她的思念。

外祖母

我一直没打算写外祖母，她过得让人省心，九十三了，能上菜场讨价还价，能在麻将桌上东征西讨。有过一次心脏衰竭，昏迷了两天一夜，连医生都认为到头了，可还是救回来了。这趟死而复生的经历，让许多人刮目相看，都说这老太有得活，我也这样认为，谁知这年秋天外祖母就去世了。我应该写外祖母了。

外祖母的事情要从家乡的汉河集说起。

汉河集是一个小镇，滁河流到这里与清流河和来安河汇集，三河交汇即汉河集。集上一条青石路，有许多商铺。集的东面有一座水坝，坝上有一条公路。

外祖母家原先在汉河乡下种地，到外祖母父亲那一代，到集上做粮食买卖，开了一家粮行，叫"吴隆昌"。外祖母家境不错，她有个弟弟，我见过。20 世纪 70 年代，我去看外祖母，那时叫汉河集人民公社，他到公社医院看病，碰巧遇上的。这位舅公戴一顶破草帽，穿一身补丁连补丁的粗布衣，脚拖着嵌满尘土的凉鞋，不停地同我说话。他记性好，条理清晰，许多外祖母的事是他告诉我的。我走后不久，他就去世了。

外祖母识字，不是直接学的，是陪弟弟上私塾，站在窗外看获得的。虽说不多，后来竟也读书看报。我上中学时看到外祖母读《红楼梦》，问她能否读通，她说要连估带猜。

我七岁那年夏天，第一次看到外祖母。她头顶一条毛巾，手拿一个莲蓬，一边同祖母说话一边给我剥莲子。五十多岁了，清爽白皙，个子比母亲高。母亲极像外祖母，大脸盘大眼睛双眼皮，而外祖母比母亲还高挑，到她八十岁，我都有这样的感觉。

外祖母最值得说的是婚姻自主。外祖父大外祖母六岁，起先只是"吴隆昌"里的伙计，苏北来的流民，穷得叮当响。他怎么与外祖母在一起的，现在没人说得清，但外祖母不顾家人反对，毅然嫁他，这事母亲那代人都知道。

我不知道外祖母这种思想哪来的？她没读过多少书，根本不知道自由、平等、博爱。我曾经问外祖母，喜欢外祖父什么。她反问说，头顶没有脚踩没有，有什么喜欢？这话要反着听，穷也喜欢，只要她愿意。外祖母是本能追求自己的生活，跟境界没关系。后来外祖父成了"吴隆昌"的老板，生意不错，就没人说什么了。

抗战爆发，外祖父拉起一支队伍，加入国民军，守土保家，打了近三年，1940年遇袭阵亡。这件事我写在《外祖父和他的吴隆昌》一文中，外祖父属于抗战阵亡军人。

外祖父死后外祖母无依无靠，她东躲西藏，大舅二舅去了四川，身边跟着母亲和二姨。怕祸及孩子，她改嫁了，和一个国民党区长结婚。当时外祖母不到四十岁。这个人很快死了，此后外祖母一直孤身一人。

20世纪50年代初，外祖母日子不好过，没有正常工作，做零工，敲石子，把石块敲成铁路基石，这还是政府安排的，否则生活没着落。这件事不是外祖母说的，她从不对人说自己吃苦受罪的事，不想让别人跟着难受。这件事是小姨对我说的，小姨当时一直跟着外祖母。20世纪50年代后期情况好转，外祖母年纪大了，地方上也不怎么管了。我们住在合肥，小姨来合肥读书，她就来了。在我家住几天，在二姨家几天，再回乡下几天，在城市和农村之间来来往往。

之后，母亲说外祖母年纪大了，孤零零一个人在乡下，不好照顾。外祖母来了，但说假如不合适就回去。

合肥是省会城市，比汉河好得多。当时我家住大院宿舍，两层楼，一层一个自来水池。那时家家东西都少，没有占地方的家具，外祖母来了住在厨房，她说很好。外祖母做菜好吃，特别是做什锦菜。这是汉河老家的传统菜，由胡萝卜、咸菜、木耳、千张、豆芽等为材料，用素油炒熟，再浇上调料，味道鲜美，一做一大盆，端上就被吃光。

我家搬迁，外祖母说要另找住房，她说搬到五层，爬楼吃不消。母亲依了她，二姨给她找了一层的房子，保姆做饭。外祖母那时的生活就两件事，去剧场听戏，找几个老太太来家打麻将。很快打麻将成了常规活动，每天午饭后和几个老太摸牌。

外祖母打麻将水平很高。有一年大年初一，她先给我家第四代发压岁钱，然后要我们几个陪她打麻将，开始外祖母漫不经心随便打，输小钱，第二轮门风一换，尽成大牌大翻番，压岁钱全部收回。这时她说了一句让人一生难忘的话：牌桌上六亲不认。

我观察过外祖母打牌：两眼时睁时闭，手指轻搓牌面，报牌，两指夹起掷出，一锤定音。局外人觉得机械呆板，实际是洞察了然。牌打到这份上，已经不单是打牌，手、脖颈和大脑都在有规律地运动。外祖母天天要打牌，一天不打则萎靡不振、吃饭不香，打则兴高采烈、思路清晰。在我的记忆中，外祖母一向没有伤风感冒，关键是打牌，打则健康不打则来事，不然她活不到九十三。

有一次，母亲带我去看外祖母。家里没人，母亲说去菜场了，肯定赢了钱，你外婆一赢钱，就请老太牌友吃饺子。

还真是那么回事，我们迎面碰上外祖母，慢悠悠地，一手拄拐棍，另一手握着一个鸡蛋。保姆提着篮子跟着，篮子里有韭菜、碎肉和饺子皮。真哭笑不得，有谁买一个鸡蛋，单个谁又肯卖？外祖母说她每次都这样。

外祖母九十岁时，我们办了生日宴会。她喝红酒，吃蛋糕，听重孙们唱生日歌，说福气够可以了。话很实际，无大病无拖累就叫福气，毕竟九十了。此后，她几次说心坎不舒服，后来干脆说绝对不能火葬，烧很疼，要土埋，回不回汉河没关系。外祖母开始做最后准备了。

1998 年春节后，外祖母几次说要去祁门小姨处。几天后去了，四个月后无疾而终。按她的意愿，在祁门土葬。祁门可以土葬，县城有殡仪馆没火葬场。

祁门城西南小山岗上坟茔连连，外祖母的墓在其间。我去过，一条小径弯曲上岗。在岗上我没什么感觉，下岗后仰视，突然发现小山岗背临一座树木浓郁的山，那座山像一只手，而山岗只是一个摇篮，许多安静的坟茔躺在摇篮里。外祖母让大自然抱回去了。

外祖母是我家高寿和经历世事最多的人，前七十年风风雨雨，后二十年太太平平，在风雨中过苦日子，在太平中过好日子。

大舅来信了

  母亲交给我一个收藏信件的皮包，她说大舅所有的来信都在里面，可我从未打开看过。不久前大表哥说要回来，他从美国来一趟不容易，姑表亲要有话题，于是找出皮包，看看母亲和大舅说过什么、商量过什么，我俩好接着说、接着商量。

  这是一个咖啡色公文包，几道白色的刻痕把它的表面划得四分五裂，拉链也涩，来回几次才顺溜。母亲是教师，做事有条理，信全部装订，按时间顺序一沓沓的。最上面一封用的是蔚蓝色的信笺，抬头有"大哥给我的第一封信"一行暗淡娟秀的小字，背后贴一张邮局的改退批条，上有往市教育局查询的批语。

  我知道第一封信，出人意料绝处逢生。

  1979年秋，母亲收到一封从雅加达发的信，收信为"中国安徽合肥中学张业勤老师（大兰）"。母亲十分惊讶，这封信，邮局稍不细致，早退了，合肥有几十所中学，没法送。还有，"大兰"是母亲小名，当年日军侵入老家，母亲和二姨被一根扁担两只篮子挑着逃反，后来母亲小名大兰、二姨小名小兰，这事外面不知道。

  拆开信，母亲愣住了，是大舅写的。大舅在新中国成立前去了台湾，此后杳无音信，此时信从天降，母亲想不到也想不明白。

  信开头写：勤妹，阔别三十多年，思念甚殷，曾多方打听您的近况，始悉在合肥教书，并奉养老母，特以此信试交，收到火速复信，致以为盼。

母亲心跳得忽快忽慢，突如其来地失衡。1948 年秋，她在女中读书，大舅来了，一身戎装，说要去台湾，想带母亲走。母亲害怕极了，一个十五岁的女学生，兵荒马乱的，哪知道怎么办。最终大舅一人走了，一走三十年，现在突然找来了。

外祖母听说大舅来信了，一下来了精神，急着要看信，看着看着泪水"滴答滴答"下来了。她坐在小椅子上，从头到尾，第一次跟我讲外祖父和大舅的事。

1940 年 5 月，外祖父和两名卫兵，被日伪军围死在一家粮行里，外祖父身中六枪。这样外祖母成了烈属，母亲和二姨有抚恤金，大舅去重庆读书，学机械专业，毕业后加入空军，修飞机、开飞机，最后去了台湾。

我听得敛声屏气、目瞪口呆。外祖父是国军，大舅也是，还是国军中的空军。

我从未见过外祖父，也弄不清他做过什么。外祖母和母亲从来不说外祖父，尤其是外祖母，守口如瓶，对大舅，更是只字不提。

我问母亲大舅长啥样，母亲说像外祖母，我说不对，像电影《南征北战》里的国军，败得一塌糊涂。母亲奇怪地看着我，我说父亲是共产党，不这样说，大舅回来，怎么打交道？其实我是觉得大舅欠我们的才这么说。

第二年春天大舅回来了。一身西装，身板挺直，和气质很佳的舅妈和一米八个头的大表哥一道。外祖母颤颤巍巍，把大舅的脸摸了又摸，说"是我的大宝（大舅小名）哇。"大舅一动不动，温顺恬静，像一个听话的孩子。大舅确实像外祖母，大眼睛，开阔的脸，说话不急不慢。外祖母说："你去重庆时穿一件长袍，我在里面缝了十块银元，你可记得？"大舅点点头沉默不语。大舅十四岁去重庆，二十二岁去台湾，此时五十四岁，和外祖母失散整整四十年。一边的母亲和二姨热泪盈眶。

起先我以为这个久别重逢的场景，一定失声恸哭，让人肝肠寸断，人有悲欢离合，离时悲痛欲绝，合亦悲不自胜。可是没有，外祖母和大舅手牵手说话，然后手挽手走了出去，像回到从前。四十年隔绝，悲伤枯竭了，反倒平静平和，只有当下了。

我觉得大舅不一定要离乡背井，伤痛太重，代价太大。大舅说你去问外祖母，外祖母摇着头说："逼的。"外祖父死后，汪伪的区长四处搜寻大舅，外祖母明白，想斩草除根，外祖父被害，这个人是带路的。外祖母把大舅藏起来，然后用船送出去，自己带着母亲和二姨躲到更远的乡下。

大舅回来，一些事情清楚了。当年他告别我母亲，未立即去台湾，而是带人回老家，把这个伪区长抓住送进监狱。盛夏天气，伪区长从河里洗澡刚上岸就被枪顶住脑门，大舅直眉瞪眼地问："知道我是谁吗？"那时大舅血气方刚。大舅说，这是他此生做得最对得起祖宗的事情。从此，我对大舅刮目相看、肃然起敬。

大舅到台湾继续开飞机，后来去了印尼航空公司。他说，"台南抗战忠义堂"有外祖父的牌位。他一直托人打听家乡，打听到母亲可能在合肥做中学教师，就试着写了信，收信地址"合肥中学"是这样来的。

外祖父埋在家乡汉河的河滩上，无碑，仅做个记号，这一直是外祖母的一块心病。我去过那个地方，莩草丛生，碎石嶙峋，一阵河风吹来，一只野猫一蹿而过。这是外祖父马革裹尸的地方？我满心惊悚、一脸茫然。

　　大舅跪在外祖父坟前，额头紧贴坟土。这是他第一次给自己的父亲上坟，他在祈祷，在呼吸久违的乡土气息，他表现出最大的虔诚和哀思。外祖母在一边烧纸，嘴里不停地说："死鬼，是我送的。"外祖母一直称外祖父为"死鬼"，在我的记忆中，每逢清明冬至，她都给外祖父烧纸，一口一个"死鬼"地喊着。

　　大舅回来想做两件事，给外祖父立碑和善待亲人。第一件事很快成了。他拿出一笔钱，老家堂伯、叔侄二话没说，立刻修坟迁葬。第二件事没做全，他想让外祖母去美国养老，外祖母不去。外祖母不想离开家乡，这人就像树一样越老根扎得越深。大舅还要我家和二姨家，各去一个孩子留学美国，他提供帮助。

　　大舅回来改变了外祖母的生活。外祖母很开心，整天眉开眼笑，说儿子从天上掉下来的。大舅一走，她换了种活法，租房子找阿姨单过，然后邀一帮老太天天打麻将。母亲一直劝阻，说派出所会来管的，外祖母说哪有警察管老太打麻将的。有一次因打麻将疲劳过度突然休克，在医院抢救三天，回家接着打。母亲说随她便吧，今非昔比，她手里有美元了。外祖母不容易，男人离世儿子远走，悲伤了四十年，晚年在麻将桌上东征西讨，也没什么不可以。

　　大舅经常写信来，还寄来计算器和签字笔。他在加州经商，做电脑计算器之类的生意。我还有两个小表哥，最小的表哥比我大。大舅的信多繁体字，文言，母亲说他从小读私塾，四书五经浸透脑筋。

　　上个月美国的大表哥回来，我和他说这封信的前前后后，他也五味杂陈、百感交集。他说大舅找我们找得好苦，写过许多信都石沉大海。现在那代人都已逝去，只有信是见证，是可触摸的气息，虽然这些成了历史，但只要想起就唏嘘不已，悲伤辛酸。从大舅写信到母亲收信，相隔四个月，再上溯，从大舅离家到回家，相隔四十年，人生有几个四十年？

今天的社会，电子邮件，短信和语音说话，信息瞬间可以抵达，还有多少用笔书信的呢？母亲真有先见，留下了大舅的信，留下了一段传奇。一封信多重，秤不出来，但"烽火连三月，家书抵万金"。往实处说，中国改革开放后，信漂洋过海来了，接着是团圆重逢，离散隔绝像手指翻一页书，瞬间过去了，这些信至尊无价啊！

终别母亲

这是九年前我与母亲终别时念的悼文。

当时，母亲躺在近在咫尺的灵床上，安详平和，一个隔绝阴阳的玻璃罩，四下鲜花簇拥。我知道这是一种开始，母亲即将涅槃重生，从此无论怎么呼唤，她不会有任何回应。所以只能在灵堂，人间与天堂的临界，向她做最后的哀诉。

一周前母亲走了，我悲伤满腔、热泪满襟。母亲走得早了些，突然了些。

我开始回顾母亲的人生。

1940 年外祖父离世，当时母亲七岁，被驮着披麻戴孝，为外祖父送行。后来她不止一次地对我说："你外祖父是抗战阵亡军人，你要年年去看他。"

1957 年后母亲在一家工厂劳动了两年，到李葆华来安徽才出来。她很冷静，只说正直地做人，其余慢慢地熬过来。

后来好几年，我们四个孩子，加上祖母，全是母亲辛苦操劳竭力维持。我插队的那年冬天，唯一的毛衣破损得没法再穿，母亲和我的妹妹，七天织出一件毛衣。后来谈及此事，母亲只是笑笑。我想说一个理，一个家，有母亲就散不了。

母亲漂亮，凝视老照片，大眼月眉，纤巧清灵，芳华过人。我几次想描述，她不同意。后来我写了些文字，觉得能把自己的妈妈写好，可她仍然说人平淡无奇好。母亲不喜欢把她变成文学说出去。我写过外祖父，写过祖母，写过父亲和妹妹，都在刊物发表了，唯独母亲没有。

有一次家里的阿姨突然病了，医治费五百元，她从农村来哪有钱，四十年前的五百元不是小数目，母亲付了。阿姨跪着说，东家我没钱还，母亲一把拉起说谁要你还。后来阿姨一直在我家，先照顾祖母，后来带第三代人，至七十岁才回老家。

母亲一生教书育人，从 20 世纪 50 年代起一直到退休。她只上过女子中学，去师范学校进修过，但书教得好，业精于勤，她的名字就叫"业勤"。母亲的"业精于勤"对我很有帮助，比如我对"的、得、地"这三个字的准确应用，全是母亲教出来的。母亲是高级教师、优秀班主任，事迹上过《安徽日报》，后来退休了，来看望的"桃李"络绎不绝。

母亲没对我说她上报纸的事，是我自己看报看到的。我收藏了这张报纸，可几年前搬家遗失了，几次翻箱倒柜仍没找到。唉，我这个人！不久前我找到了当年写文章的记者胡羊先生，他肯定那篇文章发表于 1979 年，哪一天记不清了，是通讯，刊登在三版。老先生说可去省图书馆查询。

最后的母亲大多是不清醒的，偶尔醒来强撑交流，但不能清晰表达，可眼睛在眨。

我的母亲我懂。

丢不下儿孙！这大可不必。我们兄弟姐妹工作稳定、生活稳定，至于第三代人，是有很大不同，但他们有知识，懂得走自己的路，会融入主流社会，办好自己的事。

丢不下父亲！这也大可不必。父母相濡以沫六十年，互相搀扶抚育儿女。如今母亲走了，我们会很好地照顾父亲。父亲八十二岁了，目前身体很好，他没基础病，只要多加注意，进军九十高龄行列应该没问题。

母亲有后事从简的交代，就是低调和不声张。放心，来告别的仅是儿孙及亲朋好友共 30 余人，没有惊动更多。只是鲜花多了些，还有父亲要购买双人墓地，得多花些钱。

我将以上哀诉写成文字放于母亲尊贵的身体之上随之同去，不论母亲能否感知，我都不胜欣慰。

父亲的"职业学生"经历

有一天，父亲在谈及往事时，很自豪地说他曾经有过一段"职业学生"的经历。父亲经历不少事，这些我都知道，但他什么时候做过"职业学生"，这我还是第一次听说。

我问："'职业学生'是否技术职业学校的学生？"

母亲一边笑一边摆手说："不对，不对，告诉你，新中国成立前上海高校里，有一批以读书为掩护，冒着掉头危险从事学生运动的人，他们大都是共产党，但假姓名、假住址、假职业，国民党称这些人为'职业学生'。你父亲十六岁到十九岁，做过好几年这样的事情。"

母亲的话我听明白了，"职业学生"是父亲在特定历史条件下的特殊"身份"，也是父亲十六岁到十九岁生活的见证和记录。

十六岁

父亲十六岁的时候，长得清瘦高挑，喜欢踢足球，还喜欢看书。看书看到开心的地方就笑，看到不开心的地方就落泪。这些都是祖母从前说的。可是，一上高中变复杂了。

起先，祖母托人把父亲弄到教会学校读高中，读了几天读不下去了，教会学校英语授课，父亲初中是在无锡读的，英语基础不好，大伤脑筋，不读了。

接着，父亲进上海法学院附中读高中。这所学校是中文授课，可是学期刚结束学校贴出通告，六名学生包括父亲，下学期不准来校上课。原因是在课堂上唱红歌，在校内张贴反战标语，反战就是反内战，还上街游行。不久，父亲又去上海育英中学读书，很快又被除名，缘由差不多。父亲原来很温和很单纯，怎么突然变得激进冲动，卷入到政治活动中去了呢？

父亲说，在育英中学的时候，结识了一个姓李的年龄比他大的同窗，这位同窗歌唱得好，声音嘹亮气质优美，两人成了好朋友。好朋友先是教父亲唱歌，唱《团结就是力量》，还有《五块钱》《反对内战要和平》等。父亲不是唱歌的料，但这些歌一学就会。父亲说不是心理逆反，而是歌的内容催人奋进，一唱就感情激荡，想上街游行。这些歌的歌词至今仍被记得很牢，父亲唱过一首曲名《五块钱》的歌给我们听，歌词是这样的。

"这年头怎么了得，五块钱的钞票满地抛，街头茅房到处有，垃圾堆里也找得到。买东西没人要，商店的老板瞧也不瞧，挑担的小贩皱眉毛，鼻子一哼，嘴巴一翘，还要向你笑一笑。要饭花子看见了，眼一抖摆摆手，把那脑袋瓜子摇几摇，害的你啼笑皆非，糊里糊涂莫名其妙！为什么五块钱的钞票没人要，为什么五块钱的金元满地抛？只因为金元印得多，物价涨得高，钞票越印越多，越多越没人要，柴米油盐天天涨哦，涨得比天还要高。穷人吃不饱，富人哈哈哈哈笑，这样的日子怎么过啊，快把世界来改造。"

现在父亲的记性差多了，而这么长的歌词，仍然能一气唱出，可想他当年的狂热和执着了。父亲的复杂是从唱这样的歌开始的，他的信仰是由此启蒙产生的。

后来，那位姓李的同窗又介绍诸如《新民主主义论》之类的书给父亲，"教"父亲办油印小报，安排父亲开展一些"活动"。这些事情父亲做得都挺好，但是引起了学校的注意，于是被除名。父亲说，他这个同窗肯定是共产党，理由是父亲这边刚被除名，他那边居然有办法介绍父亲去其他学校，以转学的理由继续上学，所以父亲不怕除名。

那一年，父亲转来转去地上过好几所学校，哪一所开除了他，哪一所除了他的名，连他自己都记不清。这些事情，祖母一点都不知道，但是最终还是知道了。

高一后半学期大考前，在工厂做工的祖母突然收到学校寄来的一封信，称父亲经常缺课，取消大考资格。祖母气哭了，她把父亲找来，要父亲说清楚不上课做什么去了。父亲矢口否认，说自己天天在学校，不上课能干什么？至于那封信，肯定是学校搞错了。第二天父亲拿来了学校的准考通知书。父亲真的很不简单，仅仅一天的工夫，考试资格竟然恢复了。祖母满腹疑虑，她吃不准是学校错了，还是儿子撒谎。

父亲读高中，结识了一位地下党同窗，思想启蒙，稚气消散，开始做一些和正常读书不一样的事，生活走向也发生了变化。

十七岁

父亲十七岁的时候，那位姓李的同窗介绍父亲去浙江路上的储能中学读高二。父亲长高长宽了，也更有力气了。父亲自己说那时就想做些什么，浑身有使不完的劲，而他的思维却更加条理和革命化。

储能中学是当时上海地下党的一个红色堡垒，"左"派在那里公开活动。氛围所致，父亲整个人都派上了用场，很快秘密加入了共产党，成了上海学联联络部的一名联络员，负责闸北地区五所学校地下组织的工作联络。

上海学联由上海地下党直接领导，而联络部是具体负责在上海的大、中学校里开展学生运动。这是很危险的秘密工作，做这种工作的都是经过挑选，身手敏捷的有志青年，据说乔石、钱其琛都曾经在这里做过这样的工作。

联络部纪律严明，父亲一去就改姓换名。一位负责人说，对任何人，包括父母都不允许暴露真实身份；执行任务时不允许说出学校、家庭住址等真实情况；联络员之间不允许发生横向联系；在遭遇险情时必须设法销毁随身所带的一切文件或资料。父亲到联络部前只与那位姓李的同窗关系密切，这个人是父亲记住真实姓名的为数不多的地下党战友之一。到联络部后，结识的人很多，但在一起是同志，一分开谁都不知道谁，犹如去了天涯海角，对不上号找不到北。这是地下党的工作原则：假姓名、假住址、假职业。

父亲说，他当时有一辆自行车和一块怀表，这不是他的私产，是联络部专门配备的。自行车是交通工具，怀表是用来保证联络时间准确无误。他常常骑着自行车在狭窄的马路甚至弄堂里穿行，有时传递一张很不显眼的小纸条，但上面却规定着游行队伍的行进路线、时间和口号；有时是字如芝麻、密如蚁群的指示与机要文件，并且随时可以一口吞进肚子；有时是一摞传单和刊物。而当他走街串巷时，喜欢不失时机顺手将标语或者传单，贴到墙上和电线杆上，甚至在一个警察所的大门上也贴过。父亲最得意的是他曾经在上海国际饭店的顶层往南京路上撒传单。

那是1947年的冬天，联络部交给父亲一项特别任务，把揭露国民党发动内战的传单，从国际饭店撒出去。父亲是单人行动的。他穿了一套考究的衣服，从从容容走进国际饭店，坐电梯到顶层，竟没有受到任何阻拦。然后从皮包里拿出一个有背带的装有一摞传单的布袋，挂在一扇窗户的搭扣上，拿出一小瓶消镪水，往背带上滴，滴透后不慌不忙地返身坐电梯下楼。当他站在南京路眺望这座当时上海，也是中国最高建筑物的时候，硝镪水熔断了那根背带，布袋在空中翻了几个跟头，传单从布袋中散出，像雪花一样漫天飞舞。父亲混在抢传单的人群中，他听到有人说，连国际饭店都出了共产党，国民党是快要完了。

我曾经在《战上海》这部电影中，看到旧上海南京路上许多革命传单飘舞着从天而降，没想到这样漂亮的事情父亲居然做过。父亲说，他在国际饭店上撒传单就这么一次，在其他一些楼顶上撒过好几次，当时他什么也不怕，也不晓得怕。

十八岁

上海解放前一年，国民党的"飞行堡垒"（警车）呼啸马路，便衣密探遍布弄堂巷口，表现了一个行将崩溃的政权，风烛残年的最后一幕。地下斗争更为险恶，有些地下组织被破获，人员惨遭杀害，王孝和就是一个例子。父亲说，联络部为此破例召开了一次全体联络员的会议，专门通报王孝和的情况。这年，父亲十八岁，意志顽强，经验丰富，胆子更大。但只要抛头露面展开工作，危险不可避免，也无法预测，在很多情况下，只能凭机智避免危险。父亲说，只有机智才有安全。

父亲的运气的确不错，危险多次与他擦肩而过，都有惊无险。

1948 年春天，有一位同学失踪了，想了很多办法还是摸不清下落，于是去他家打探。他家是一栋洋房，父亲骑着自行车房前房后转了两趟，没看出异常，在上前敲门之前，他习惯性地回顾四周，突然发现两个穿长衫的人朝他奔来。他蹬车就跑，拐进了一条"通弄堂"。上海人称相通的弄堂叫"通弄堂"，父亲从这头进去，从另一头跑掉了，他对这一带地形很熟。父亲自嘲说逃之夭夭，地下组织配给的自行车帮了大忙，那时有自行车就像现在有汽车，关键时候作用可大了。但是这个同学肯定出事了，父亲说，这个同学还不是共产党，只是经常在课堂上发表一些言论。

十九岁

1948年，父亲到上海中华工商专科学校工商管理系读书。学校位于法租界司南路，距学校不远处，有一座俄国诗人普希金的铜像，著名的民主人士黄炎培任校长，父亲曾经听过黄先生亲自讲授的伦理课。

这时父亲的心思已经完全不在读书上，他整天忙于组织上街游行，想方设法筹集活动资金。此时国民党在军事上已经节节败退，但上海还在它的手里，校园里两种势力的斗争白热化。父亲说，一句话甚至一个眼神，就可以断定这个人是共产党还是三青团。

父亲很快暴露了。有一天，联络部的一位负责人突然对父亲说，你的名字已经上了上海警察局的"特刑庭"，不能公开露面，也不能回家，先躲躲再说。从这天起，父亲再也没有回家。他要是回家就糟了，"包打听"（国民党暗探）已经在家门口坐等父亲。父亲说，是学校三青团告的密，但他们只是怀疑而已。

其实最早怀疑父亲的，并不是学校里的那些三青团分子，而是五舅公。五舅公是父亲的小舅舅，也是上海丝织业有名的老板，他喜欢父亲，父亲读书全由五舅公资助，他对父亲怀疑的缘由起自他的这种资助。

父亲进健能中学的时候，班上有许多家境贫困、学习刻苦的同学，有一次他同五舅公说起这件事，想不到五舅公马上说他可以资助。五舅公起自下层，他看重来自贫困层的学子，但当时父亲已经是地下党了。父亲列出了一份名单，一批地下党员与进步学生获得了资助，人头之多开销之大使五舅公疑窦丛生。没多久，王孝和牺牲的事情发生了，父亲出于悲伤，说又有些同学困难了，又找五舅公要了一笔钱，捐给了王孝和的亲属。五舅公仍然慷慨解囊，也没说什么，但心中却想搞清缘由。

他把父亲找来，说时局变化太快，想找几本"那边"的书看看。那时说"那边"心照不宣，是指解放区方面的书刊，这是试探父亲。父亲假装糊涂，陪着大街小巷乱兜，最终一无所获，表示没那么回事。五舅公一下子明白了，假如外甥不是共产党，他一定能弄到这些书，因为这并不难，假如是，书是绝对不好拿出来的。从此五舅公心事凝重，外甥独苗单传，万一出事，天就塌了。但他始终没说，更没有对祖母说，只是或明或暗地提醒父亲当心。后来父亲不辞而别逃出上海，他心上一块石头落了地，这时才对祖母说："逃掉好，逃掉就能回来。"

父亲在要好的同学家东躲西藏。没多久，上海地下党决定将已暴露的人员迅速撤至苏北解放区。父亲被安排和一个女学生，装扮成小夫妻，对外称在上海做裁缝回苏北探亲。临行前，几个同学聚会，父亲突然发现自己身上穿的毛衣有许多花纹，根本不像裁缝，急得不知如何是好，倒是几位女同学有主意，竟当即拆掉重织，几天后织出了另一件毛衣。

深秋，父亲在地下交通的帮助下，从上海北火车站乘夜车抵镇江，轮渡到扬州，又经地方游击队护送，历经艰险，一个月后到达苏北解放区。这就是新中国成立前夕上海地下党1700多名暴露的共产党员和积极分子悄然撤离上海的行动，全都零星和分散地进行，绝大部分都安全抵达了苏北。由于是从白区撤向解放区，父亲和他当年的一些战友，称此为"迎着曙光"。

到达苏北后，那位女学生被分配去另外的单位，从此和父亲无从联络。虽然做了一个多月的"夫妻"，但父亲连她的真名实姓都不知道。父亲说，她肯定是上海高校的学生，至于是"同济"是"复旦"，还是"圣约翰"，没问过，也不许问，这是纪律。她有名字，但肯定是假的，假的就无法寻找。假姓名、假住址、假职业，地下斗争的需要。即使进入了苏北解放区仍然如此，因为当时上海还没解放，你的亲属还在上海。

父亲和一批上海地下党集中于淮安，淮海战役刚结束，组成江淮工作团南下，接管津浦线要冲城市蚌埠，全团 150人。1998 年，我在蚌埠的一本党史资料书上，找到了这批人的踪迹，上面甚至记载了父亲当时的情况：华中党校上海队第 15 队，曾用名"和林"，工作去向，华大分校，时间 1949年 2 月。就是说，在 1949 年春天，随着国民党军事上的溃败，父亲"职业学生"的经历结束，开始投入为建立新政权而奋斗的工作。那时，父亲仅十九岁，现在只保留了一张当时的照片，父亲说是参加江淮工作团后不久拍的，照片上的父亲已经是一个英俊清瘦，但眉宇之间透出坚强和喜悦豪气的青年了。

父亲的十六岁到十九岁，中国的历史正在发生重大转折，旧制度正在崩溃，新制度即将诞生。在这历史转折的瞬间，父亲由一个蒙昧无知的少年，走到了共产党开辟的第二条战线，开始了他们那代人曾经拥有的激情燃烧的岁月。

"上海队第 15 队"

　　走进父亲的书房进行最后的清理。书橱、书案、笔墨砚台，无数在光线中游弋的浮尘。书橱里有马列著作毛选，《邓小平文选》，这是父亲的信仰。有书法书，父亲的书法还行，但往外不交流。还有武侠小说，凡电视播的武侠剧，父亲就到书店买回这样的武侠书。

　　书案上一沓几尺高的《友讯》。这是父亲和他的战友退下后自办的铅印刊物，讨论各种问题，一月二期。一本封面红黑相交的书夹杂当中，书名《迎着曙光》，署名"华中党校上海队江淮工作团史料编委会"。

　　"江淮工作团""上海队"，不止一次听父亲说起。一气读完这本二十万字的回忆录，熟悉啊，笔者全是父亲的战友，我称叔叔阿姨的。历史闸门打开了，父亲不止父亲，一代人投身革命的起始，清晰地展现眼前。

　　1949 年元旦，新华社播发毛主席写的新年献词《将革命进行到底》，1 月 10 日，淮海战役结束，国民党军完全退出长江以北。

　　苏北解放区的赶考开始了。从华中党校抽调 150 名共产党员，组成江淮工作团，随时南下接管蚌埠。这批人来自上海，是几个月前撤离上海的地下党，他们按职业编成三个队，职员队、学生队、工人队，编号为 14、15、16 队。

　　上海队，一支上海共产党员组成的城市工作队。父亲在 15 队，翻开 15 队通讯录，全是高校生，天之骄子，共 59

YUAN QU DE KOU SHAO

人。同济、交大、复旦占 37 人。父亲就读中华工商专科学校，校长黄炎培，著名的民主人士，地下党在那里十分活跃，父亲在那里入党时不足十八周岁。

祖母说父亲参加共产党是看书看的，我觉得不全是。父亲说当他看到守四行仓库的谢晋元余部，铁丝穿锁骨，进拘留营时落泪了。就是说，还在那时，他已经有革命萌芽了。

上海共产党员撤到苏北，是上海地下党为保存有生力量的最后办法。1948 年的上海，国民党政权表现了最后的疯狂，警车呼啸马路，密探遍布街巷。有的地下组织遭破坏，王孝和就是这时牺牲的。地下党不得不将已经暴露或者可能暴露的人悄然撤离上海。

险象环生。地下党联络部负责人突然对父亲说，你的名字已经上了警察局"特刑庭"，不能回家。假如回家，父亲的人生就是另外一回事了，"包打听"（上海方言：暗探）正在坐等，他问祖母，你儿子呢？祖母吓坏了，她不知道儿子做了什么，她是挡车工，不问政治。她就一个儿子，还是遗腹子。她想着儿子快逃，越远越好。

15 队，人人都有这样死里逃生的经历。有位叫周荧的女生，军警到学校抓人，恰巧她不在宿舍，擦肩而过。还有一位叫肖马的学生更是惊心动魄，在军警破门前，他从晒台爬上房顶逃掉。逃掉好，逃掉就能回来。周荧后来在国家计委工作，肖马则成了作家。

上海地下党有可靠的交通线，他们朝浙东、大别山和苏北撤离，父亲奉命去苏北。深秋之夜，他和一位女生扮成小夫妻，回苏北老家。在北站，交通员送他们上车。夜车拥挤不对号，只抢到一个座位，归女生，父亲坐地下。他心神不定，怕军警检查，此前有两位学生因为带了几瓶西药被带走了。他假装打瞌睡，但最后没遇到检查。

清晨到镇江，新交通员苏北口音，父亲心定了，解放区的。同行添两人，也说上海话，一趟车来的。过江沿运河往北走，这是边沿地带，有国民党还乡团，有共产党武工队，敌我交错。曾有两个上海学生被拦截，当时他们看到一道墙上有"打倒蒋介石，解放全中国"的标语，以为到解放区了，突然墙后出来几个持枪的还乡团，幸亏武工队埋伏在不远处，一阵枪战，还乡团撤了。父亲说，武工队常常整班整排护送只有几个人的学生。

我曾经问父亲，为什么扮成夫妻？父亲说，安全嘛！后来呢？父亲回答得更干脆，没后来，组织安排的，一进解放区就分开了。

这是上海地下党的一场了不起的转移，有 1200 多人进入苏北解放区，在国民党军警宪特的眼皮底下，分散零星穿越封锁，辗转千里基本没损失。这批地下党员信仰坚定，组织纪律性强，他们眼中的革命神圣高尚，为此不惜一切。

我收到一条微信，笔者说他父亲也在中华工商读书，也从上海撤到苏北，也在 15 队，叫秦安之。秦叔，常听父亲说起，15 队中唯一两次穿越封锁线的老资格地下党。1948年，他刚进入苏北解放区，即被要求返回上海，帮他人撤离。二十天后，他从上海带回了两名地下党人。

有牺牲的，在南下途中遭空袭遇难，叫丁音心，是一个人见人爱的女生，活泼开朗能歌善舞，但是子弹恰恰射中了她。15 队就牺牲了这一个女生，短暂的青春随风而逝，埋骨何须桑梓地，岂止男儿。现存资料仅一行字：丁音心，原名周贞，去向：蚌埠军管会。

苏北解放区天空晴朗，15 队的学员放声歌唱，解放区的天是明朗的天。因为是从白区奔向解放区，他们称此为"迎着曙光"，四十年后，这批年过花甲的老党员，出版了一本回忆这段历史的书，书名即《迎着曙光》。

他们在华中党校学习，准备进城。他们刚从城市来，那里是暗战，东躲西藏、小心翼翼，现在扬眉吐气、踌躇满志，就是缺乏经验。学习毛主席著作，党的文件，有关城市接收的政策，笔记本写得密密麻麻，一点空隙都没有。他们向当时的淮安市市长请教接管遇到的问题，苏北区领导人陈丕显专门来讲课，他做过上海地下党。

党校在一个叫"合德"的小镇上，这里贫瘠贫穷，任充满活力。没教室课堂，上课在空地或者庙宇，在膝盖上记笔记。住群众家，打地铺，伙食野战军主力部队标准，粗细粮搭配，但伙房自己办。业余生活丰富，学生队有女生，会唱歌，一遇活动，别人就会喊"15队来一个"。他们还加入地方戏"李闯王"的演出，李自成、红娘子都是15队的人扮演。

父亲印象最深的是党校校长干仲儒，他站在土堆高处讲课，嗓子沙哑，滔滔不绝。干校长老资格，1926年在武汉师范加入共青团，后经董必武介绍加入共产党。他有个经历比天方夜谭还不可思议。他皖南事变受伤被俘，关押上饶集中营，后竟和两位同室战友用小便冲刷土墙，破洞越狱。

1949年大年初二晚上，上海队冒雨进入蚌埠。从淮安起他们走了十一天，从没吃过苦的学生娃，在泥泞的乡间道路上东趔西倒，每天三四十公里，时有飞机空袭。这是上海队的赶考。

解放军渡江，蚌埠是重要的前进基地，但国民党能带走的都带走，带不走的就破坏，城市一片萧条、暮气沉沉。进城第五天，15队队员柳东等，在军管会工商部招聘会计税收人员，当时旧机构溃散职员逃离，城市没有财政。柳东学工商管理，他自编教程，从会计教学开始，速成培训，一个多月后，120 名职员和练习生上岗。

接管就是接过来管好它。上海队驻厂驻店，尤其是铁路、邮电、电厂，带着铺盖进去。还利用人脉，从上海请来专业人员，帮助危房改造和建造新自来水厂，原浙赣铁路总工程师等一批技术人员，后来也来到蚌埠。

蚌埠恢复了。火车正点，邮电正常，发电增加，店铺开业。苏北解放区最早接管的城市是蚌埠，最早为蚌埠恢复而工作的是上海队。

上海解放了，上海队想回上海，那是老家，但新区更需要他们，于是大多留在安徽，父亲也是。这决定了我的出生地，我是安徽人了。

1950 年初，父亲在一张报纸上（《文汇报》），看到了一条寻人启事：和林（父亲原名），你外出一年，杳无音信，见此速归，母韵芳。父亲连夜乘车去上海，与一年前东躲西藏截然相反，他腰佩手枪、一身戎装。祖母如释重负留下了悲喜交加的眼泪。

父亲很快返回蚌埠，上海队要去新区农村反匪反霸。父亲先去筹备党校皖北分校，后去农村工作队，他们成了革命发芽的种子。

蚌埠大马路和二马路，繁华的商铺中心。两条马路之间有个"安利钱庄"，二层建筑，父亲他们二十三位 15 队队员就住在这里。选一个事务长，一辆人力车，两个俘虏兵，因为有厨师和拉车的经历。就这点家当，筹建党校皖北分校。后来分校像当初华中党校培训 15 队一样，培训了几千青年知识分子，新鲜血液源源不断输往新解放区。

这二十三人结下了不同寻常的友情。同为上海地下党，同住一室，同样七嘴八舌讲上海话，后来几十年患难与共。七十年前的父辈们朝气蓬勃，他们心中只有工作，没有个人得失。陈衡，大学土木专业，曾是省长黄岩秘书，1952 年技术归口做城建工作，那时合肥危房荒地成片，人口十万。他在断壁荒芜中调研，提出在沿环城路建一条少盖房屋广栽树木的林荫带。有这种绿色理念的当时很少。今天从稻香楼、包河到逍遥津，一条近十公里长的环形绿地，楔入合肥最嘈杂的城区，上百万人享受着净化的大气环流，源头是陈衡。

上海队第 15 队，一群上海高校学生，一批黎明前突围的共产党员。相对中国革命，他们微不足道；相比八路军新四军，他们是晚辈和后来者；相较莘莘学子奔赴延安，他们是最后一波。从白区到解放区，从上海到安徽，他们跟定共产党，以滴水之微，汇入了推翻旧中国建设新中国的潮流。

15 队人物　陈衡

陈衡，原名陈永时，1925 年生于浙江杭州，1945 年考入浙江大学土木系，1947 年在学校入党。做校内进步社团和对外党组织的联络工作，担任过中共浙大支部委员和中学区委委员。1948 年 10 月因身份暴露撤离杭州，经上海去苏北解放区，从而加入华中党校 15 队。

陈衡的父亲是民营银行职员，他是从学徒做上来的，人聪明能干。小银行流动性大，陈衡全家跟着流动，天南海北地辗转。陈衡小时候读书，这里一阵那里一阵，不衔接，但学习刻苦用功。抗战期间，陈衡一家迫于战乱，先后逃到九江、长沙、昆明、贵阳。陈衡的父亲有薪水，好于贫穷百姓，逃难中有时搭坐长途汽车。然而日本侵略对中国的破坏和毁灭，陈衡耳濡目染、恨别惊心。

1939 年 2 月 4 号，日机轰炸贵阳，主城区被夷平。陈衡在一篇回忆文章中写道："踩着断砖碎瓦，我独自向东往小十字走去，那里住着父亲的同事，我家在九江的邻居顾先生家。"顾家还有顾太太和两个非常可爱，同陈衡非常友好的小男孩，但是一片废墟，房子了无踪影。第二天，陈衡和母亲到顾先生工作的银行打听，得知顾家四口全都罹难。他悲痛地说："平民何辜！儿童何辜！"惨剧使得少年陈衡，不仅对日本侵略者更加仇恨，也对当时的国民政府充满了不信任感。

1944 年末，陈衡父亲失业，举家从贵阳迁往桐梓，桐梓生活费用低于贵阳。这个黔北小县城位于开阔地势，城南一片沃土，小河淙淙，风光秀丽。但百姓穷困，富裕人家少，只要天晴，总能看到衣衫褴褛的乡民，背着煤炭、盐巴和粮食进城买卖。还看到国民党抓壮丁，二十多人用麻绳捆住手腕连成一串，其中有残疾人。这些让陈衡更加反感现实，思想起了转变。他曾经和同学，沿着桐梓南边的公路往山里走，但被"闲人免入"的牌子挡住，好奇心没得到满足。

陈衡在桐梓读高三，1945年7月去遵义参加高考，8月被浙大土木系录取，正值抗战胜利。1946年浙大开学，陈衡回到杭州。

陈衡深知像他这样的家庭上大学不容易，他想好好读书。浙大的勤奋攻读、学术自由的气氛扑面而来，校长竺可桢坚持校园宽松，抵制国民党当局的横暴，对学生的安全尽力保障，使陈衡有了既要学有所成又要正直做人的信念。

但是他的想法很快破灭了。国民党统治的黑暗和残暴，革命思想和学生运动对他都产生影响。他经常到物理老师许良英、周志成宿舍聊天，许良英是共产党员。他偷读赵树理的作品《李家庄的变迁》，甚至能背诵其中片段。他还参加了反内战抗议美军暴行的示威游行，1947年在学校加入共产党。

这年五月，浙大发生了"于子三事件"，学生自治会主席于子三被国民党当局秘密逮捕并杀害。这加速了陈衡思想的转变，他成了学生运动的骨干和推动者。悲伤的陈衡，和几位同学到班级到宿舍讲述事情真相，讲述于子三的优秀学业和良好品质，激发大家擦亮眼睛，转向进步阵营。他从土木系转史地系，以有更多时间做学生运动。在于子三遇难周年之际，他和另一位地下党员程融矩，编辑《踏着血迹前进——于之三运动纪念刊》，在香港秘密刊印3000册，后在浙大公开挂出。陈衡受到了国民党特务的注意和监视。

1948年6月，中共杭州工委开始组织暴露的地下党员撤离，陈衡在列。当时国民党已经公开抓捕学生，也不断地有人遭逮捕。陈衡撤到上海后住在姑妈家，由于待撤人数激增，上海方面负责撤离的地下党联络员谢葆铭，穷于应付疲于奔命。他要求陈衡暂时不走，协助撤离。陈衡在上海读过书，熟悉上海道路，对杭州外撤人员也都认识，留下了。他按照谢的部署做具体工作，将路线、接头暗语、身份证改制等落到人头。两人根据实际情况，向上级党组织提出了一条很重要的意见，往皖西和浙东解放区撤退不安全，尤其皖西路线已为国民党所知，再走必然损失，改路线，走镇江扬州去苏北解放区，后来上海地下党外撤走的就是这条线。这段时间先后撤出1200多人，人员基本没损失。陈衡在上海做了一个多月的撤离协助，待人撤完，他才撤离。

陈衡到苏北解放区即入华中党校15队，但仅隔十余天，江淮工作团成立，南下接管蚌埠，15队编入江淮工作团。陈衡随工作团向蚌埠进发，他是五人先遣组成员，提前出发，提前到达驻地，准备住宿伙食，保证全团后勤生活。十一天后到达蚌埠，人员被军管会分配到各个部门，陈衡等二十三人被分配筹备华大皖北分校，校长是工作团团长干仲儒。

办皖北分校不同于一般的办校，是抗大式办校，招收学生和青年，培训教育他们，然后去新解放区建设基层政权。筹备处在蚌埠，校址在凤阳，陈衡任临时支部支书，他和战友们全力以赴，招生考试，几千名学员入校学习生活，安排得井井有条。皖北分校二月份开学，八月份结束，培训近五千人，三个去向，军校，农村工作队和行政干校。

华大时间很短，但对陈衡意义重大。他一直做白区地下工作，读了些革命书籍，都是秘密传阅，深刻理解是谈不上的。华大创造了机会，陈衡一边工作一边系统地学习马列主义和毛泽东的著作，以及党的方针政策，头脑被真正地武装起来了。

1949年8月，陈衡离开华大，去肥西县丰乐乡任农村工作队队长。途经合肥学习了两天的军事操练和射击，然后带着一把盒子枪三发子弹，十几名队员一人一支步枪五发子弹，一起奔赴农村。他在一个村庄通过访贫问苦，掌握了保长为非作歹的事实，坚决斗争，并以农会筹备组代替行政村的工作。这是当时肥西县反霸反匪打响的第一枪。

由于历史的原因，丰乐一带当土匪的，村村都有，夜间常有枪声，陈衡几次被人打黑枪，没中，谁干的不知道。工作队加大攻治攻势，动员自新和枪支上缴，至年末，自新者百余人，缴枪二百余支，子弹千余发。陈衡用收缴的崭新枪械，更换二作队的旧式武器，子弹每人二十发，他自己也佩上了手枪。装备增强，大家劲头更足，成立农会，发展党员，局面打开。反霸反匪，是新中国疾风骤雨阶级斗争的最后一幕，陈衡一介书生，没有军事斗争经验，竟能安定一方，说明他已经成熟，也由此走过了新民主主义革命的最后一程。

1950年初，陈衡奉调另行分配工作。除夕早晨，他背起背包打着雨伞，顶着北风和漫天大雪离开丰乐，傍晚到了肥西县委所在地上派河。

这是陈衡政治生活的转折，进入大机关工作，去皖北行政公署任黄岩（1955年任安徽省省长）秘书，前后两年，他成了高级首长的身边人。三十年后，他回忆这段经历时说，值得怀念的太多，最感慨的是黄岩的勤政和廉政。黄岩下基层频繁，任简单，一辆吉普，司机、秘书、警卫加黄岩。他不要迎送，不打招呼，常常是车子开进院子，人家才知道黄岩来了。但喜欢直接与基层同志见面，在草屋，地铺和房檐下，听汇报或讨论。对生活安排从不计较，黄岩除了吸烟和喝茶，其余随便，陈衡作为秘书从来没有感到安排有什么拘谨或困难。那时路况差，旅途时间长，就在路边找饭铺，一碗青菜豆腐，黄岩和他们有说有笑，一扫而光。陈衡后来简朴务实的工作作风，与他在黄岩身边工作两年有直接关系。

1952 年秋，陈衡"技术归队"，从行署秘书转到合肥做城建工作。那时的他只有工作，没有个人得失，何况他学的土木专业与城市建设关联很大。从此几十年如一日，为合肥的城市建设鞠躬尽瘁。

首先是编制省会城市规划。陈衡依据对成片危房荒地调研的结果，提出环城路不要形成两边盖房子的街道，把逍遥津和包河串起来，保持一条广栽树木的林荫道。1958 年，在德国专家的启发下，又提出将环城绿化带与南淝河、板桥河的园林田野汇合，形成一个更大的绿化系统，构成合肥城市"三翼伸展，翠环绕城"的布局。

这是最早的合肥建设绿色城市的设想，当时出自一个普通专业人员之口，在今天看来，这条围绕中心城区，8.7 公里长，150 公顷面积的绿环，对居住这一区域的数百万人来讲是多么的重要和宝贵。它是城市生态的营养床，人们生活的透气窗。

1993 年，陈衡写出《绿色城市之梦》一文，阐述"绿色城市"的来龙去脉，起源于沿海城市的园林绿化和英国霍华德"田园城市"理论的影响，但在二十世纪五六十年代不好这么讲，当时对园林绿地没有共识。在实践中，他对损害城市绿地的行为坚决抵制。20 世纪 80 年代后，陈衡任市政协副主席，他指责那些以开发之名、行占绿地之实的做法是"让绿地变瘦变窄，是拜金思想作怪"。

有一次，他看到人行道树木被狂砍，即写一首《诗经新编》表达愤慨。摘抄部分；

伐木丁丁，叶落纷纷，废气飘尘，浮荡纵横。

伐木丁丁，道无遮荫，行者蹙额，暑气熬蒸。

伐木丁丁，绿隧失踪，热岛效应，立竿见影。

陈衡做城建工作，学习和研究并行，后来做城建局长，城市规划设计院院长，专业知识越积越多，上升之理论高度，写了许多专业文章。二十世纪末，安徽建筑工业学院收集编辑出版了《陈衡城市论文专集》。

1959 年，陈衡对合肥的城建是这样看的：旧城基础极差，但稍加整顿仍可继续发挥作用；城内空旷，宜于建筑的地方很多，而郊外平坦，高地多为城郭附近的岗冲起伏或低洼易涝地形所阻隔；同时投资较少而且分散，不可能也不必要有一笔费用另建新城。

他建议采取"重点改建城区，逐步向外扩展"，即"合肥方式"的城建模式建设合肥。后来合肥的城建基本照这个思路来的，没有太大的曲折。中国城市科学研究专家吴良镛说，陈衡是合肥城市规划和建设的奠基人，他为《陈衡城市规划论文专集》写了序。

陈衡从初创做起，积累了丰富的经验。他一边工作，一边著作，毫无保留地提供经验和教训，没有专业知识和奉献精神是做不到的。1950 年的合肥，城区面积 5 平方公里，人口 5 万，街道狭窄，危房断壁随处可见。今天的合肥，城区面积几百平方公里，人口 500 万，高楼大厦密密麻麻，城区绿荫相连，郊外湖光山色。这不是陈衡做的，但追根究源，最先提出设想的是陈衡。

1994 年 7 月，陈衡查出肝癌，不得不接受治疗。他老伴说，陈衡最难受的莫过于从热火朝天的规划事业上被拉到病床上来。老伴是陈衡大学同学，也是地下党，几十年相濡以沫，了解陈衡。陈衡抓紧著述，化疗穿刺都不能阻挡，此后两年共写出三十篇关于城建规划的文章，都归入《陈衡城市规划论文专集》。1996年病灶转移，人已无法坐着写字。他斜靠病床，腿屈曲交叉放上纸板，手悬空写字。即便此时，他仍阅读刘易斯·芒福德的《城市发展史》，他知道自己时间不多了。这年7月，他撑着写出了《合肥环城公园在城市规划布局中的确立与形成》，此后再也没办法握笔，同年9月去世。

陈衡出身旧中国普通职员家庭，凭借优异成绩考入大学，受革命思想影响，从学生运动走进共产党队伍。他经受了白区地下党和解放初期反匪反霸斗争的考验，而跟随老一辈革命家的经历，让他学到了务实廉洁的工作作风。他在国家进入和平建设时期，政治上成熟，在归队城建工作之后，专业上创新。他提出的"绿色城市"概念，和"合肥方式"城建模式，为合肥城市发展实践所验证。从旧中国到新中国，从学子到有影响的专家——中国城市规划学术委员会副主任，陈衡是跟着历史潮流走到这个位置的。

15 队人物　秦安之

秦安之，原名王治平，浙江杭州人。1945 年 4 月在上海南洋模范中学加入共产党，1946 年 9 月考入上海大同大学化工系，1947 年夏因参加学生运动被开除，同年 9 月转入中华工商专科学校，1948 年从上海撤往苏北解放区，从而加入华中党校 15 队。

秦安之的父亲是同盟会会员，参加过推翻清朝的革命活动，曾任浙江省卷烟公卖局局长和禁烟局局长，开明人士，对文物古董很有研究。母亲师范毕业，做过英文和国文教师，后做相夫教子的家庭主妇。

秦安之的童年是在杭州度过的。他家住在西湖断桥边一座名叫"快雪楼"的别墅。登楼望去，外西湖里西湖，远山近水桃红柳绿，尽收眼底。抗战初期别墅被日军占用，后被汪伪特务头子李士群低价强购，抗战胜利后一度成为蒋经国的住所。

秦安之从小受到良好的教育，幼儿园、小学循序渐进，一步不落。母亲管教很严，但他调皮贪玩，成绩中等偏上，有时好一点。

1937 年秋，杭州遭日机轰炸。一家人躲在室内墙角，听着飞机俯冲的怪叫声，和"哒哒"的机枪扫射声。日军向西湖"白堤"上躲避轰炸的市民开枪，伤亡不计其数。这是秦安之首次经历日机轰炸，当时他小学六年级。

年底全家逃难到金华永康，没想到小县城也遭日机轰炸。

有一天飞机来了，母亲拉着他跑进一条窄窄的小巷，惊恐地看着飞机从头顶飞过，松了口气。但是身后的民房被炸，一个大坑，一片瓦砾场，受伤的人被送往医院，生死不明。

秦安之的回忆文章，对上述两次日机轰炸记叙得相当详细。

1938年全家逃往上海。一天，秦安之见母亲在流泪，母亲说："杭州逃出来的朋友告诉她，家被日本兵占住，家中财产包括古董文物都被抢走，倾家荡产了，"还说护院的狼狗"鲍培"也被日本兵打死。秦安之当时对"倾家荡产"没认识，但对"鲍培"的死非常悲伤。它灵性懂事，秦安之常把它当马骑。把木块扔进西湖，它会游过去衔回来。

国仇家恨，使十一岁的秦安之爱憎分明。他听大人讲"捐款抗日"，马上拿出攒"压岁钱"的竹筒，对母亲说要捐出打日本。母亲很赞成，陪他去捐，竹筒劈开，铜圆、角子和银圆"哗"地撒开了。

十六岁，秦安之考入上海南洋模范中学读高中，他开始接触革命思想。"南模"是国内"名牌中学"，师资质量高，多数学生来自中产阶级家庭，校内没有国民党组织。

最早影响秦安之的是他的表哥。表哥生母早逝，从小和秦安之一起生活，亲兄弟一般。表哥不断地向表弟推荐进步书籍，包括刘少奇的《论共产党员的修养》，秦安之都读了。后来表哥参加新四军走了。

秦安之的地下党生涯是从"南模"开始的。1945年1月，地下党员夏禹龙入学"南模"，秘密发展党组织。4月秦安之被吸收入党，当时不满十八周岁。入党宣誓领誓人叫老吴，新中国成立后才知道真名吴学谦，后来的外交部长，时任上海地下党中学区委员。

党组织建立，学生运动起来了。从迎接抗战胜利往后，上海历次重大学生运动，"南模"学生都参加了。秦安之地下工作的能力提高很快，"南模"党支部第一任支书夏禹龙，第二任就是秦安之。

"南模"毕业，秦安之考入大同大学化工系。大同大学是一所私立大学，治学严谨，当时有"北清华，南大同"的说法，尤以电机化工二系享有盛名，校长胡敦复与其弟胡刚复是中国第一代数学家和物理学家。但这里政治情况比"南模"复杂得多，学生分左中右，左派是进步学生，受共产党影响，右派是国民党三青团，中间派多数，不问政治埋头读书。

班上只有秦安之一个党员，他开始交朋友，聊天拜访。秦安之篮球打得不错，在"南模"一直是校队的，他加入大同校篮球队，同学很关注，有比赛就来当"拉拉队"。渐渐秦安之有群众基础了，他按党组织指示展开活动。

他在班上成立"级会"，社团组织，团结积极分子，一旦有活动，他们就是骨干。1947年初，上海掀起"抗议美军暴行"运动，秦安之在班上宣传鼓动。

5月，学生自治会开大会，揭露时政弊端，宣布罢课，警察冲进校园打人抓人。秦安之动员同学，集队去警察局，要求释放被捕同学。秦安之站在队伍前排，环顾左右都是"熟面孔"，学生中的活跃分子。警察前排持枪，后排架机枪，同学们喊着口号往前冲，竟然冲散了警察，但是被捕同学已被转移。第二天再去警察局，队伍沿马路呼口号唱歌，秦安之和一些"熟面孔"仍旧站在队伍前面，几次冲击警察局大门。当晚被抓的同学获释。

秦安之在学生运动中抛头露面、冲锋陷阵，自然引起注意。7月，家里接到校方通知，称其：干涉校政，鼓动罢课，勒令转学。实际就是开除，当时收到此类通知的同学有八十多人。9月中旬，地下党安排秦安之到上海学联《学生报》工作，同时设法转校。秦安之进了中华工商专科学校工商管理系。

1948 年，上海学生"一·二九"反迫害、争民主运动，让秦安之经历了一次严峻的考验。同济大学一批学生因受开除处分，准备 1 月 29 日赴南京请愿，上海学联和各高校 3000 多人前来支援送行，秦安之去现场采访。国民党当局调集军警、装甲车和马队封锁道路，骑警挥舞马刀冲撞学生，学生用石块还击，学生受伤 69 人，重伤 3 人。

晚上，警察攻击汇集在同济工学院礼堂的学生，学生们手挽手，高唱"团结就是力量"坚守不退，于是两三个军警拽一个学生，连拉带打拖出礼堂，秦安之和三十几个被拖出来的同学被扣押在黑漆漆的操场上，至学校来人才被领走。一回学校，他马上伏案写稿，揭露当局暴行，他在回顾马刀和警棍的愤恨中，度过了一个不眠之夜。

秦安之危险了，名字进了警察局的"特刑庭"，他不得不住到同学家。有一天，秦安之的上线，朱良突然通知他迅速撤离，并说多筹经费，帮助其他人。

家中最疼秦安之的是他的母亲。他对母亲说去表哥那里，母亲问表哥在哪里，他说在邯郸。其实，他也不知道参加新四军的表哥在哪里，听收音机说邯郸解放，随口扯一起。母亲信了，拿出一笔钱给他做路费，秦安之拿了一半，另一半交给朱良。他又从一位工商界人士那里弄到一笔钱，全部交给朱良，作为地下党撤离行动经费。

突然撤离的原因是同秦安之一道在《学生报》工作的一位同志被捕，他来过秦安之家。朱良当时没说，秦安之没问，也不能问。该同志姓严，后被杀害，但始终没说出其他人。地下党有严格的组织纪律，单线联系，不准横向联系，不准多说，不准多问，白区敌特环伺，四下有耳。秦安之有位女同学叫谭雅修，是地下党，她一直潜伏到上海解放，没改名，是朱良夫人，但当时秦安之根本不知道她的真实情况。朱良是秦安之上线，谭雅修是秦安之同班同学。朱良后来任中共中央对外联络部部长。

深秋细雨蒙蒙，秦安之化装成一个店员，拎着母亲为他准备的铺盖，跟随交通员离开上海。火车、轮船，几次军警检查，安然无恙。进入江北，田野、土路、村庄，跟着交通员往北走。有一天，走到一个三岔路口，交通员对他说，到我们控制区了。在乡间小路的旁边，有一座古庙，那是共产党的交通站。秦安之立刻有一种"到家"的感觉。中午，他大口地吃饭，特别香。交通员告诉他要住几天，怕他寂寞，拿来了一本《论共产党员的修养》。他躺在屋前的稻草堆上，沐浴着初冬的阳光，认真地读了起来。

秦安之休整了好几天，突然交通站站长找他谈话，考察似的询问了许多情况后说："能不能和带你来的交通员再去一趟上海，接一批人出来。"回上海非常危险，秦安之是被通缉的地下党，但他知道，上海方面有许多处境危险的同志等着出来，他毫不犹豫地说服从需要。第二天，他和那个交通员前往上海。二十天后，平安地从上海带回了五名地下党员。秦安之是15队唯一两次往返白区和解放区的人。四十年后，他在上海见到了这位交通站长，叫朱理，杭州人。

回到交通站的第二天，在一间空房里，新来的人被要求登记化名。秦安之在上海取过一个化名"秦安之"，没用过，这次登记了，此后"秦安之"成了他的正式名字。

12月下旬，秦安之到达淮安，他感觉淮安有城市样，有较宽的马路。第二天去华中党校报到，加入了15队。他住在一个二层后面楼上，睡稻草铺的地铺，早晨到对面居民大院里打井水洗脸。当时他身着短棉袄裤，人显老气，党校的同志问，三十几了吧？他大笑说二十三岁。

1949年1月，15队编入"江淮工作团"，准备接管新解放的蚌埠。在动员会上，他把母亲给他备用的金戒指捐了。1月21日，江淮工作团冒严寒出发，十一天后到达蚌埠。秦安之生平第一次步行数百公里，脚趾又肿又紫，晚上洗脚，两个大拇指盖无痛脱落。

秦安之被分配至文教部，筹建蚌埠市立中学，此后留在蚌埠，先后做过中教、工厂、共青团、党务工作。20世纪60年代，技术归口，调省化工研究所，而他当年考进的是上海大同大学化工系。

15队的地下党员都是上海高校学生，出身并非贫困阶层，旧社会没钱上不起大学。他们参加共产党，不是找口饭吃，是信仰。国家转入经济建设需要专业人才，他们大都技术归口。秦安之1960年任职省化工研究所，还在那时他就提出：作为地方应用研究所，不能停留在"论文"上，必须使成果在生产建设上得到应用。到20世纪80年代，他主管的研究所，是省内拥有先进仪器的化工实验基地。

他勤政，外出谈判，看设备、订合同等亲力亲为。他英语好，还懂法语。1978年全国科技规划会分组会放科技录像，先是英语同声解说，在座的听懂，接下来的同声解说，大家听不懂。秦安之说是法语，一位专家问他怎么知道是法语？秦安之说，我初中一年级在上海徐汇中学读书，那是法国天主教会办的，一律住读，所以我能听懂法语。

朱良，20世纪80年代中共中央对外联络部部长，是秦安之在上海地下党的直接领导，简益是秦安之地下党战友。他们最初的见面很搞笑。系里来了一位插班生，因是新同学，秦安之主动接近，他拍着新同学的腿说："你的腿真壮实。"新同学说："我在香港念书时，马路顺坡高高低低，跑路锻炼出来的。"后来组织通知他"接关系",一见面才知道新同学也是党员,叫沈见予,后改名简益。地下工作即便在一起,对方的真实身份是不知道的,要等上级指令接头,才知道是同志。

秦安之出身资产阶级家庭,日本入侵家产损失殆尽,他产生了反抗侵略的强烈意识。秦安之在高中加入共产党,属于抗战入党的党员。抗战胜利后,上海学生运动风起云涌,国民党强化军警宪特的白色恐怖,秦安之全程经历,甚至为牺牲做了准备。历史讲因果的,秦安之在大学学化工专业,后来做了二十七年的化工研究所所长,是技术型专家。秦安之父亲加入同盟会,冒杀头危险反对清王朝,秦安之参加共产党,冒生命危险反对国民党统治,当中有引起和被引起的关联。

15 队人物　何文

黎明时节雾沉沉，北渡长江去半城。
初过洪湖传警报，孤舟阴蔽一荒村。
鱼鲜好买无盐米，白煮羹汤佐香菱。
幸得渔人慨相助，荷丛尽处到家门。

　　这是何文描写他进入苏北解放区情景的诗句。"洪湖"，
洪泽湖；"半城"，华中党校所在地，今苏北泗洪县半城镇。
何文是学工科的，但他的七言诗写得很好。我读过几十篇 15
队老前辈，从上海撤往苏北的文章，只有何文以文学的形式
描述了渔乡的景象、村落的安宁，表达出他对解放区的新奇
和憧憬。

　　何文，原名吉菊秋，湖南益阳安化人，出身城市平民，
其父系国民党军人。1940 年，何文考入长沙国立师范附属中
学读高中，高中毕业考入湖南大学，因参加学生运动被开除。
然后去上海，看到上海交通大学招生简章注明不收费，报考
并被交大工业管理系录取。1947 年在学校加入共产党，1948
年 7 月因身份暴露撤离上海去苏北解放区，从而加入华中党
校 15 队。

　　1948 年 7 月天热难耐，何文参加期终大考。临进考场，
他的入党介绍人叫住他，说通知你离校隐蔽，还来干什么？
何文说，我身为班长，突然不参加考试，会引起特务注意。
他步入考场，心不在焉地考完了他在大学的最后一场考试。

何文处境险恶，此前他被捕过，学校把他保了出来，但特务仍旧盯着他。

第二天何文住到了同学家，等候组织指示，后来又住到地下党联络员朱尔鑫家，前后四十多天。他的同学很关照他，知道他是做什么的，担着风险，表面上若无其事。这位同学叫曾俭良。

8月底，交大地下党员穆汉祥，把何文和另一位同学刘光裕带到徐家汇平民窟。平民窟小路弯曲，棚屋交错，到处垃圾污水，穆汉祥是这里的常客，不断有人和他打招呼。何文在这里换穿一套工人服装，拿到了一张泰兴工人的身份证，立刻去火车站，上了到镇江的火车。这场快速转移非常及时，何文还没到解放区，国民党军警就对交大进行了搜查和抓捕，名单上刘光溪注明"奸匪嫌疑"，何文注明"恐已逃"。如果不是穆汉祥的安排，事情很不好说。

穆汉祥，1945年考入交大电信管理系，中共交大党总支委员。1949年4月被捕，5月20日在闸北公园被秘密枪杀。现交大校园有穆汉祥烈士墓。

何文到镇江后，国民党军警加强检查，联络员感到情况异常，改变计划，人分开走，迂回走，在解放区边缘折返了一段时间。十几天后，形势平静，再穿越封锁线，非常顺利，何文说"大出意外"。

不久到达"江淮一地委"。报到时，地委秘书告诉他，到家了，什么话都可以说。并要求他改名登记。何文非常激动，这是他期盼了许久的娘家，是新天地，他把自己的名字"吉秋菊"改为"何文"。"何"，何去何从；"文"，问也。他一直在问自己：国家应走什么路、自己应走什么路，现在终于走到了这条路上。"何文"从此成了他的名字，沿用终生。

华中党校在半城镇，途经洪泽湖。湖畔稻谷飘香，但蚊子能刺透裤子，有时有敌情，就不能上岸休息和吃饭。曾经路过一个小荒村，有鲜鱼，但无米无盐。湖畔水生植物漂浮，坐在船头能摘吃菱角。文章开头"初过洪湖传警报，孤舟阴蔽一荒村。鱼鲜好买无盐米，白煮羹汤佐香菱"的诗句，就是这段经历的真实写照。

进入解放区，一路上过河过湖不计其数，但是每到一处，不用等多久，船就来了，好像约定的，还不收费，后来才知道，解放区地方政府早就做了周密安排。

何文是中秋节到华中党校的，他参加理论学习比15队其他人早，系统学习有四个月时间。他后来说，这次学习使他了解了中国革命的特点和党的方针政策，思想起了突变，也克服了自身小资产阶级的弱点。1949年1月，他和其他15队队员一起，加入江淮工作团，南下接管蚌埠。他先在军管会工作，后参加筹备华大皖北分校，8月去肥西县参加"反匪反霸"工作，任官亭乡农村工作队队长。

何文从学生运动起投身革命，地下工作、城市接管、反匪反霸，他都经历和参加了。起先，他一腔热情，发奋学习报效国家，湖南大学、上海交通大学都是考进去的。后来他选择了为建立新中国而奋斗的道路，尽管时局动荡，但学习用功，基础知识扎实。新中国成立后"技术归口"，曾在省科委工作，1962年起任中科院华东自动化元件及仪表研究所副所长，1979年任中科院合肥智能机械研究所副所长，一直做科研和高新技术开发应用，是科研型的技术领导干部。

作为搞科研的知识分子，何文信奉科学，不盲目跟风。20世纪80年代初，"耳朵识字"风靡一时，他在参加了一次"特异功能"研讨会后说："这不科学不能信"。

何文基础知识牢固，学则不丢不忘，1977年恢复高考，他的子女考前复习，何文辅导数理化，英语资料拿到手可轻松阅读。这一年，他的两个孩子都金榜题名。

作风则严以律己，何文女儿大学毕业分配到省医药公司，报到时领导说医药公司是做生意的，她女儿蒙了，她学药学的，希望做药物研究分析。在一次会议上，某药物研究所所长结识了何文，主动说何文女儿到他那里合适，何文当时没表示反对。不久何文对女儿说："对不起了，你的调动办不了了。"原来那个所长想往何文的研究所进一个人，是交换，因不符合入所条件，被何文拒绝。

15队的老一辈都是握有一定权力的人，他们为新中国的建立和建设做出过贡献，但他们不会由此额外索取，用权十分"慎独"，既兢兢业业又防意如城，不会为所欲为。

俞叔的墨宝

　　俞叔是文人，他家和我家曾楼上楼下，我从小就喊他俞叔。

　　文人的底子是读书，那时他家不仅书橱，屋里空隙处都放着书，很多很多的线装书、古籍书。俞叔祖父是私塾老先生，俞叔六岁读私塾。十二岁跟着一位国文教员学了三年的中国古典文学，《诗经》《左传》、唐诗宋词，明清文学学了个遍。后来进人民大学读书，师从冯其庸老师，古代文学又学了一遍。来回两遍，许多典籍烂熟于心。什么程度呢？能背诵，你讲上句他跟着说出下句，完全顺手拈来、出口成章。别看他戴副眼镜，文绉绉的，谈吐交流之间见识的幽默、言辞的犀利来了。

　　后来俞叔到新马桥干校去了。他不是当权派，是"臭老九"，受审查，人灰溜溜的。审查完下放农村，最后到宿县地委工作。那时我在淮北乡村插队，有一次去看他，俞叔和其夫人热情得不得了，管吃管住，我都不知道说什么好。我只是他曾经的邻居，此时是分文没有的穷知青。

　　改革开放了，俞叔一脸春风。他写了一首诗《夜读》，摘抄如下：文章翰墨愧生疏，惜得寸阴借日余，且喜春风催我读，先敲窗户后翻书。

　　看得出来，此时俞叔心情大好，他知道从此可以纵横捭阖，所以"夜读"。俞叔骨子里就是读书人，因势利导，做到"大秘书"，讲话、公文、报告手到擒来，变成了文官。

文官要有学识，而俞叔的学识超群绝伦。有一次全国政协委员来安徽视察，晚上俞叔和沈醉同桌。许多人来给沈醉敬酒，沈醉固辞，一点面子都不给。俞叔说了一句话，沈老不能喝酒，醉了就不认得家了。沈醉一愣，要俞叔解释。俞叔说，易安居士有句词：沈醉不知归路。沈醉一听竟高兴起来，连声对的对的。易安居士是李清照，她写的一首词中有"沈醉不知归路"这句话，沈醉说他母亲就是依据这句话给他起了"沈醉"这个名字。他想不到身边这位，底蕴深得连李清照小令中的一句话，竟能脱口而出。

俞叔的书法酣畅浑厚行云流水。原副省长张凯帆，公认的书法家，俞叔称凯老十分欣赏他的作品。有一次，俞叔向凯老汇报工作，他在一摞材料上加张封面，写上"汇报材料"四字。凯老一看即问，你写的，俞叔回是。凯老细察后说，你练过颜体，还有柳体。俞叔回是，随后自己添了一句话，我还练过魏碑。凯老又审视一番说，这看不出来。俞叔后来说，凯老厉害，魏碑我只练过少许，他看出来了。

几年前，我向俞叔讨墨宝，他答应了，几天后要我去取。七言诗《桂林之夜》：

> 青山郁郁竞葱茏，
> 碧水蓝天画意浓，
> 难得桂林寻梦境，
> 桨声灯影落江中。

俞叔说此诗作于20世代90年代，被上海《新民晚报》刊过，诗中"桨声灯影"出自朱自清"桨声灯影秦淮河"。我连声说好诗，俞叔笑着说："夸写得不错，不能当真，那是客气话。"俞叔写过多少首诗，我没算过，他也没算过，仅录入他《旧闻记者随笔》一书中的诗和词就有 130 多首。

七言诗《桂林之夜》墨宝空白处有四枚印章，俞叔说此叫压角章，传统习惯，都是朋友奇石篆刻的。四枚印章如下：冀卤、墨海试棹、家在浮山云水间和俞乃蕴。俞乃蕴即俞叔大名，其余我皆不知何意。俞叔是学者，学富五车，又曾身居高位，篆刻者想必也不凡。

俞叔一一解来，我越听越想听，竟沉湎其中。

冀卤，郑家琪篆刻。俞叔与郑聊天，说自己念了点书，但没有形成专门的知识体系，像卤水点豆腐。

墨海试棹，王少石篆刻。俞叔说，文字学术似大海，自己只是手持小棹试试而已。

家在浮山云水间，班友书篆刻。浮山系俞叔老家，繁昌县浮山。

俞乃蕴，俞叔本名图章，韩瀚篆刻。

真没想到书法如此讲究，印章涵盖知识如此丰富。

我向俞叔讨墨宝，知道他定会给。他品行在那摆着，出口成章、满腹经纶、待人平和，既无官气也无傲气，这在我还是穷知青时就体会过。我恭敬地说谢谢前辈，俞叔说，怎么这么说，我们是朋友。我惶恐地说，不行不行，我是小辈，您在我看来是高山仰止。俞叔说，好吧，那就称你小朋友！

俞叔有许多著述，影响最大的是 20 世纪 70 年代与施培毅合写的《人民的好医生李月华》。后来至少出过四本书，《迎客松下录》《新闻圈的里里外外》《山川吟》和《旧闻记者随笔》，发表过上千篇杂文随笔，其《迎客松下录》获安徽省第四届文学奖。2019 年，中国作家协会向他颁发了荣誉证书，褒奖词是"新中国文学事业作出的贡献"。

桂树开花的时候

　　秋凉刚来的早上，我抱着十个月的孙女下楼。一条小路，一边花草盈盈，另一边一溜的桂花树。

　　桂树开花了，在枝梢间，米粒大，每一粒有四片很小的花瓣。这大概是世界上最小的花，稚嫩清新。开始只几朵，淡黄，渐渐多了，圈成花簇，锦簇一起，变得金黄，像熟透的油菜花或谷子，软软地倚靠在肥腻的绿叶上。其实一个花簇没什么，几十个也没什么，而不计其数就形成了铺天盖地的香气。

　　不想走，只想在这里闻香，也不想去别处。此时阳光还找不到这里，让楼房遮挡折射出的辐射柔和轻盈，没有开阔处直射那样悸动与强烈。上班的、读书的都走了，四下清寂安宁，只剩鸟叫。小孙女睁开眼睛，我倾斜身体，给她一个合适角度。她开始看周围，也许还在想，这些没见过呢。

　　这样不是第一次，几年前，也是这个季节，我抱着她的哥哥也是这样的。

　　我走到第十棵桂树处停下了，它长得最好，花簇满身，桂香四溢，树梢伸到三楼窗户，树径大的圈出了一块不小的空地，但那里有一位坐着轮椅的老太太。我怔住了，怔得手足无措，太熟悉了，以前抱孙子天天遇上，那时老人家身子骨硬朗，看见我就要和我说话，只是大半年没见着了。

　　上前想问怎么了，可是我马上发现，老人说不了话，嘴唇一张一合，但只吐出含糊不清的音节，全身裹得严实，脸色苍白，手指弯曲不直。

难以名状的悲怆。人生祸福无常，去年还好好的，现在不能走路不能说话。想走开，不想在哀伤和无奈中徘徊。可是孙女突然咿咿呀呀起来，小手挥动，指向老人，这是想交流的信号。这个动作让老人苍白的脸上现出红晕，看得出，她很惊喜。

真没想到小东西咯咯笑个不停，清脆稚嫩，老人眯着眼，嘴发出啊啊的回应。这是和弦，灵感碰撞出的火花，小东西从来没有这样笑过，这种高兴是瞬间形成的，飘逸流畅。让她们友好或者欢喜吧，在善良和天真面前，代沟消散。

我开始常在这棵桂树停留，有时也一掠而过，但不论我何时出现，老人家几乎都在，好像是约定或者默契。我感到平添了一种沉重，毕竟安慰和怜悯不会天天有的，但很想弄清楚怎么回事。

有一天，我抱着孙女刚走到那里，突然下雨了，淅沥淅沥，而老人已经在树下了。这可是麻烦，她怎么能淋雨呢？一位中年妇女跑来推走了轮椅。这种仓促让人放心，但也让人感慨，人听凭摆布，怜悯毫无意义，剩下的只有枉然了。小孙女趴在我的肩头睡了，雨水一滴接一滴地往下掉，想脱下外套替她挡挡，腾不出手。感觉背被轻轻碰了一下，转身一看，是刚才那位中年妇女，她右手撑着一把伞，她说是她妈让拿的。明白了，她妈就是那个坐轮椅的老太。

我问究竟怎么回事，她说一个女孩骑自行车撞的。骑自行车把人撞上轮椅，还真闻所未闻。我说看了没有，她说上海都去了，脊椎神经受损。我愤慨起来，肇事者呢？她说女孩父亲来了，拿着钱，可我妈摇头摆手，坚决不收。她明白她妈的意思，有医保，有退休金，不收钱。女孩从山沟沟考上大学，家里哪有多少钱。一听这些，我一下蒙了，突然语塞，或者遭一记棍击。一直到她走进那栋楼，我还呆呆地站着。

从那天起，我每天上午都抱着孙女去那棵桂树，只要老人在，我就上前。小东西咯咯地笑，老人和颜悦色，没有拘束迂回，完全自由热烈地交流。我解释不了缘由，但十分满足和欣慰，老人无法言表，可她愉快的心情，哗哗啦啦地倾泻出来了。后来的日子都这样。这当然不能改变什么，和风像洋流无法改变一样，但老人对此十分眷顾，也许是感谢，这很不容易，她每天来到树下本身就不容易。

深秋的一天上午她没来，隔天从那里走，看见了停有扎着白花的小车。门卫说，并发症，呼吸衰竭。

那天我抱着孙女在桂树下站了很久。秋风疾起，小花瓣纷纷攘攘，打着旋落到了地上，不要说缠绵，连花容失色的机会都没有，就被浑浊的土粒湮没了。我明白了，我是恻隐之心，不需付出多少，而老人家是在尽最后的力气待人。她最后的日子肯定不好过，但品行高低单凭过得好坏是不好衡量的。别以为只有你会馈赠和救赎，相比之下她的馈赠和救赎是你无法达到的，这种善良你懂吗？感恩了吗？

秋天又来了，我仍旧带着孙女在桂树下来来往往。桂树又开花了，金黄色的花鬓正在集结，香气开始弥漫。小孙女快两周岁了，笑声比从前好听，天籁童音，就是老要人抱。可每到这里，吵着下地自己走。我不置可否，难道她记得这个地方？几位路人不停地招呼我，是小二子吧，真好！跟她哥哥蛮像。

我并不都记得这些喜欢孩子的善良人，倒是我抱着孙女在这里循环往复时被他们记住了。

这是我唯一的一次公派出国，2005年春天，去意大利 PML 公司学习。PML 是欧洲制造精密磨床的大公司。当中有些日子，我在米兰、威尼斯、罗马、那不勒斯和佛罗伦萨之间往来，最后去了法国的尼斯和摩纳哥的蒙特卡罗，于是留下了这篇纪实文字。

打开的天空

意大利埃尔塔航空公司的国际航班，上海到米兰9200公里，相当于一条西伯利亚铁路，要自东向西飞行十二个小时。

浦东早晨的阳光，倾泻在有许多轮胎印的机场跑道上，也透过玻璃窗悄悄洒落到我的机票上，像一只蝴蝶停留在一片树叶上。

一阵轻轻地颤抖，乳白色的"波音"向天空爬去，浦东在缩小，上海在缩小，一会儿变成了一只蜂巢。下面有一条细黄色的丝带，那是长江。大江东去浪淘沙，人间磅礴的万钧之力，在空中看来只是一条微不足道的丝带。

机舱很大，有两个过道，电子屏幕反复显示航飞线路，是意大利文，看不懂，但可以从地图上判断方位和飞经的地点。

座位靠窗户。身旁一个脸色红润的欧洲人在看报纸，前座是几个闭目养神的黑人，后座是一个胡须稠密戴耳塞听音乐的中东人。两个一脸灿烂的空姐开始送饮料，其中一个竟是说着一口流利英语的中国女孩，意大利空客怎么会有中国女孩做空姐？

天空打开了。飞机像一只独自翱翔的鹰，缓缓蠕动。太阳紧跟着，它的后面一片蔚蓝的无限延伸的空间。出现一抹云，又出现一抹，沿着一条淡淡的白线，向看不到头的空间滑去。那旦是苍穹，无法穷尽也无法停留的地方。

眼睛有点不习惯，全是俯视。大地是一块块的，河流是一丝丝的，山峰像一个挨一个的气泡，全都静静地卧在一个平面上，一个似乎没有容积的扁平物。来了一股气流，飞机抖动了几下，一下抖落了狭窄的失落和郁闷。我的眼睛里有了新的世界。世界变了，在地上看天，天高悬头顶，是不动的，太阳缓慢地动，人跟着天走。而到了天空看天，你在正中间，天跟着你走，太阳也跟着走，你君临天下。天堂是目空一切的，天堂能看透人间，在一万米的高空，有什么人间琐事不被它洞察得一清二楚。

用望远镜俯视所有能俯视到的东西。一条泾渭分明的界限，绿色和黄褐色，这是平原和山脉的分界线。没有哪书本这么说，是视觉带来的认识，一边是绿色的田野，绿色的树木，湿润葱郁。另一边是黄褐色的山体和沟壑，干燥浑浊，植被稀疏。我想，绿色是华北平原，黄褐色是太行山。

从天到地、说天道地，天体和地理是分不开的。太行千山万壑，是矗立的脊梁，这道脊梁是直的，是屏障。歌曲《在太行山上》有"保卫黄河，保卫华北，保卫全中国"的歌词，说明扼太行可安天下。太行山有许多关口，雁门关、娘子关、平型关，都是地形险要、喋血无数的沧桑雄关，这在飞机上是感觉不到的，飞机上的感觉是从头越，仅仅分把钟，轻松地翻越而去。

蒙古高原，一片灰褐色。高原就是突然隆起的广阔平坦的一块地方。我见过汽车在内蒙古高原上随便开，不在乎路不路的。用望远镜寻找黄羊、野马和蒙古包，没找着，只见一马平川的戈壁滩。历史告诉我们，从古代起，高原上的游牧民族一直躁动不安，一直想着如何闯入中原。大量的冲突好像就发生在燕山、阴山一带，汉代的匈奴、唐朝的突厥和成吉思汗的蒙古人就是这样做的。

终于看见了一条像样的河流，它是突然出现的，一小片长条形的浅白色水域，四周有好几根细细长长的小丝带。在高空能看清的水域，面积不会小。可是蒙古高原哪来那么大的水？想了好一会儿，突然想起了被称作"蒙古鱼"的贝加尔湖，应该是它，赶紧低头寻找，可惜"鱼"已经游走，看不清了。

俄罗斯来了。

俄罗斯辽阔广袤，苏联有首歌曲的歌词是这样的：我们的祖国多么辽阔广大，它有无数田野和森林，我们没有见过别的国家，可以这样自由呼吸。

在空中感受俄罗斯的浩瀚极为深刻。从贝加尔湖开始，眼下的俄罗斯刚刚经历一场很大范围的降雪，银装素裹千里冰封。绝对不止千里，后来飞机横越俄罗斯中部、西伯利亚、西西伯利亚、乌拉尔山，一直往西一片漫无边际的皑皑白雪，足足有5000公里，整整飞行了六小时。这就是俄罗斯，这就叫泱泱大国，它产生一个接一个的寒流，而大气在一个国家区域内环流，世界上别无他处。俄罗斯不仅仅是一个国家，也是一个世界。

五百年前的俄罗斯不是这样的，美国历史学家斯塔夫里阿诺斯曾经计算过，15世纪中叶以莫斯科为中心的俄罗斯公国，面积仅为15000平方英里，略大于今天的台湾岛，离欧亚的分界乌拉尔山都十分的遥远。而到了17世纪，俄罗斯的哥萨克骑兵越过乌拉尔山，到达了外兴安岭和黑龙江流域，他们对康熙的边民不断进行洗劫、驱赶甚至屠杀，于是有了"雅克萨之战"和《中俄尼布楚条约》。以后一百五十年，俄罗斯遵守这个条约，第二次鸦片战争结束，它又趁机东进通过《中俄瑷珲条约》《中俄北京条约》终于把版图扩大到了太平洋沿岸，包括符拉迪沃斯托克这个不冻港。

雪后天晴万里无云。俯视冰天雪地的俄罗斯大地，分辨不出哪是田野哪是森林。但是能看清城市，白雪披挂的楼房小如芝麻、密如星辰，铁道、公路立交桥、足球场馆清晰可辨。飞机至少从三座这样的城市上空飞越，其中最后一座城市倚着一条河流展开，有好几座跨河大桥，这是一座很大的城市。打开俄罗斯地图反复看，无法确定是哪座，但肯定是俄罗斯欧洲部分的某个格勒，不知道是不是莫斯科。

就在这座城市的上空，飞机掉头向南，大地灿烂起来，皑皑白雪不断减少，绿色植被不断增加，河流解冻变成蓝色，俄罗斯的寒冷走了。一抹柔丝的云飘来了，什么形状都有，一片片的，一会儿连成了云海，海浪般地奔涌着追逐着，离我真近，伸手能捞着，但它遮挡了一切。飞机在云层上飞，云层下面是东欧大地，乌克兰、白俄罗斯还是波兰？但那里是温暖的春天。

机上有自取饮料，我用纸杯盛了牛奶，同伴拿了一个小瓶的葡萄酒，顺手塞进口袋。小玩意精致漂亮，喝了就不好玩了。我也想要一个，就在快拿到手的时候，那位皮肤黝黑的意航空姐挡了，她先说了声"sorry"，接着开启瓶盖把酒递给我，并给了我一个友善的微笑。怎么到我就盯上了呢！

云层散开，飞机电子屏幕显示飞行高度为一万米，行程7779公里，飞行位置柏林下方，那是德国南部或者奥地利。一幅波澜壮阔的大幕，一条南北走向的山脉呈现了，它叫阿尔卑斯山。绵延的山体，垂直的峭壁，拥挤着连接着，山峰覆盖着永不消逝的白雪，而弯曲的峡谷却郁郁葱葱，甚至能看到蓝色的湖水。翻过它，米兰到了。

电子表是21:17，我没有调整时差，是北京时间，现在进入罗马时区，罗马时间是15:17，是下午。

天空仍然被打开着，阳光光束继续洒在机翼上。在打开的天空中，我经历了一个从来没有经历过的如此漫长的白天，飞机早晨从上海起飞，十二小时后，在欧洲下午的空间穿行。在这个白天，我一直自东向西走，太阳一直在我的后面跟着走，我走多快，它走多快，我转向想挤乱它的步伐，它就在我的上方止步不前，我从上海走到了米兰，它从东半球走到了西半球。我成了太阳，太阳成了夸父。而我也扫视了世界。上海春光旖媚，俄罗斯冰天雪地，米兰在下雨，是春天里的小雨。

米　兰

　　飞机刚穿出云层，米兰扑面而来。五颜六色的房屋，五颜六色的汽车。米兰有两样东西声名远扬：AC米兰队和时装。但米兰更是一座布满古建筑的城市。

　　米兰的许多街道是用石块铺成的，小巧的石块斑驳铮亮，紧密连接，小汽车不能行驶，有轨电车叮叮当当地驶过。这些路少说也有数百年的历史。

　　米兰最大的商市是埃玛努埃尔二世长廊，步行街，建于一百五十年前，也是一件艺术品。它的顶部呈拱形，绘有壁画，人行道镶嵌着各种几何图形。两侧店铺林立，鸽子和卖艺人在川流不息的人群中招摇过市。

　　几乎看不到现代高层，古建筑比比皆是，代表作则是米兰大教堂和古城堡。米兰最高的建筑是这座教堂，马克·吐温称"用大理石写成的诗"，米兰人辛苦了一百年（1385—1485）才做完了它。全由大块花岗岩砌叠而成，有层层楼廊，许多个钟楼许多座塔。尤其是塔，成群结队，塔尖直刺天空，每个塔尖上都有一座雕像。我用望远镜想数数到底有多少座塔，最后不得不放弃，因为数不过来。遗憾没能进教堂，它被脚手架包裹，正在维修。

　　古城堡与大教堂遥相对应，城堡前有一个圆形喷泉，一条干涸的护城河，还有一幅几百年前的米兰城区图，那时的米兰城已经不小了。城堡是一位叫作斯福扎的大公于1405年建造的，屯兵积粮，后来也一直是一座军事要塞。城堡里面有一个很大的草坪，二层有许多装饰华丽的房间，那不是士兵的宿舍，是米兰大公和他家人下榻之处，像紫禁城那样的皇城，所以古城堡也是贵族的行宫。

军人墓地

一座 19 世纪阵亡军人的墓地，静静地卧在米兰一个公园翠绿的草地上，基石上刻有许多的姓名，顶端矗立着一尊青铜雕塑，一位骑马身披盔甲的人剑指远方。

这尊雕塑不是战争中的某个阵亡者，是拿破仑，他征服过米兰。刻在基石上的是阵亡者，有数百名，是当年跟随拿破仑的法国军人。

几只小鸟在台阶上跳跃，然后飞走了，除了我，没有其他瞻仰者，一片安宁。我坐在一条长椅上，看着译成汉语的资料，想起两百年前的米兰和曾经八面威风的拿破仑。

1796 年 4 月，拿破仑率领法国军队突然翻越阿尔卑斯山，打败前来拦截的撒丁王国和奥匈帝国联军，一个月后抵达米兰城下，米兰投降。米兰受够了奥匈人的欺压，正好拿破仑来了，说来唤醒"昏昏欲睡"的罗马人。米兰人被打动了，甚至夹道欢迎拿破仑的到来。

可是拿破仑就是拿破仑。他一进入米兰即宣布征收特别税，接着就对意大利文化的稀世珍宝下手，古罗马诗人维吉尔的手稿，达·芬奇和拉斐尔的绘画，都被他弄到了巴黎。还处决已经投降的战俘，理由是没有面包了。后来，拿破仑成立了"阿尔卑斯共和国"，宣布米兰是首府，拿破仑做起了国王，加冕礼就在米兰大教堂举行。再后来，有了这座阵亡军人的墓地和拿破仑的青铜雕塑。

拿破仑在米兰至少待了十年，米兰人对待拿破仑是宽容还是忍耐，把他看作解放者还是占领者，有点说不清，因为米兰人终究让拿破仑和那些法国阵亡军人一起，在这里安静地存在了两百年。

感觉科莫

　　科莫是阿尔卑斯山南端的山坳小城，距米兰一小时车程。

　　感觉很好。金灿灿的科莫湖，翠绿的科莫城，和煦的春风，肤色各异的观光者。许多房屋在对面山坡上蜿蜒，更远的山顶上白雪皑皑。阿尔卑斯山南端的起点就从这开始，翻过山就到了瑞士。

　　湖边有一座挤满白色游艇的码头，还有一条栽有许多橄榄树、无花果树的临湖马路，一摸湖水，冰冷刺骨，湖水来自阿尔卑斯山山顶的积雪。

　　走了个把时辰不觉得累，干脆在一张长条椅上摆开了面包、饮料和中国酱菜。不知什么时候，身边站了一个戴鸭舌帽的小青年。请他一起，他摆了摆手，递给他一包中国茶干，他还是摆手，之后他就走了。

　　科莫也是一座深受战争影响的城市，从第一次世界大战到第二次世界大战。

　　在游艇码头附近，有一座几十米高的白色纪念碑，上面刻着"1915—1918"，我猜是关于第一次世界大战的。果然，一个会说英语的意大利女士说了"ye"，她说她不清楚战火对科莫究竟造成了多少损毁，但是纪念碑则很清楚地告诉人们不要忘了这里曾经是一战战场。科莫位于进出阿尔卑斯山的要道当口，当年墨索里尼就是在这被游击队抓获，当时他正想逃往瑞士。

　　街心公园里有一个小型建筑物，好几个出口，好几条错落有致的卵石小径与出口相通。一块汉白玉碑分别用英、法、俄、意大利、日本五国文字记述了发生在这里的一件事情：1944 年 12 月 3 日，墨索里尼政权在这里枪杀了九名反法西斯的大学生。

小径两旁鲜花锦簇，五块暗红色大理石碑镶嵌鲜花丛中，碑上铭刻着就义者临刑前说的最后一句话，其中一块碑上是这样的：

我并不羡慕现在正活着的人，我羡慕未来生活在自由世界的人们。

死者是希腊人。我马上请翻译译成中文，并随即记下了这句话。

一个科莫湖，两处纪念碑，与 20 世纪的两次世界大战相关，这样的地方值得来。

意大利女性

在米兰，女司机劳拉几乎天天和我们打交道。当时我们在米兰下机等了足足四十分钟没见接站的，只好用公用电话同 PML 公司联系，公司方面说一个楚楚动人的棕色女孩正在候机大厅转圈，然后要我们不要离开这个公用电话。很快劳拉来了，她说她头都转晕了，问了许多人，包括中国人，结果是失望。

劳拉英语很好，常常用英语同我们交谈，而在意大利，会说英语的人不多。后来，凡用车都是她来，有两次没来，她的哥哥和父亲来，他们不会说英语，依维柯里的空气就沉闷多了。漂亮女孩开车，大家都同她说话，也想知道她的情况。劳拉可聪明了，不说私人的事，不过终究还是说了。她是一家"卡替亚"汽车公司的员工，有一间单人办公室，但没有人给她开工资，她是给她父亲打工。原来劳拉是汽车公司老板的女儿。有一天早上，劳拉好像有点心事，闷闷不乐，问她怎么了，她用英语反问说："每天都会有新问题出现，难道不是吗？"苗头可以让你看出，家底不会让你知道，这就是劳拉。

路易莎是 PML 公司的商务助理，约四十岁，稍胖，走路飞快，被裙子紧裹的身体显得十分的茁壮和健康。第一次见她是在 PML 总部，我们按预定时间到达，她晚了整整一个半小时，急匆匆地进门，用英语连声说："早上好，早上好。"当时我很有看法，快中午了，还说早上好，意大利人真是的，让一个不守时的懒散老姐做接待。但是看法很快变了。说老实话，第一次到欧洲，假如天天坐着听课是很难受的。我们找了路易莎，一开始她不答应，但很快就调整学习日程，同意我们走走看看，连购车票、住旅馆都替我们安排，还打出了行程文件。赴德国的同事说，这样的事情在德国就很难办，德国人顶真，学习就是学习，想做其他的事是不行的。

离开意大利时，路易莎向我们赠送礼品，一个有着复杂包装的大玻璃球，我们送了她一条正宗的中国丝巾和一张刻有许多首中国民歌的光碟。她说喜欢听中国歌，也很想去中国，不是去工作，是去旅游。她指着那张光碟，问了一个我们根本想不到的问题：有《茉莉花》吗？她居然知道中国有首民歌叫《茉莉花》，她绝对不是一个懒散老姐。

到现在我都不知道她姓什么叫什么。我们坐火车到达佛罗伦萨已经是晚上九点半钟了，可是找不到预定的旅馆，而按照住宿文件的提示应该离车站不远，不超过两百米。佛罗伦萨这座城市很怪，它的街道是圆形的，楼房模样差不多，两边店铺模样也差不多，从一个街口开始找，最后又走回了这个街口。反复几趟，还是没找着，问了好几个过路的，但他们听不懂英语。于是在一盏路灯下，铺开了佛罗伦萨市区图。用意大利的地图找一家意大利旅馆，这是没办法的办法。深夜了，行人越来越少。

就在这时一个中年女人走了过来，路灯下看不清她的相貌。她用英语说了一句话，大家正围着地图，就我站在一边，听到了这句话中"help"这个英语单词，立刻明白了整句话的意思：需要帮助吗？我们欣喜若狂地把她围了起来。她看了我们的住宿文件，又看了那张佛罗伦萨市区图，然后说她对这一带并不熟悉，但愿意尝试帮我们找路。没一会儿，她把我们带进了那家旅馆。旅馆经理说，他已经不想提出违约罚款的要求，因为我们还是来了。其实我们在这家旅馆门前至少来回了两趟，没发现是因为装修的脚手架挡住了旅馆招牌，而中年妇女是按门牌号找到的，门牌号没被挡住。深夜了，她说必须道别了，因为她家离这还不近，她说她原来是匈牙利人，嫁给了意大利人，才到了佛罗伦萨。我始终没看清她的模样，只感觉一个苗条背影的轮廓在路灯的光亮中渐渐地消失了。

意大利女性可能不属于正统的欧罗巴人，没有白里透红的面孔，肤色比德国的、法国的、英国的暗淡，似乎更接近土耳其人或者中东人。

"不靠谱的英语"

意大利人讲意大利语，讲英语的寥寥无几，而我们几个，除了翻译，最多只能讲几句简单的英语，所以常常弄得寸步难行。

有一天，我在米兰街头走着，不知不觉到了中午，可PML公司吃中饭晚了，吃"麦当劳"吧，应该没问题，按图索骥就是了。

一家很清爽的"麦当劳"，装潢精致，顾客不多，服务员是一位黑人女孩。我指指点点要了一份面包夹火腿肠，这没问题，又要了一杯咖啡，问题来了。抿了一口，苦涩的没法咽，要放糖，而"糖"这个词，英语我不会说。比画了半天，黑人女孩不明白，突然看见价目表上的"茶"，英语单词叫"tea"，这个我学过，赶紧用英语连说两遍"tea"。这次黑人女孩懂了，她拿来了一包茶叶，还有一大一小两个茶杯，先示意大的，接着示意小的。我也明白了，小杯是小杯的价，大杯是大杯的钱。我指了指小杯，黑人女孩冲上了一小杯茶，同时送了我一个如释重负的苦笑，而我已经满头大汗了。

一天傍晚，我们走进一家超市。想做一顿以米饭为主食的晚餐，这太需要了。从货架上拿了大米、黄瓜、猪肉、茄子，还有盐和酱油，就是找不到醋，吃黄瓜要拌醋。我们当中不乏本科生、研究生一类的精英，但"醋"这个英语单词都说没学过，把货架从上到下重新梳理一遍，仍然找不着，判断不出哪一瓶是醋。请来意大利女售货员，知道说是说不清的，我用嘴做了一个类似于剧烈酸痛刺激状的表情。女售货员轻轻地"哦"了一声，转身拿来一瓶辣椒酱。我们几个笑得前俯后仰，不费劲了，黄瓜没醋拌不是不能吃，也许这个超市压根就没醋，中国人吃醋，意大利人不一定吃。在离开货架时，我顺手拿了一瓶葡萄酒，都说意大利的葡萄酒挺好，但在晚上开瓶的时候，喝了第一口的那位像被蜂蜇了一般地跳了起来，他说进嘴的是地地道道的醋。

在意大利用英语购物问路是不靠谱的，手势加连估带猜地揣摩，双方都急出一头汗，相互之间还是不明白。大多数意大利人听英语就像中国的北方人到南方听闽粤语，根本听不懂。

小镇耐格拉诺

小镇"耐格拉诺"，PML总部所在地，没有高楼，马路不宽敞，有红绿灯，没有交警，来往车辆速度快，不响喇叭。

入住一家汽车旅馆，叫"帕哥达"。一层每间住房前，都有一个停车位，可直接将车开来，然后人走进房间。服务员都是年轻女孩，她们很认真地打扫房间卫生，有分寸地拿小费。小钢镚的欧元放在桌上、柜上的肯定拿走，放在枕头边的绝不会碰，我试验过。房间很干净，龙头水可直接饮用，不提供毛巾、牙具、拖鞋等洗漱用品。后来我到罗马、那不勒斯、佛罗伦萨和法国的尼斯，发现那里的宾馆也不提供洗漱用品。

小镇小，公司大，需要精密设备的客户来了。中国人不少，济钢、广钢、酒钢都遇上过。

傍晚，沿着绿化带散步。一座座别墅，有彩瓦和很大的落地窗，院里有树木、绿篱、草地及大花园。大门上，就是中国住宅报箱那样的位置，有一张狗或者猫的照片，是养宠物的证明。我在一户门前看这类照片的时候，里面的狗叫了起来。

看来意大利人很富裕。可华人陈先生说，还是有区别的，这家富不富，要看车库，有的一个车库一辆车，有的大车库好几辆车，而且是名牌车。

陈先生是我们后来认识的。"帕哥达"旅馆费五十五欧元一天，酒钢的同仁说，应该去中国人开的公寓旅馆住。他们给了电话，就是陈先生的，二十二欧元一天，而自己开火又可节约一笔。

公寓旅馆是四室两厅两卫的套房，设施齐全，厨房煤气灶有四个煤气头，可以同时烧四样东西。陈先生有好几套这样的房子，他说外来的喜欢住他这里。他还有一个小超市，他妻子照管，我们去了，她卖瑞士军刀和意大利皮货，意大利人去了，她卖中国的服装和方便面。很多意大利人来这买中国衣服，从内裤内衣到衬衫外套。陈先生说服装生意好做，中国的纺织品物美价廉。

陈先生个头不高，一张因饱经世事而很倦气的脸，上海人，做过插队知青，二十年前来到这里，是小镇的老居民了。他钱是不缺的，我替他算了一笔账，财产至少三百万欧元。这在意大利也许不算大手笔，在中国，下辈子都花不完。

没想到我的这个算法，引出了陈先生一番感慨。他说他是经历了一场一言难尽的人生赌博后，才挣到的。他做过许多事，那时年轻，现在五十多了，感到累了，一累就想家，家在上海，那里有他的父母和姐姐。意大利对待移民是尊重的，但他仍感到孤独，逢年过节更是如此，所以他到现在都没有加入意大利国籍，留着中国的身份证。放不下心的是两个女儿，大女儿在米兰上大学，小女儿在镇上上高中，接着他向我问起了上海的房价。

陈先生在意大利二十年，没入籍，想落叶归根，回上海。

关于佛罗伦萨

米兰到佛罗伦萨近 300 公里，有快速列车直达。

"佛罗伦萨"意大利语的意思是"鲜花之城"，据说是古罗马恺撒起的。

城市到处鲜花锦簇，但它的底色不是鲜花，是红房子。站在高处看，所有建筑的屋顶都是红色的。它在显现一种历史，我看到一张 15 世纪佛罗伦萨城市图，那个时候就是这样的，红色覆盖了这个城市所有的中世纪的建筑。

翻译指着一座有尖塔的教堂说，这是劳伦斯教堂。在教堂，他给我拍了一张有意义的照片。我站在一位长翅膀的女神前，想留个念想，右侧走来一位高个的西方人，左侧一位修女也匆匆走来，就在这时他抓拍了。我眼熟长翅膀的女神，由此得到了和两位西方人，包括一位修女同框的机会。佛罗伦萨的教堂太多，里面有许多诸如此类的壁画和雕刻，我弄不清来龙去脉，一概称为希腊或罗马英雄，后来才知道其中许多是达·芬奇、拉斐尔、米开朗琪罗等人的真迹。

我知道佛罗伦萨在世界史上的地位，文艺复兴起源于此，世界史的界限，古代的结束和近代的开始，被恩格斯权威地划分在与这个地方有密切关系的一个人身上。

恩格斯是这样说的："封建的中世纪的终结和现代资本主义的开端，是以一位大人物为标志的。这位人物就是意大利人但丁，他是中世纪的最后一位诗人，同时又是新时代的最初一位诗人。"

　　我在佛罗伦萨待了三天，后来读了一位意大利历史学家写的《佛罗伦萨史》才对佛罗伦萨有了些了解，它曾是世界思想最先进的城市。13—16世纪，文艺复兴的领军人物，也是当时世界的优秀人物，几乎都是佛罗伦萨土生土长的。

　　但丁，诗人，生于佛罗伦萨。彼特拉克，诗人，佛罗伦萨公正人的儿子。薄伽丘，作家，佛罗伦萨银行行会会员。达·芬奇，艺术家兼工程师，父亲是佛罗伦萨的律师。米开朗琪罗，艺术家，在佛罗伦萨一位石匠家度过童年。拉斐尔，画家兼工程师，父亲是佛罗伦萨宫廷画师。伽利略，天文物理学家，祖籍佛罗伦萨。

　　在佛罗伦萨唯一的遗憾是没能谒见但丁的故居，听说位于一条幽深的小巷，没有向导，不会说意大利语的我，显然没办法找到它。但是我到了"老桥"，这是横亘阿诺河上近千年的廊桥。据说但丁常在这里见一位叫作贝阿特丽丝的女孩，这在当时是反世俗的。但丁说过一句名言"走自己的路，让别人去说吧"，他不会对世俗妥协，可惜贝阿特丽丝早年病逝。桥头有一雕塑，我以为是但丁，翻译说是桥的设计者。

闲话罗马

在罗马，什么都得细看细品，这样才能发现事情、接受事情，才能看出罗马究竟有什么样的别致和风俗。

罗马地铁建于 20 世纪 50 年代，老掉牙了，灰蒙蒙的，好像只有一两条线。没有北京地铁、上海地铁那么富丽堂皇，容量和涵盖范围也小多了。因为罗马地铁施工时，遭遇许多古罗马遗迹，工程师们既要修地铁，又要保护遗迹。地铁修成，有的工程师成了考古专家，但地铁因此受到极大限制，成了这样的格局。我在罗马有时乘公共汽车，有时乘地铁，地铁车票和公共汽车票通用，想乘地铁到你想去的地方是不容易的。

罗马文化，巧了走路能遇上。到罗马的第二天上午，我在一条街道上，遭遇一支衣着古罗马服饰的游行队伍。有几千人，持盾执戈、击鼓吹号的士兵，装束鲜艳、载歌载舞的妇女，还有一位头戴皇冠被人簇拥的漂亮皇后，很多外国人也参加了。

这支队伍刚走完，几十辆崭新的轿车鱼贯驶来，全没牌照，这次我看懂了，车展。大雨如注，观看者不计其数，公交车停驶。这天是周末，罗马人会玩，下大雨也玩。但是宾馆老板告诉我，不是游戏，今天是罗马建城日，公元前 753 年 4 月 21 日罗马建城。照此推算，今天应该是罗马第"2758"个建城日。我很幸运。

罗马的摊贩，你杀他的价，他跟你急。罗马火车站前一店铺，我看上了木刻《最后的晚餐》，标价十三欧元。我觉得值不了，用英语还价"ten"，金黄卷发的摊主头一摇，毫不相让地回答"thirteen"，我坚持说"ten"。摊主挥手大声嚷了几句，转身走了。听不懂他嚷什么，翻译听懂了，说在骂你呢，我问骂什么，翻译答："他说，就你那点钱，还想上我这买东西。"

罗马有卖艺人。圣天使城堡前，一个中年意大利男人，坐在地上，边弹吉他边唱意大利民歌《桑塔·露琪亚》，他的面前摆着一顶帽子，里面有小钢镚。地铁列车，一个高大的黑人站着拉手风琴，罗马尼亚的《多瑙河之歌》，这是旋律欢快的名曲，然而拉者目光呆滞、脸无表情。这些不是偶然现象，我在米兰的商场，佛罗伦萨街头，庞贝到索仑托的城际火车上，都看到过卖艺人。

四月的罗马常常下雨。中国的春雨"润物细无声"，罗马的春雨雨点响，直直地扑面而来，生疼。但时间不长，一阵一阵的，乌云跟着忙前忙后，阳光在云层中时隐时现。这样的雨一天好几次，难怪罗马的空气总是那么的新鲜，天空总是那么的蓝。

恺撒的精彩

审视古罗马，不能小觑恺撒，而不拜见恺撒，等于没来罗马。

罗马的一个广场，一座恺撒的青铜雕塑，身材高大，四肢匀称，一双眼睛炯炯有神，还有很不错的头发。这大体符合史书记载，一表人才，但是多了顶"桂冠"，恺撒没有头发，是很不雅观的秃顶。

我手头有一本古罗马历史学家苏维托尼乌斯撰写的《罗马十二帝王传》，恺撒居首篇，类似司马迁《史记》中的"本纪"，我由此无比畅达地领略了风采非凡的恺撒。

这位古罗马的一代天骄，其铁蹄所到之处一派血腥和残暴，古罗马的疆域在他的手里至少扩大了十倍，以至后来的罗马人把皇位的继承者统统称作"恺撒"。

恺撒是打仗的天才。他起于士卒，任过骑兵分队指挥官，精通骑术。他体格强健，可以以惊人的速度长途行军，常常是派出的信使还未到而他先到了。在两军搏杀，胜负难分之际，他身先士卒、奋勇出击。如果有人退却，他会扭住逃跑者，卡他们的喉咙，让他们掉头。他谋略精明，从不率部队走易设埋伏的道路，从不在摸清对手之前而贸然行动，还专拣恶劣的天气向对手发动进攻。

恺撒是一位文采过人的帝王。他会写书，他写的《高卢战记》，记叙罗马人征服高卢和日耳曼的战争，《内战记》，记叙他与庞培的战争，被我国高校文科专业，由杨周翰、吴达元等主编的《欧洲文学史》，誉称为"不用修辞的藻饰，简明精练，朴实无华"的拉丁散文的典范。二十年前，我就读电大，必修课"外国文学"的教材，就是上面这本《欧洲文学史》。

恺撒会演讲，一种滔滔不绝的雄辩。他当过司法官和辩护律师，演讲有气质，懂掌握舆论走向。一个公众场合，他说自己是女神维纳斯的后人，这种自说自话的编造，让在场的人大为惊讶也大为恐慌。后来，他汇集自己的演说，出版演说集《斥加图》，这在当时的帝国领导人中绝无仅有，连他的对头西塞罗也承认："你以为那些专门从事雄辩的演说家有谁比他更高明"。

公元前一世纪，恺撒率领罗马军团，先是横扫西欧，接着打到了包括埃及在内的地中海沿岸。但他不罢休，计划向东面的幼法拉底河进攻，并决定于公元前44年4月亲自出征，但在3月15日遇刺身亡。

罗马市场一座废墟旁边，有一块"罗马元老院遗址"的路牌，恺撒在这被人刺杀，是坐在一把椅子上遇刺的。孟德斯鸠认为他死于"元老院的阴谋"，西塞罗认为他死于"四面树敌"。而恺撒本人在气绝前说了这样一句话："也有你啊，小子"，他认出了刺客中的一位，是他和塞维丽娅的私生子，叫布鲁图。

恺撒的结局同他的演讲一样精彩。

血腥游戏斗兽场

古罗马斗兽场位于罗马市中心，古罗马市场附近。

我觉得世界比它渺小。在我刚走出地铁口，隔着一条柏油路注视它时，仿佛仰望一座陡峭的山峦，视线根本无法囊括。我觉得幽灵不及它恐惧。后来走进拱门，目光所触廊栏壁墙，全是窟窿，或者一张张血盆大口。

斗兽场是椭圆形的，好几万平方米，好几层看台，十几个出入口，有许多大理石柱和大理石块。由于残破，一端是半圆形，另一端笔直切下。一道道相连的拱门，两边延伸着一排排的石阶座位，下到底是圆形场地，再往下是一个深几十米，有几十间屋子的地下设施。

当然，现在只是一所庞大的废墟，大理石面板基本剥落，剩下几块孤零零悬挂着，大理石柱残缺不全，而圆形的场地根本没有地表，由此裸露出的地下设施。

在没有动力的古代，建造如此浩大的工程需要什么样的代价？听到几个日本人，也可能是韩国人，围着一个意大利导游，不停地用英语说："Why？"他们一定在问斗兽场是"干什么的"或者"怎么了"这样一类问题。

我也在想，斗兽场怎么会被古罗马人使用了至少五百年？

角斗，古罗马习俗。最初是人与人斗，后来是人与兽斗，再后来是手持武器叫作角斗士的人互相砍杀。角斗士不是奴隶就是战俘，一部斯巴达克起义的电影告诉我们，这是罗马统治者想出的点子，让角斗士们互相决斗，凭杀死对方来改变人生。成千上万名情绪亢奋的观众，凭兴致决定胜利者或幸存者的命运。

这些的的确确发生在两千年前的罗马，在当时，是一种娱乐，官方法定的活动，每当节庆日或者凯旋仪式，官方就会举办这样的角斗。恺撒为庆祝战胜高卢人，让 300 对高卢战俘进行角斗。图拉真竟让 10000 名达挈亚（今天的罗马尼亚）战俘相互角斗至死，当时拼杀声、惨叫声、痛苦呻吟声和欢呼声混作一团，地面血流成河，这是罗马史书记载的最大规模、最惨烈的角斗。此外，罗马当权者常常把自己的政敌扔进竞技场，然后谈笑风生地看着他们被饥饿的猛兽撕咬吞噬。

斗兽场是一个令人毛骨悚然的行刑场所，古罗马的当权人物，当他们需要寻欢作乐的时候，就到这里观赏角斗士的决斗。像这样的斗兽场，不光罗马有，我在米兰，在庞贝也见过比这小的斗兽场。

公元 1 世纪罗马威斯巴西诺皇帝开始修建斗兽场，到他儿子隶多皇帝完成，建筑师的名字不得而知。公元 5 世纪，罗马皇帝欧诺利一道圣旨废除了角斗士的角斗。罗马人自己否定了自己。

一道破损的石质围栏将竞技场团团围拢，它至少要高出场地五六米，等于圈出了一个无可逾越的牢笼。我想，那些为生存下最后赌注的角斗士们，徒步搏击，前有虎狼咆哮，后有同伴相拼，有几个能跳出这牢笼？古罗马斗兽场，它的确气势磅礴、风格宏伟，但也鬼影憧憧、白骨森森。

金色"梵蒂冈"

　　梵蒂冈很小，不到 1 平方公里。它两侧有很高的围墙，拢着一个圆弧形体的教堂，教堂有一个金色穹顶，穹顶上有一个金闪闪的十字架。它的正前方是一个面积很大的椭圆形广场，而这个广场又被两条高大的廊柱环绕，廊柱顶端立着上百座大理石雕像。

　　据说最早这里是古罗马的一个斗兽场，公元 1 世纪，一个叫作圣伯多禄的教徒，被罗马皇帝钉死在这里的十字架上，并埋在这里。再后来，大约是 4 世纪，埋他的地方建了一座教堂。又经过许多年，它成了我们今天看到的金色教堂，叫圣伯多禄大殿，它前面的广场叫圣伯多禄广场。

　　梵蒂冈的价值在圣伯多禄大殿。走进大殿，各种大理石、青铜、白玉的雕塑，色彩各异的浮雕和壁画琳琅满目，占据了所有的空间，让你目不暇接到不知道该朝哪里看。

　　在一个布满壁画的小室，我看到了一幅似乎有点面熟的画。翻译说是古希腊的柏拉图和亚里士多德，一位穿红衣服，一位穿蓝衣服，一边交谈一边走动。

　　我看到了达·芬奇的名字。达·芬奇应该是双料学者，艺术家兼工程师，艺术成就仅仅是达·芬奇才华的一部分。达·芬奇设计过起重机、纺织机、机床和齿轮螺旋，研究过飞行器、潜水艇、降落伞、自行车甚至机器人。这些都是后人从他留下的 7000 多件速写手稿和设计草图中发现的。这是无法想象的事情，历史在他身上被提前了几百年，即在 16 世纪开始的时候，他设想了 19 世纪、20 世纪才有的东西。

梵蒂冈至少有一千五百年的历史，我在圣伯多禄大殿一块黑色大理石的碑记上，看到并数清了葬于此处的先哲名单，从公元 67 年被罗马皇帝钉死的圣伯多禄开始，到 2005 年病故的保罗二世，一共 145 位。

我到意大利的第三天，恰逢教皇保罗二世葬礼，意大利的电视都在转播追悼仪式。圣伯多禄广场人山人海，庄重肃穆，有许多泣不成声的镜头。身穿红色教袍、头戴金色教冠的保罗二世颤巍巍地走着，发表着声音雄浊的演讲，这是他生前活动的回放，但在广场激发了更多的悲伤。布什到了，布莱尔也到了，许多世界政要都到了，他们垂头侧立，以虔诚的姿态表示对这位世界级宗教领袖的敬意。那天罗马应该是万人空巷了。

从那不勒斯到索仑托

那波里到索仑托有一条城际铁路。一位高个的黑人站在车厢的中间拉手风琴，十来个意大利中学生在嬉笑打闹，他们背着书包，身穿一式的服装。

那波里翻译成中文是那不勒斯，是南意大利最大的城市。地中海在这一带形成一个镰刀形的海湾，那不勒利位于海湾的开口处，它的下面，往南一点的地方，就是举世闻名的庞贝城和维苏威火山。

我在这里找到了一个触景生情的地方。沿海岸有条弯曲干净的马路，叫"桑塔露琪亚海岸"，一首《桑塔·露琪亚》的意大利民歌，唱的就是这里。晚星微风小船，还有漂亮女孩桑塔·露琪亚。两百年过去了，人不复存在，留有一首歌，一条路。

那波里是一条小巷，幽深、陈旧，和上海从前的弄堂差不多。厂位女士匆匆而过，一辆摩托正在驶出。几位黑人靠墙站着，翻译要我们快走，他说那不勒利的治安是意大利最差的。

从那波里南行，一边是大海，一边是田野和山丘，一直到索仑托都是这样的。

我在索仑托的海岸上痴痴地看着地中海。它辽阔温顺、微波荡漾，像一个恬静的大湖，一点波涛汹涌的样子都没有。海水湛清，在浅处能一眼看到海底，离岸远了，才变成了深蓝。一只白色的海鸥从远处飞来，停在一块灰色的礁石上，它不停地左顾右盼，看看海洋又看看天空。天空蔚蓝，一种明朗不掺杂尘粒的蓝。

索仑托的另一边是田野，不是庄稼地，是一个接一个的葡萄、蜜橘和柠檬园，清香弥漫，闻一下就不想走。到那不勒斯的当天晚上下了一场不小的雨，第二天去索仑托，路两边的地上落有许多金黄色的柠檬，几百上千，说不尽的风雨声，数不清的落地果。一场雨打落这么多柠檬，我从未见过。它们慵懒地躺在地上，发出诱人的醇香，等待拾取者？可谁会来呢？这是私人果园的东西。

索仑托很小，从火车站到海滨浴场，走一条上坡路，十几分钟就到了。一些建造在岩石上的房屋，陡峭得很，同崖壁一样矗立在海边。地中海温煦的阳光携带着微微的海风，在棕榈树和柠檬树之间穿来穿去，一张嘴，海洋的气息一骨碌地拥了进来，在这每走一步路都能感觉到大自然的清爽和新鲜。

庞贝系列

庞贝是意大利地图上的一个小句号。

从火车站走出，四周没有其他建筑，拐个弯看到了庞贝城。庞贝城一面临海，其余三面是不断抬升的山地。庞贝从两千年前被维苏威火山的喷发覆盖开始，一直用一种僵持的态度对待时间、对待来者。

庞贝现存的都是废墟，灰色的废墟，它们都躺在厚厚的灰尘中睡觉，而废墟的顶部几乎都蒙上了碧绿的外套，草在那里茂密生长。那是两千年前突然形成的断层，虽然毁灭早就结束，但毁灭的结果原封不动地留存了下来，令人触目惊心。

一座没有屋顶的神庙里有"阿波罗"，古希腊的太阳神。他背靠一根灰色廊柱，两边排列许多廊柱，有的完整，有的只剩半截。"阿波罗"却毫发未损，一副"帅"样，天庭饱满，卷发，四肢健壮，除了手臂上搭着一条丝织物外，身上没有其他的遮挡物。这种穿着让人觉得他不是太阳神，是非洲原始部落的酋长。"酋长"站在大理石基础上，左腿弯曲，上身向前倾斜，两只手伸出，很难猜出他在做什么。

庞贝住宅十分的狭小，沿街走，没看见宽敞的房屋。一些破残的墙上绘有壁画，人物、风景、战争，尽管色彩暗淡，画面缺损。

庞贝还有"人"吗？算有吧！

在一所废墟里，有一个长方形的玻璃柜，柜中摆着一具被火山灰紧紧包裹的遗骸，这就是"庞贝人"。他稍稍侧身向左，头往上扬，右腿弓起，左手抬得很高。

庞贝许多废墟里都有这样的玻璃陈列柜，摆放着挖掘出来的"庞贝人"，他们冰冷僵硬，属于化石人或者遗骸人。据说这是清理庞贝的一位发掘者发明的，遇难火山灰中的人，肉体早就不存在了，可是火山灰外壳固化，注入石膏，可以得到一个完整人形的保持着生前最后的姿势"人"。

见到一个侧身反卧的"庞贝人"，这个遗骸在一所神庙前，他的身边有一堆古罗马银币和几件神庙祭器。文字解释：一个趁火打劫的人。贪财者得手了，可是死神没放过他。火山喷发破坏了社会秩序，在钱刚撰写的《唐山大地震》一书中，也有唐山民兵枪击抢劫者的记载。社会的类型可以不同，但社会的规律是共同的。

一到庞贝就找"维苏威"。

庞贝一面靠海，其余方向有好几座大山，哪座是呢？

一连问了好几个老外，没有一个说得上来。和一个摆摊的意大利老头聊上了，老头灰褐色眼珠，古铜色脸，胡须帅气地从嘴角往上翘起，像俄罗斯的哥萨克。我拿起一个维苏威火山的小模型，摸着碳粉一样颜色的火山口，做了一个喷发的手势，然后对着那些山一个个地指。老头明白了，到第三指，他立刻"耶"了一声，也做了一个喷发的手势。

我向"维苏威"方向走去，想尽量靠近些，路到头了，一个郁郁葱葱的葡萄园。我透过绿色的葡萄藤朝"维苏威"眺望。这儿离"维苏威"还远，人是走不到的，但能看得清楚些。

"维苏威"宁静安详，它的上空飘着几朵白云。它的上半截几乎全是暗灰色的石头，这是当年岩浆冷却后形成的火山化石，厚实毛糙，没有正常山体那种淡青色的岩石。从山腰开始，化石四下蔓延，当年的岩浆一定是这样流淌的。

山腰往下长着一些绿色树木，在一些小坡上形成植被。这很不容易，被岩浆掩埋的树根，经过几百年的努力，竟然苏醒，推开重压，重新郁郁葱葱，这得消耗超越正常多少的气力和精力？但是更多地方仍是十分惹眼的暗灰色的石块，生命在那旦依然被压抑着，一点绿色的踪迹都没有出现。

"维苏威"是个经常躁动的地方。公元前"维苏威"喷发过，可是人们忘了，或者认为它金盆洗手了，在它的脚下建庞贝城。

在"维苏威"喷发前一百年，一个叫斯巴达克的角斗士，率领三百个同伴，占据"维苏威"，这就是有名的"斯巴达克奴隶起义"。当时维苏威山绿树成荫，鸟兽成群，斯巴达克的营地在山顶的草坪上，就是后来岩浆喷出的地方。

在"维苏威"喷发的前十七年，这一带发生强烈地震，庞贝城许多建筑被毁。那不勒斯海湾地层深处断裂带异常的预兆，没有引起注意，庞贝人照旧过他们的日子。

公元 79 年"维苏威"爆发。可以想象，岩浆向天空猛烈喷射，然后倾盆而下，点燃了庞贝所有的街巷，砸断了房屋的梁柱，几千名庞贝人被火山灰活埋，随之而来的毒气则继续追杀幸存者。

威尼斯的大街小巷

威尼斯是世界上独一无二的城市。一本意大利出版的图书说威尼斯的房屋是建筑在上百个小岛上的，而这些小岛是用数不清的木桩固定着的。我在威尼斯看见了。

进入威尼斯的通道是一条充满海水的运河。海是蓝色的，进入威尼斯后变成墨绿，它把威尼斯分隔成条条块块，以水为"径"隔开城区和房屋，"径"相当城市中的街或马路。威尼斯是被许多条"径"分割的水上城市。

这种"径"纵横交错，有宽有窄。窄的同于胡同，能走小船，宽的同于马路，可走轮船和游艇，加在一起就成了"大街小巷"，走着不计其数大大小小的船。威尼斯没有汽车，到处都是水，出门见水，以船代步，以水为径。

"径"是漂浮的，并且把周围的一切全弄漂浮了。教堂、宫殿、房屋，全被映得摇摇晃晃。人的视线变得漂移不定，始终是圆点，找不到平衡。站在桥上看船，船在摇摆中颠簸；站在船上看桥，桥在晃悠中游弋。这就创造了一种别致的意境，漂浮的水，漂浮的路，漂浮的房屋，如果闭上眼睛那就是漂浮的梦。

威尼斯的标志是一头长了翅膀的雄狮，眼睛低垂，一只爪子抬起，轻轻搭在一本展开的书上，头上有个圆圈。我在威尼斯看到许多这样的雕塑。

这是威尼斯的缩影。它曾经凭海强盛了相当长的时间。在古罗马时期，威尼斯只是一个地区首府，相当中国周朝的诸侯国，没有单独强盛过。罗马帝国罩着它，庇护着它，它对罗马俯首称臣。罗马帝国崩溃后，到了拜占庭帝国时期，威尼斯走到前台来了，成了老罗马帝国地方势力的领军"人物"。

公元 11 世纪前后，威尼斯崛起，它建造了当时世界上最大的船厂，建设了一支颇有规模的舰队，随后就对外扩张。13 世纪，威尼斯打败土耳其，攻占了君士坦丁堡，还不断向周边的国家发动进攻，这种强盛至少保持到 16 世纪。后来资本主义在北欧获得了发展，东西方贸易由地中海转道大西洋，南欧比不过北欧，结果日耳曼人来了，法兰西人也来了，意大利被人欺负得四分五裂，威尼斯自然也就不行了。

历史有时很有戏剧性。两千年前，古罗马恺撒把法兰西的祖先——高卢人打得满地找牙，然后做起了高卢总督。18 世纪末，拿破仑带领法兰西军队，占领了威尼斯，当起了意大利的总督。法国和意大利掉了个，威尼斯彻底不好玩了。

拿破仑占领威尼斯仅几天，就宣布将圣马可广场的威尼斯总督府作为他的行宫，至今这座宏大的宫廷建筑仍然被称作"拿破仑宫"。

圣马可广场。一群中学生在广场上喂食鸽子，他们从奥地利来。四周游客熙熙攘攘，有欧洲人亚洲人，也有非洲人，成千上万只鸽子在广场上飞翔。不知道他们当中有多少人知道这样的历史。

拜访威尼斯的，除了占领者，也有名流。

莎士比亚来过，他写过一个很有影响的剧本《威尼斯商人》。威尼斯曾是东西方贸易的枢纽，大商巨贾来来往往，金钱叮当不绝于耳。莎士比亚来到威尼斯，仔细观察了形形色色的威尼斯商人，从而写了这出名剧。专门替威尼斯的商人拿出一个剧本的，在莎士比亚前大概没有，在莎士比亚后至今也没有。

　　莫泊桑来过。他反复观察圣马可教堂，写下的文字是"洒落在精神上的光束"。这是文学家的赞美。位于广场一侧圣马可教堂的大门上，有许多小巧的花岗岩小石柱，上面有门楣，再往上是穹顶，阳光照射不断受到建筑阻拦，最后落到小石柱上的只能是"光束"，也只能称"洒落"。文学写作的功底是白描，用优美的文字直白感官所及之物，莫泊桑是高手。

　　中国作家也来过，并写出关于威尼斯的文章。我读到的有三位，朱自清的《威尼斯》，穆青的《水城威尼斯》，余秋雨的《寻常威尼斯》，都是风范不一的大手笔。朱自清、穆青写的是游记，文章不长，场景描写细腻别致，文字秀丽委婉。尤其是穆青有关"水街"的描写，揭示了威尼斯美的底蕴。余秋雨的《寻常威尼斯》其实很不寻常，谈威尼斯的生态、谈威尼斯籍贯的马可·波罗、谈莎士比亚的《威尼斯商人》，哪一谈都是大课题。

去戛纳和蒙特卡罗

火车从米兰到法国尼斯行程六小时，戛纳在尼斯附近。

包厢宽敞，有两张软卧。整节车厢，连我们在内最多时只有十八位旅客。隔壁包厢里有一个母亲和两个孩子，还有一条硕大的狼狗，伸着舌头半蹲着。刚进法国，他们下了车。狼狗上火车在中国根本不可能。与乘务人员打过二次照面，一次是他很有礼貌地查票，另一次是他很生气地制止我们在包厢里抽烟。

从热那亚起，铁路沿着地中海，在悬崖峭壁上穿越很多山洞，直到法国的土伦。这条曲曲弯弯有许多沙滩的海岸，被称为"蓝色海岸"。那时太阳升起不久，我在摇晃的车厢里处于一种半醒半睡的状态。后来车停了，有人说沙滩上有晒太阳的比基尼女郎，还没看清，车又开了。这么清冷的早晨，有人赶日光浴？好像哥伦布也是热那亚人。

法国戛纳，一座几万人口的海滨小城，但却是世界影星云集的地方。国际电影节和"金棕榈奖"在这里评选，获奖的大牌影星、导演的手掌印和签名，被拓印在电影宫外的地面上，横七竖八的。中国的陈凯歌来过，得了大奖，可是找了半天也没找到他的手掌印和签名。巩俐也来过，带着《菊豆》《摇啊摇，摇到外婆桥》一起来的，但与大奖无缘。

电影宫附近花园里，有个几米高的半身雕塑，基座上刻"1901—1974""蓬皮杜"。"蓬皮杜"法国前总统，但雕塑上没写"总统"二字，也没有其他文字简介，与影星大腕招摇的手印和签名相比，出乎意料的低调朴素。蓬皮杜小而简朴的雕塑，为什么在戛纳，我到现在仍然没有搞清楚。

蒙特卡罗，摩纳哥公国的首府，临海傍山，蓝天碧云。它有许多称谓：邮票之国、赌博之国、汽车拉力赛之国、袖珍之国，当然更是豪富之国。从走进这里的第一步起，立刻感觉到了它无穷无尽的富有。

临海的港湾中，排列着几十艘光彩夺目的豪华游艇，悬挂的国旗，至少有美国、英国、澳大利亚、日本和新加坡的。岸边，一座很大的看台正在建造，据说世界游艇赛将在这里举行。游艇可不是想玩就玩的，在西方这是财富的标志。

"卡西诺赌城"位于山坡上，这是世界最有名气的"赌城"，建于1878年，据说沙皇尼古拉来过，英国的丘吉尔也来过。站在它的门口，以为是站在一座宫殿的门口，它被许多立柱、铜雕和鲜花装饰着、簇拥着，富丽堂皇，一副高高在上的做派。一进门，被告知不允许携任何摄像器材入内。走进金灿灿的大厅，各种赌具，游戏机、轮盘、纸牌、骰子等尽收眼底。参赌的皆衣冠楚楚、西装革履，一派绅士风度。没看到神色沮丧或者欣喜若狂的，也没听到任何喧哗和激动。但看到了好几个说着标准北京话的人，没想到世界赌城，中国人也来了。

蒙特卡罗是建在悬崖上的城市，建筑沿山坡次第而上，紫色的藤蔓，房屋到哪它跟到哪。风格都是王宫式的，甚至胜出王宫，一栋一幅艺术画，整个城市像一座艺术画廊，令人目不转睛也目不暇接。

摩纳哥公国原先是德国皇帝赐给热那亚的领地，很小，13世纪建成了城堡，就是今天位于蒙特卡罗临海山冈上的王宫，此后基本上保持了五百年的独立，加上碧海相依，使它成了世界豪富向往的地方。

　　我在法国就住了一天，住在尼斯。

　　尼斯是地中海边的一座小城，街道狭小，建筑古老，但海边马路特别宽敞，有成排高大的棕榈树，排列着许多宫殿式的宾馆和饭店。一群穿旱冰鞋的法国女孩在马路和棕榈树之间，飘逸地疾驰，发出阵阵尖叫。不远处有个很大的空港，飞机在不停地起飞和降落。

2007年，我有了一辆汽车。汽车改变了我的生活，我到了许多高山大河、森林田野。我从来没有以一种高速地移动，在大地的经脉上旅行。旅行就是上课，听地理和历史讲课。2018年，我一路向北到黑龙江，两个月后一路向西到三峡，隔一年一路西北到敦煌。新的认知和写作的念头，强劲地来了。

一路向北（之一）

2018 年夏，我和一位同窗，驾驶一辆八成新的上海大众，一路向北，半个月后到达黑龙江。每天晚上，有时是深夜，我都尽力记录白天的经历。

7 月 14 日

早晨六时，从采石矶上合常高速，然后一路向北，宁洛高速、西广高速，晚七时半到太原，1150 公里。气温天壤之别，马鞍山三十九摄氏度，酷热难耐，太原二十六摄氏度，凉风习习，一点闷热都没有。

行在高速公路上心胸开阔，扑面而来的前方是期待和未来，绝尘而去的后面是过去和历史。

7 月 15 日

晋祠是太原的名片。朱红色大门，一座"圣母殿"庙宇，许多粗硕的参天大树，其中有一棵完全倒伏在另一棵身上。一位值勤警官说，晋祠是祭典周武王的儿子唐叔虞的。晋祠中最重要的建筑叫圣母殿，祭奠唐叔虞的母亲，也就是周武王的妻子。这是规规矩矩北宋初年的建筑，有两位铠甲护卫，封神榜上的方弼和方相。晋祠遍布苍郁青翠的柏槐榆柳，大都是活了数百上千年的树精。

这是一个从逻辑上把晋祠解释清楚的人。他刚说完我立刻问他，我俩能合影吗？他说可以。

7月16日

五台山的寺庙卧在绿荫遮蔽的山谷中，显通寺、文殊塔，还有藏教的广仁寺，许多肃穆的佛殿和佛像。佛家弟子千姿百态，做法事，看管捐款箱，戴斗笠匆匆走路，还有自拍的尼姑。最有意思的是三位小弟子，在绿色的草地上，一门心思玩微信，我走到他们身旁，仍然毫无察觉。佛教是宗教，微信是科技，但在一起。

7月18日

浑源县城到悬空寺8公里。我站在幽深的山沟，仰望悬空寺时，景点还未开门。惊叹不已也惊魂不断，上抵危岩，身悬深谷，依壁而栖，凌空而立，我从来没有见过如此危如累卵的空中楼阁。它建于公元5世纪，什么人、为什么、怎么建的，据说尚无答案。

7月19日

出悬空寺看到路牌：衡山5公里。中国四大山岳的衡山居然近在咫尺！

一条老公路，穿过一个没有照明的隧道，十分钟到了。太阳刚在叠嶂雄峙的峰巅上露头，阳光穿透云朵四下洒落。庙宇层叠，长廊楼阁相连，这里是古代帝王封禅祭祀的地方。空气真好，电子屏幕显示每平方厘米的负氧离子四万个。

浑源到大同70公里，凹凸不平的公路，穿越海拔两千米的山岭。几十头黄牛在山坡上悠闲地吃草，有的跑上了公路。草场和牛，没想到太行山有这么好的养牛场。

大同九龙壁位于闹市区，西斜的阳光把它的身影拉得很长，以致觉得比故宫的九龙壁大许多。同窗穿街过巷把我领进一家，他十五年前到过的刀削面馆，他说除了装潢其余没变。

7 月 20 日

云冈石窟在大同西郊，雷鸣电闪，滂沱大雨。我对佛教认识不多，但仰望这些凿刻的洞穴，和壁面如削的佛像，感到神的灵验和力量。公元 5 世纪，蒙古高原的一个马背民族，鲜卑，突然冲刺，马踏中原，在北方建立了北魏王朝。它的第三代皇帝，大事佛法，云冈石窟是这样来的。北魏是比较出彩的王朝，除了云冈石窟，还有《齐民要术》《水经注》及传唱至今的《敕勒歌》：天苍苍，野茫茫，风吹草低见牛羊。

7 月 21 日

大同去遵化清东陵是山西往河北走，也是从太行山往燕山走。燕山雄伟，峰峦陡峭树木茂盛，京藏高速在许多地段限速 60km/h，隐隐约约能看到山脊上的长城。直到蓟州，山林消退，那是华北平原了。蓟州到清东陵约 50 公里。

清东陵，倾盆大雨，雨刮器根本来不及清扫。雨过天晴，阳光下的帝陵，依山傍水，黄墙红瓦，楼阁崇峻。看了三座皇陵，乾隆地宫正中有棺椁，两边有两位皇后的牌位，没有棺椁。慈禧地宫除了棺椁，空空如也，那扇当年被孙殿英炸开的石门，依然翻卧在地。康熙地宫没开放，庙宇可以看。清东陵共有五个皇陵，那些在清朝三百年历史中掌握乾坤的人，现在身不由己，是非功过任人评说。

7 月 22 日

承德比太行闷热。避暑山庄山环水绕，游人如织。皇帝把龙椅搬来了，也休闲，后宫寝室占了山庄的大半，包括乾隆的墨宝。与山庄隔河相望的是一道深绿的山岗，岗下有一条向两边无限延伸的林荫大道，许多汽车在其间像影子一样穿梭。乾隆对避暑山庄有个评价：山贵环抱水贵隈曲。绕行一圈，果真如此。

宾馆外排球场，几位承德大叔在玩排球，两位承德大妈跟着一起玩。

7 月 23 日

山海关称"天下第一关"，城楼陡峭，青砖灰墙，绿苔斑驳。我在想"第一关"理应固若金汤，怎么被女真铁骑踏破。一位老者说，"天下第一关"是"天下雄关"和"东北第一关"合成而来，清军突破不在这里，这里是突破不了的。老者两鬓斑白，做什么的不得而知。

一个眉清目秀的小女孩在攀城楼，她的母亲在不远的后面跟着，小女孩停下了，我向她竖起拇指，她对我说："不上长城非好汉"，又开始攀了。好样的！没想到攀长城的小孩都能说出这样的话，她也就一二年级的样子。

7 月 24 日

山海关到满洲里至少 1500 公里，走京哈高速和大广高速。从通辽起，进入科尔沁草原。从来没有过的感受：阳光越来越强，天空越来越蓝，大地越来越绿，水流越来越清。马背民族的摇篮，草原王国，天上有白云，近处有马群，碧绿的草甸不见首尾。

7 月 25 日

从齐齐哈尔到满洲里，有一条横贯呼伦贝尔草原的"绥满高速"。

没想到公路两侧，金色的油菜花，连绵不绝。长江流域的春天，油菜花漫山遍野，蒙古高原的夏天，油菜花一片连一片。

呼伦贝尔草原广袤无垠，比科尔沁草原大得多。草甸马群及白色的蒙古包，都淹没在绿色的苍茫中。海拉尔到满洲里几百公里，停车好几次，看到的都是这种一望无边的大草原。

服务区，一家蒙古族人在就餐，男人彪悍，女人高挑。他们都穿红色的服装，孩子穿着红肚兜，戴着尿不湿匹下乱跑。

7月26日

满洲里，一个让自然胜景团团包围的地方。海拉尔河从东面流来，额尔古纳河从这里向北面的黑龙江流去。成吉思汗边墙，向东北方向延伸，而它的正南是呼伦湖。

许多俄罗斯风格的建筑，外表的色彩鲜艳夸张。街上琳琅满目的商品，许多是俄罗斯的，连国门楼层转弯处，也是批发俄罗斯商品的商家。国门庄严，一列货运驶向俄罗斯。口岸大厦，几位光膀的俄罗斯人大口吃肉。附近的碉堡和铁丝网清晰可见，历史纪念馆保留着五十年前中苏谈判的场所。

对门住着一家俄罗斯人，房门大开，人不在也敞开。宾馆女老板说除了晚上睡觉关门，白天都开着。老板是溧阳人，当我用溧阳话与她交流时，她惊奇不已，立刻表示要降低宿费。这个季节，满洲里人满为患，宾馆不好找。

7月27日

从地图上看，从额尔古纳经根河，至加格达奇折向北可到漠河，但必须穿越大兴安岭。迟子健的长篇小说《额尔古纳河右岸》，说河水发出白光，岸上有蓝蜻蜓，红土壤，这些都没看到，看到的是一个由草原向山岭过渡的辽阔地域。油菜花，泽地，树丛，然后爬上了高高的山岗，变成了密密的森林。大兴安岭到了。

大兴安岭是岭不是山。它没有悬崖峭壁，坡度平缓，高高的白桦，壮硕的东北松和樟树起伏绵延。一位漠河人说是六十年前飞机洒播形成的。

横穿大兴安岭的 301 省道可不好走，它的前身是国防公路，约 200 公里。有许多竖立的冻土观察点标牌，公路急弯处有许多挂有彩绘轮胎的安全桩。在根河问路，人家说看怎么开，大概四个小时，结果走了七小时。大雨如注，路面坑洼，车蹦蹦跳跳，信号断断续续，还没有加油站，但还是在天黑前走了出来，到达加格达奇。从满洲里起，整整一个白天，走了 645 公里，距漠河还有 600 公里。

加格达奇是盟所在地，没有满洲里漂亮。

7 月 28 日

北极村景区入口，一个简陋的门楼。两天前，一位文友挺我：一路往北，不论西东。现在到了，但不无遗憾，最后 600 公里不是开车是乘火车的。在加格达奇，两位吉林人警告："加漠"公路几处翻修，你的车过不去，要绕道。在大兴安岭绕道，我没这本事。

加格达奇到漠河有夜班车，卧铺。结识了一位老兵，他说我很像当年他结识的一位上海知青。他当过铁道兵，吉林人，20 世纪 60 年代，随部队在大兴安岭修铁路十几年，他说这个地方日本人进来又退出，因为无法生存。解放军来了，生存下来了，修建了许多条使用至今的铁路。这里是冻土，筑路经验后来被修青藏铁路所用。一路开车，看到许多冻土观察点标牌。后来在北极村和这位老兵不期而遇碰上三次，这就是缘分。

7月29日

北极村是中国地形的鸡冠，头顶蓝天白云，濒临黑龙江，也是界河，往前无中国国土。许多建筑名称带"最北"两字：最北邮局、最北汽车站、最北岗楼。最北汽车站的墙壁写满横七竖八的留言，老板说，只要在这住宿，就可以这样留言。

这旦白天特长，晚饭后散步，走了很长时间，天还亮着。夜晚太短，眼没闭一会儿，天亮了。农家乐最好吃的菜是猪肉炖粉条。

早晨四点，太阳在江对面俄罗斯的山顶露头。黑龙江悄无声息地流淌着，江水打着漩涡争先恐后地朝前涌动。起雾了，黑龙江不见了，很快雾散了，阳光急速地抛洒光线，黑龙江又出现了。江水湛清湛清的，像一面镜子，不仅把太阳和白云，也把岸上的山岗和树林，冉冉晃晃地映到了江水中。

我看到的黑龙江就是这样的。

7月30日

我住的"北缘之家"是家庭旅馆，八个标间，一个种瓜果蔬菜的菜园，一辆越野车。女主人是老板，只要房间空着，她就到"最北汽车站"等游客。她婆婆管厨房，丈夫打鱼，到黑龙江边下网。儿子小学五年级，登记收费，还养了一窝兔子。早晨，男人与儿子收网回来，说逮了条二斤六两的鲫鱼。我很惊讶："黑龙江的？"小男孩说："是啊！""鱼呢？""卖了，一斤一百元。"他好像觉察了什么，马上问："吃兔肉吗？"我赶紧摇头。他的先辈一定是打猎的。

北极村是一个旅游股份公司。员工有工资，打卡上班，要做完分配的事才能做家庭的事。他们不种地，做旅游。每年六至八月是旺季，游客多。我问能否看到北极光，男人说北极光发生在夏至，但不是每个夏至日都会出现。他特别提醒，游黑龙江，主航道中心线不可逾越，假如逾越，先是子弹落在四周，接着俄罗斯的快艇就来了。

我们是中午走的，女主人开车送我们到北极汽车站，然后开始了新的等待。

7月31日

从漠河坐绿皮火车回到加格达奇，大兴安岭的客运火车都是绿皮的。然后去黑河，走310省道，约400公里，中间经过嫩江。

黑河高速入口，一位武警看了我的身份证后，惊讶地说，安徽的，怎么开过来的？我说，因为你在这检查，所以开过来了。小武警青涩英俊，一看就讨人喜欢。

黑河刚下过雨，清新清爽。城市建筑颇有俄罗斯风格，对岸俄罗斯布拉戈维申斯克（即海兰泡）的电视塔清晰可见。

黑龙江从漠河流来，至黑河性情大改，江面变阔，江水变浊。

黑河南40公里有瑷珲古城，衙署遗址成了纪念馆，《中俄瑷珲条约》在此签订。讲解员是一位白发苍苍的老者，他说他是志愿者。

8月2日

"五大连池世界地质公园"的标牌，竖立在一块暗红色的巨石上。大片坚硬的灰褐色的火山化石，从山上朝低处蔓延，沟壑似的排列，一个穿白裙的女孩在上面穿行。沿观光车道前行，渐渐出现了一片片白桦林和芦苇荡，再走一会儿，看见一个澄澈如镜波光粼粼的湖泊。这就是五大连池，由五个堰塞湖组成。火山最近的喷发是 1719 年。

8 月 3 日

法库灯火旖旎，这里距沈阳 50 公里。明早去沈阳，游大城市，在周围小城市住。找宾馆方便，价钱适中。大城市，车流量大，道路不熟悉，住宿费高。

晚饭后散步，一直走到法库电视台返回。凉爽，东北夏天的晚上气候宜人。

8 月 4 日

沈阳之前到过，但我们仍去了故宫和大帅府。展厅有赵四小姐一封信的原件，字迹娟秀。曾以为赵一荻是情痴，现在看她绝非花瓶，而是受过良好教育的大家闺秀。

努尔哈赤陵在一座小山上，建筑对称宏伟，有华表和参天蔽日的松树。陵 1651 年建成，当时努尔哈赤已经死了二十五年，满族的力量还局限在关外，所以不单单祭祠，更表明实力和雄心。

傍晚到锦州。车有点问题，空调制冷效果不好，在满洲里刚保养，"大众"车不至于这样吧，这辆车行程才 30000 公里。

8 月 5 日

车真的有问题，空调不制冷，找了一家车铺，说"弗里昂"没了。不敢在小车铺修，上路，不用空调又怎样！不用还真不好受，车里的温度有四十摄氏度，大汗淋漓，衣服湿透，在高速上还不敢把窗户完全打开。在秦皇岛下，找到一家 4S 后，大店专业，师傅说制冷管开裂。他告诉我们，进入大兴安岭的车，容易出现这样的问题，路况差，颠裂的，他们修过好几辆这样的车。

车要修，但要等，待修的车太多，这就没办法了。我从秦皇岛去北京，弟弟在北京，几年未见，同窗则在此待车修好开回。

一路西北（之二）

2020 年 8 月，走沪陕高速、连霍高速一路西北。兰州以西没去过，走河西走廊，沿丝绸之路轨迹，观祁连山，看戈壁、沙漠和绿洲，视情况进新疆。

8 月 6 日

早七点上高速，走沪陕高速到南阳，近九小时 650 公里。2011 年去西安，走的也是这条路，十一小时 992 公里，在商洛歇脚。那是我高速日行里程的最好成绩，到现在没打破。

南阳武侯祠在维修。与保安聊天，大老远来行个方便。无动于衷。见有人从旁门进入，提出质询，保安反问："他们是修理工，你是吗？"看着那块刻着"卧龙岗"三字的巨大花岗石，默念诸葛亮《出师表》"臣本布衣，躬耕于南阳"，悻悻而去。

南阳高楼大厦不少，低矮陈旧的房子也不少，我这是在卧龙岗武侯祠附近看见的。

8 月 8 日

南阳至西安约 400 公里，穿伏牛山和秦岭，但无论弯道隧道，时速可以到达 100 公里。沪陕高速是一条灵气的高速。路在群山中逶迤，雾茫茫、雨蒙蒙，好像到了混沌的起始。雨停雾散，山岭青翠碧绿，峰峦连着云层，又好像进入仙境。

西安大雁塔拔地倚天，在塔下绕圈，仰视，突然眼花缭乱，不登了。

8月9日

秦咸阳宫遗址，西安北约 50 公里。两千多年前，咸阳是秦朝都城，人口几十万，宫殿楼阁无数。李白有诗句"秦王扫六合，虎视何雄哉"，秦始皇就在咸阳宫决策军政大事，以虎视龙卷之威，扫荡中原六国。现咸阳宫遗址，一个纪念馆，几块石碑，卧于杂草中的石头，一条乡村土路，曾经的强盛了无踪迹。公元前 206 年，项羽将咸阳一炬毁之，火三月不灭，从此咸阳宫没有了。项羽做此事时，秦始皇已经死了。今天咸阳渭河边，有一座英姿勃发的秦始皇塑像，其背后高楼林立。高速公路牌示：新秦。

8月10日

连霍高速从咸阳往西，非常好开，四车道，手感马放平川。到宝鸡不一样了，去甘肃要穿越秦岭，路成双道，弯道多、隧道多，开车要仔细了。麦积山隧道长 13 公里，不知道国内还有没有比这更长的隧道。出隧道下高速，十几公里到达麦积山石窟。麦积山石窟全凿在悬崖绝壁上，但雕塑是泥的，山高于四周山峦，此地离天水 50 公里。

8月11日

麦积山到天水沿途青山绿野。车进天水，城市整洁，高楼林立，蓝天白云，一条河穿城而过。天水位于黄土高原以南、祁连山以东，黄河长江两大水系之间，雨水多，与我想象中的风沙黄土完全是两回事。后来我开车环行，发现四周都是翠绿的山峦，它是坐落盆地的城市。

8月12日

到兰州即看望妻子的哥嫂，他们租房陪读，孙女在兰州科技大学念书。

早上看黄河。黄色，浑浊，一个个漩涡，一股股水流，由西往东，前赴后继。它波澜壮阔，疾驰而走，但不咆哮，大都悄无声息。遇到桥梁，起几声呜咽，翻几个波浪，一掠而过。但它绝不安定平和，没有任何平衡处，总是高低不平起伏不停，在河床中翻滚跳跃。看着它来，又看着它去，无法逆转，势不可当。

我在兰州黄河北岸，从七台桥走到中山桥，看到的黄河就是这样的。

8月13日

兰州到张掖500公里。祁连山灰黄，没有绿色，有时有浅绿，稀稀疏疏的，表面一层。但在开阔地带，有河流和绿油油的庄稼地，白杨或柳树在公路两边长成了茂盛的林带。这是绿洲。

隧道口，路牌"乌鞘岭"，这也是一个地理坐标。从乌鞘岭起，沙漠、戈壁来了，河西走廊开始了。乌鞘岭以西的河流，发源祁连雪山，是内流河，灌溉出绿洲，最后消失于沙漠。

8月14日

张掖在下雨，感觉冷，穿上衬衣。"大佛寺"果然大，释迦牟尼被塑成一尊35米长的睡佛安卧殿堂。一千年前的西夏人真虔诚，他们制作了一张绝大的床，让佛祖安稳地一直睡到现在。但是我抵近发现，佛祖没睡，眼睛半闭半睁地看着我。

佛祖像背后绘有关于西游记故事的彩画，故事我熟悉，但比吴承恩要早半个世纪。"大佛寺"始建 11 世纪，吴承恩是 16 世纪的人。

8月15日

张掖国家地质公园距张掖 36 公里。这里的地表，覆盖各种天然颜色，红黄绿青灰白，又称"丹霞地貌"。颜色并不绚丽，与自然界的七色相去甚远，与石窟中的壁画差不多，陈旧暗淡。这是我从来没有见过的奇特的自然景观，我不知道它们怎么来的，也说不出"丹霞地貌"是怎么回事。

8月16日

嘉峪关城楼气势宏伟，登楼远眺，长城蜿蜒于浩瀚沙海，白雪覆盖着祁连山顶。

城楼南有"长城第一墩"，一个被栅栏围住的黄色土堆，七八米高。我边看边想，"第一墩"表示什么？几百年前，当它是一座烽火台时，它应该最早看到敌人从什么方向来，什么兵种，人数多少，然后点狼烟，传递警报，作用相当于现在的导弹预警。但做完这些后，守墩的军人怎么办？如果被围，他们能坚持多久？我从来没有读到这方面的记叙和描写，内心无法平静。

8月17日

本打算从瓜州县往新疆去，听说哈密有疫情，改去敦煌。高速两边戈壁茫茫，沙砾遍地，其中有矮小的沙棘或骆驼草。

敦煌的民宿很漂亮，别墅小楼，住宿费不贵，但是不开火，这里的民宿都这样，吃饭另找。不过离鸣沙山仅数百米，老板娘说吃好饭去不迟。鸣沙山游人如潮，仿佛一个游艺场，载人直升机在空中盘旋，数百头骆驼驮着游客绕山而行，更多的游客穿着防沙靴，踏着金黄色的沙丘奋勇攀登。沙丘金闪闪，月牙湖水清清，气温二十八摄氏度。

这里的太阳，早晨从大漠升起，晚上从鸣沙山顶落下。

8月18日

这是玉门关？形单影只，方形城堡只剩残垣断壁。这是阳关？除了半截孤零零的烽火台遗址，其余什么都没有。这是汉长城？这是真的，虽然残缺不全，夯筑的墙体两边无限延伸。公元前2世纪，汉武帝通过三次战争，彻底击败匈奴，在河西设置两关四郡，两关即玉门关、阳关，四郡之一即敦煌。从此，汉朝疆域向西拓展了上千公里，接着丝绸之路来了。

8月19日

莫高窟距敦煌25公里。第46号窟，同张掖大佛寺一样的睡佛。雅丹地质公园有许多拟人拟物都相似的土丘，导游说土丘就是雅丹地貌，由河底淤泥演变而来。风沙大，站不稳，沙粒刮脸生疼。一个戴眼镜的小女孩吓得躲到一块石碑后面，不动了也不看了。此处距玉门关60公里，距敦煌165公里。

8月20日

在清晨清凉的阳光中离开敦煌。向西走柳格高速，经阿克赛、当金山入青海。戈壁变成了山地，汽车穿行山谷，远处山顶皑皑白雪，地势趋平，草越来越多，出现了绿色的草甸。柴达木盆地开始了。鱼卡服务区气温仅几摄氏度，人索索发抖，买了一盒牛肉锅贴赶紧上车。德令哈大雨，气温8

摄氏度，宾馆女孩说这里常下雨。敦煌至德令哈 520 公里。

　　进德令哈与出租车刮碰，它走非机动车道超车，还有什么可说的。蹭掉点油漆，司机说一百块，交警看着我，我对交警说，我是新车，交警转过去看着司机，司机说那就二百，交警转过来又看着我，我说我的车还没满月。交警不再看我，说明天上午九点到交警大队。这语气，老辣的没商量。

8 月 21 日

　　109 国道与青海湖并行几十公里。一路行车，湖畔景色尽收眼底。蓝天白云湖水草地，还有金色的油菜花，北面是白色的雪峰。这里是藏族自治州，藏族人努力表现自己的生活方式，把自家的牛马羊弄进山坡湖滩，边赚钱边放牧。看见一位交警站在车主和藏民之间，脚下是一头被撞死的羊。

　　入住湟源县城，感觉冷，宾馆女孩说这里最热也就 28 摄氏度，这里距塔尔寺 51 公里。

8 月 23 日

　　六盘山红军长征纪念馆，在隆德县东一座海拔 2700 米的山顶。隆德属宁夏回族自治区。六盘山上高峰，山大林深，满目葱茏。纪念馆有许多关于红军人物的老照片。六盘山是黄土高原腹部的大山，游客中心的人说，原先叫鹿盘山，叫白了成六盘山。

8 月 24 日

　　六盘山往东 70 公里到崆峒山。问景区人，此属秦岭还是六盘山，答六盘山。难怪与六盘山长得像，崖石嶙峋，山谷深邃，林木郁苍，有些庙宇建造在突兀的悬崖上。

　　坐观光车上山，山道坡陡弯多，有时擦着树顶走，心怦怦直跳。

崆峒崆峒，空空洞洞，实际不空洞。有佛教庙宇，也有道家禅院。看到金庸"崆峒武术，威峙西陲"的石碑，金庸在这找到不少创作灵感。还有一块石碑上刻：秦始皇，汉武帝西巡崆峒登临处。秦始皇、汉武帝登崆峒有记载，两位皇帝东边喜欢泰山，西边喜欢崆峒，既要封禅，又要求仙，《史记》对此记得很清楚。

8月25日

又到南阳，大雨如注。住进一家有机器人的宾馆，叫一声"小爱"，可帮你端菜送饭拉窗帘。一路西北，去走沪陕、连霍高速至敦煌，回走青海京藏高速，已有6300公里，相当于长江的长度。

一路向西

2018 年 10 月，我走沪渝高速，沿长江往西去湖北。

湖北，楚风吴韵九省通衢，中国腹地的中心。有两句流传很广的谚语，"湖广熟，天下足""天上九头鸟，地上湖北佬"。前一句是说那里的富足，后一句是说那里民风的强悍。这是一个富庶的地带，沿江有个城市群，蕲州、黄冈、武汉、潜江、荆州、宜昌，一粒粒闪烁的珍珠。

10 月 2 日

本想二号车少一点，谁知照样拥堵。马鞍山到蕲州约 400 公里，车开得磨磨蹭蹭，走了近七小时。

蕲州东门，一座白色的雕塑，一座青色的牌坊，都刻有"医中之圣"四字。"圣"即李时珍，蕲州是李时珍祖籍地。

我知道李时珍和《本草纲目》，但不知道他是怎么写出来的。李时珍的父亲是摇铃郎中，那时医生地位低，被视为江湖术士。李时珍早年不想行医，科举未成开始行医。本草就是药草，至少有二十年，他披星戴月、栉风沐雨，踏遍山水寻找药草，亲身尝试屡屡中毒，《本草纲目》是这么写出来的。书中详尽各种药物、附图和药方成千上万，而这些对民生是福泽万代。

李时珍生于 1518 年，今年恰好诞辰五百年。这个地上的湖北佬，绝对想不到他写的《本草纲目》十年后就传至日本，三百年间被翻译成拉丁文、法文、德文和英文，在世界传播。

10月3日

黄冈古城，东坡赤壁。悬空上半身，摄下了刻在暗红岩石上的"赤壁"二字。

疑团丛生，女导游说这里是赤壁之战的赤壁，但崖下无滚滚江水，只有一条几乎断流的小河。赤壁之战发生在咸宁赤壁，那里直面滚滚长江。女导游反问，仗是在北岸打还是在南岸打？我脱口而出北岸。女导游笑着说，这就对了，那个赤壁在南岸。真被问住了，诸葛亮借东风火烧江北曹营，不能自己烧自己吧！

东坡赤壁在北岸，最大的价值应是文化。苏轼的《念奴娇·赤壁怀古》在这里写的，有黄庭坚、米芾等文人的墨宝，甚至有民国总统徐世昌的诗作：古今往事千帆去，风月秋怀一笛知。南赤壁北赤壁，还不都是湖北的赤壁，我弄不清没关系，可不能误人子弟。

10月4日

武汉周边有个大桥群。从黄石到武汉，路过五座风格各异的长江大桥，都拍了照。鄂黄长江大桥，黄石长江公路大桥，黄冈长江大桥，武汉长江二桥，江汉大桥。实际远不止此，光武汉市地图标注的市区长江大桥就有八座。而在100公里范围，连过五座长江长桥，这是头一次。

从城市高架横穿武汉，两边高楼大厦密密麻麻，一些圆形或方形的奇形高楼，放眼看去，既让人眼花缭乱，又让人望穿秋水。

这是一个蓬勃发展的地区。桥是标志，桥即路，横跨江河之路，一桥飞架天堑变通途，时空缩短，经济链接，滚滚财富来了。没这个大桥群，想在沪渝高速日行上千公里是不可能的。

10月5日

黄鹤楼去过好几次，想想崔颢的《黄鹤楼》还是去了。黄鹤楼飞檐金瓦，极目楚天。登楼的游人，从楼下一直排到黄鹤楼前，又涌进了一层的厅堂，挤满了楼梯。一位很小的妹妹，神定气闲地坐在地上玩手机。

喜欢崔颢"晴川历历汉阳树，芳草萋萋鹦鹉洲"的诗句，精致的景物描写，阳光灿烂，草木茂盛。但诗人写诗从来就是话里有话，下一句笔锋一转，"日暮乡关何处是？烟波江上使人愁"。

江雾笼罩，忧愁深深。"鹦鹉洲"实际上没那么美好。据说三国太守黄祖在那里宴请，有人献鹦鹉故称鹦鹉洲，又说三国祢衡作《鹦鹉赋》故称鹦鹉洲。历史上祢衡才气，性格不好，失态侮辱黄祖，黄祖一介武夫，没那么好涵养，即刻杀了祢衡。秀才碰到兵，有理讲不清。

10月7日

东湖，武昌城中天然湖。湖岸曲折，湖面浩瀚，碧水万顷，游船乘风破浪，降落伞空中飘摇。远处丘岗起伏，层峦叠翠，近处荷叶漫漫，廊桥连连。

一条沿湖小道，游人络绎不绝。道旁有一楼阁，阁前石碑上刻：毛泽东与东湖。

行吟阁下有屈原雕像，细听介绍，屈原流放前曾在此久视。屈原的行踪，得到这样的流传，很不错了。阁内有董必武撰写的对联：旨远辞高，同风雅并誉；行廉志坚，与日月争光。又前行，见鲁迅雕像一座，旁人告知，此像面朝武汉大学，鲁迅曾做过武大客座教授。

天下名胜，都有奥秘，处处留心，皆是学问。

10月9日

荆州古城墙完整，门楼垛角瓮城及护城河都在，据说这是国内保存最好的古城墙。城楼上有刘备、关羽、张飞、诸葛亮和赵云的塑像，这是蜀国的决策集团。但真正与荆州有关的是关羽，是他修建了荆州城墙。

从小知道关羽大意失荆州，但不知其造荆州。关羽驻荆州十年，修城筑城不断，以此威逼东吴，屡挫曹军，声震江汉，最终却失城丢命，头颅被孙权送到许昌。这种逆转不好接受，这要怪罗贯中，《三国演义》中的描述，让人觉得关羽武功盖世，历史反而不确定了。

在书店见一本黄色封面的《荆州古城墙》，看到导言中"中国古城墙的起源与发展"几字，当即买下。

老城区街巷交错瓦屋连片。没想到张居正是荆州人，其相国府与古城墙隔条马路。府邸有万历皇帝亲书牌匾：元辅良臣。即好官能做事。张居正是明朝为数不多的良相，但死后即遭清算，又六十年，明朝亡。

10月11日

荆州到宜昌108公里。

宾馆在喧嚣的水悦城侧面，周围全是高楼，车水马龙，霓虹灯五彩缤纷。这是连锁加盟店，但情况让人生疑，晚上入住时宿价近五百，第二天早上这个宿价少了三成，早餐只有一份，前台漂亮女孩说白金卡才两份。双人间住两人只有一份餐券？

一路走来都很好。黄冈"简朴寨饭店"皇家气派，谐音招客，柬埔寨嘛，双人间二百，餐厅的东坡肉好有味道。潜江，宾馆也就这价，环境好，对面是潜江日报社，紧挨的老包子坊，什么馅都有。宾馆老板特地告诉说，曹禺纪念馆离此不远。曹禺出生于天津，祖籍潜江，他一生没来过潜江，但纪念馆造好了。武汉住宿贵，沿滨江路的宾馆少则八百多则一千，往偏僻的地方找，不怎样的也要四百，但那是武汉。

10 月 13 日

西陵峡水流平缓，游船逆江而上。南侧航道宽阔，有货船和客轮行驶；北侧山岗翠绿，岸边有房屋和航标。三峡封流前几天到过这里，当时江水湍急，两岸山峰叠嶂，林木茂密，船似乎在幽谷中行驶。现在这里成了大湖，而山峦被推到更远的地方，隐隐约约。

想起登船时没站稳，一位警官有力地拉了一把，后来再也没看见，茫茫人海把他隐约了。

三峡大坝位于宜昌西 40 公里，地名坛子岭，有电梯登岭。岭上绿地满坡，上有"大国重器我自豪"七字。岭顶平坦，喷池中有巨大的截留石，顶端为观景台。眺望远处群山起伏，大坝一线东西截山断水。

大国重器，荡气回肠。防洪、发电、航运和灌溉，世界上有几个大坝可比？

西北五地

　　一路西北前反复看地图，怎么走？西北辽阔，仅河西走廊长 1000 多公里，宽 100 多公里，不可能走遍看遍，最终选了天水、兰州、张掖、嘉峪关和敦煌。天水有麦积山，兰州有黄河，张掖有大佛寺，嘉峪关有长城，敦煌有莫高窟。这些地方到了，丝绸之路知道了，河西走廊也就知道了。

　　地图很重要，国道省道县道，城镇山河湖泊，标得清清楚楚。寻便捷之路，在思路不明确时，得靠图了。

麦积山与天水

　　咸阳往西，路况很好，四车道。到宝鸡不一样了，往天水要穿越秦岭，双车道，隧道一个接一个，弯道多。麦积山隧道近 13 公里，它灯火辉煌，在明亮的光线中向前延伸，我在耀眼的光芒中匀速跟进。我从来没走过这么长这么光辉的隧道。

　　秦岭青翠，山岗碧绿，峰峦巍峨，如带的云气横抹空间。贾平凹说秦岭是一条龙脉，提携了黄河长江，统领着北方南方。秦岭是中国南北的界碑，贾老师是秦岭人，他的看法使秦岭更加顶天立地，成了星位的分野。走这样的地方，可以豪迈地傲视四下。

　　麦积山在秦岭的群山之间，它与龙门、云岗及莫高窟的石窟齐名，但小很多。密如蜂巢的石窟全凿在悬崖绝壁上，依壁而栖，其形胜与山西浑源"悬空寺"不相上下，这是其他石窟没法比的。

景区门楼"麦积山"三字为郭沫若手书。导游说,麦积山之名起源农家麦子积堆。站在远处反复看,像麦垛,麦积麦积,成捆成捆的麦子囤堆而成。民谣说:砍尽南山柴,堆起麦积崖。祁连山称南山,开山伐木,凿出石窟。而它独峰孤山高于四周山峦,当之无愧地独领风骚。

麦积山石窟始建4世纪,那是一个崇尚佛教的年代,开凿比龙门、云岗要早一百年。一千多年过去了,没遭遇过大的破坏,这应该与它位于秦岭山中,立于崖壁之上有关。看看洛阳龙门石窟那些残缺不全的石雕,就明白麦积山石窟是盗不了偷不走的。

几千个塑像,有慈眉善目,也有凶神恶煞,说实话,我都不认识。有个小沙弥很可爱,十来岁吧,身高不足一米,憨厚稚气,不知遇上了什么好事,笑逐颜开。我觉得不像中原和尚,内地寺庙哪有这样眉开眼笑的,这里还有不少高鼻梁的塑像,这内地寺院也是没有的。

5世纪初,后秦皇帝姚兴想在后秦的土地上建一座佛教石窟,他请来一位名叫鸠摩罗什的高僧,他是龟兹人,从西域来,麦积山的佛像应该与他有关,丝绸之路交流来的。那个时候中原比西域先进,有发达的农业。

麦积山到天水50公里。我原先以为西北高原上的城市,少不了黄土朝天风沙弥漫。完全相反,从麦积山到天水,沿途绿色遍野。车进天水,城市树木浓郁,籍河穿城而过,天高云淡,蔚蓝无边,夜间醒来看气温仅17摄氏度。天水天水,老天降水,植被丰盈。

其人文胜景层出不穷。新石器时期的大地湾遗址在天水,那里有一万年前先民的生活场景;三国街亭战场和诸葛亮空城计在天水,那是一处地形险要的山地,先是街亭失守,接着诸葛亮唱空城计，最后挥泪斩了马谡。

天水城有伏羲庙，宏伟幽深，树木高大苍老，九只铜鼎一字摆开。伏羲，三皇五帝中的"羲皇"，据说天水是他出生和活动的地方，是他教会先民结网，从事渔猎畜牧。有意思的是，三皇中的另一皇，黄帝，出生在几十公里外的清水县，就是说三皇中有两皇同为天水老乡。

兰州黄河

黄河流域75万平方公里，兰州黄河只有不及千分之一的流经面积。中国被河流穿越的大城市有许多，但被黄河穿越的就数兰州了。

早晨，我迎着太阳，沿着黄河岸边的北滨江路，从七台桥走到中山桥。我从来没有如此近在咫尺地漫步黄河，如此细致地观察它躁动时的各种姿势。几步之外，浑浊的漩涡和水流，前赴后继，疾驰而走。但大可镇定自若，兰州至少有十座跨河大桥，任何时候都能在黄河面前来去自如。

20世纪之前这里没有桥，一座也没有。那时渡河如临深渊，古老的舟船皮筏，不是不能渡，是危险太大。搭过浮桥，但冬天结冰要拆，春天再建，遇上大水冰凌桥塌人亡。

兰州黄河桥梁博物馆蜡人像。四个蜡人，两个清朝官员、两个欧洲人，中间一张桌子，相隔而坐，在商量也在争吵。这是一个历史场景的再现。两个清朝官员一个是陕甘总督升充，一个是兰州道台彭荣甲，欧洲人中有一个是德国商人喀佑斯。他们在商讨修建黄河铁桥的合同，时间1906年5月。升充踌躇满志，此前，地位比他高很多的左宗棠也想建黄河桥，没成，现在他已经筹备得差不多了。

升充是洋务派，陕西大学堂是他倡办的，今西北大学前身。但他也是顽固的保守派，辛亥革命爆发，他率兵进攻革命军，张勋复辟，他帮忙，到 20 世纪 20 年代，他仍然在为复辟清朝四下忙碌。

升充与德国商人的谈判很快完成，合同一签，随即动工。但升充直到第二年才向朝廷报告，先斩后奏，其行事风格的确不在迂腐之列。

一百年前的中国没有基础工业，建桥所需的材料，包括铆钉全从德国购置，海运到天津，再由铁路运到河南新乡，此后全靠骡马。数十万吨物资，人喊马嘶，沿着漫漫土道缓缓而行，从安阳到西安，再从西安到兰州，翻山涉水。

1909 年 8 月桥建成通行，黄河第一次有了一座铁桥，称黄河第一桥，从此天堑变通途，而兰州扼据要冲，地位更加重要。

兰州铁桥是西方的技术，德国人德罗美国人满宝本是总工程师，没这个技术，造不成桥。但资金是清政府的，劳动力是中国的，许多经验丰富的技术工人是中国人，桥也是这样造出来的。1928 年，甘肃省主席刘郁芬，手书"中山桥"三字，此字悬挂桥南至今。

黄河桥梁博物馆保存着当年的修建合同，其中有这样的条款：保固期 80 年，期间出现问题，由德方赔修，"赔修"指德方掏钱。可是后来日机轰炸，桥遭损坏，德方没有赔修，它作为二战战败国也没力量兑现承诺。不过 1989 年，德国有关方面致函询问铁桥状况，并给出加固建议。德国人讲信誉，它给黄河铁桥打了八十年的保票，仍提供售后服务。其实新中国成立以来，对中山桥进行了多次加固维修，桥梁部件，包括铆钉，已经全是中国制造，曾经的德国构件早就脱胎换骨。

中山桥外表灰褐色，桥身钢梁弧形，两车道宽，一看就是老桥。它是步行街，笑谈之间两岸通达。一百多年前的中国积贫积弱，西北地贫民穷，在黄河上架起一座铁桥，够惊天动地了。今天兰州黄河上桥梁比比皆是，仅中山桥两侧数百米各有一座钢结构的现代化桥梁，华丽气派，五颜六色的车辆川流不息。

兰州黄河有许多纪念性建筑，黄河母亲雕塑，铁桥百年纪念碑，但最沧桑的应是白塔山下的"金城关"，据记载此建筑汉武帝时就有了，现在只是建在遗址上的一座恢宏的城楼。

"金城"，兰州古称。"金"有点歧义，兰州没有金矿不产黄金，附近白银市有银矿，有白银工厂。兰州有坚固的城池，北面曾是黄河天险，为城池提供了一条汹涌的护城河，金城是"金城汤池"，这就成立了。

"关"即关隘。"金城关"既是渡口又是关口，古时去青海入西藏，或去阳关和玉门关到新疆，都须在此检查验牒。张骞赴西域，玄奘西天取经，中国的丝绸是从这里出去的，而西域的使节商贾，驼马商队也是从这里进来的。

站在白塔山俯视兰州，黄河像一条黄色的绸带往北偏东漂移。城市傍河而建，河南阔绰老派，河北宽敞现代。人流熙攘，车辆拥挤，高楼大厦密密麻麻，许多高楼外表是黄色，和黄河水一样。中山桥往南有许多餐饮，我在一座高楼第八层，吃了一顿物美价廉的午餐。那里的熏鱼不是冷盘，是才炸出锅的。

我是第一次到兰州黄河铁桥，此前我根本不知道它是怎么回事。当我在"兰州黄河桥梁博物馆"里徜徉许久，零乱地不厌其烦地抄抄写写，才知道中山桥和之前的浮桥冰桥，以及更古老的舟船皮筏，于是写出了这篇兰州黄河的文字。

张掖与"佛法东来"

祁连山冰川银光闪闪。黑水其间流出，一路西北，穿过荒漠长城戈壁，最后消逝在内蒙古的沙漠中，但孕育出一个招摇而又神奇的绿洲：张掖。

张掖大佛寺。上千年名刹，古木参天，青瓦覆顶飞檐斗拱。正殿上卧睡的释迦牟尼嘴唇微启眼睛半开半合，但大得惊人，全长三十四米，脚五米，耳朵四米，庞大的殿堂把它完全装了进去。

大佛寺商店，金描彩绘的纪念品琳琅满目。问有关于大佛寺的书吗？女职员说："有哇"，转身打开柜子取出一本《大佛寺史探》，"史探"表明是学术研究，不是媒介宣传。还有吗？女职员又是一声"有哇"，转身又取出一本《丝路古城黑水国》。黑水国是古代河西走廊一个小国，这样的书一般人写不出来，女职员说是博物馆馆长写的。我很奇怪，这样的书，怎么能不摆出来。

大佛寺，西夏皇家寺院。《大佛寺史探》封面有明朝朱瞻基皇帝的语录："甘州，故甘泉之地，居中国西鄙，佛法所从入中国者也。"甘州，张掖古称。

我一直以为，佛教是唐代玄奘去印度取回的，就是西游记里的唐僧取经。现在来看，小说归小说，历史是历史，佛教是沿着丝绸之路来的。有句话，丝绸西去佛法东来。西去，商品出去，东来，佛教思想进入中原，从哪进？张掖。

佛法东来，一方面是不同文化的传播和吸收，另一方面是游牧民族与农耕民族之间的流血与冲突。公元前 2 世纪，汉武帝对河西地区三次用兵，彻底打败了威胁边陲安宁的匈奴。

焉支山森林公园，崇山峻岭树木茂密。一首古老的匈奴歌谣让人难以心静，"失我祁连山，使我六畜不蕃息；失我焉支山，使我嫁妇无颜色"。西汉霍去病在此大败匈奴骑兵，骁勇的马背民族被迫远走他乡。歌谣不是惋惜，是无奈和哀伤，丧失家乡故土的悲痛欲绝。

霍去病缴获了一个全金的"祭天金人"，据说是佛祖释迦牟尼塑像，这是张掖地区最早接触佛教的事情。1世纪东汉明帝从西域请两位高僧到洛阳讲学，白马千里迢迢驮着佛经进了洛阳的寺院，洛阳白马寺是这么来的。3世纪，僧人朱士行去西域于阗（新疆和田），耗时十年，亲手抄写了六十万字的《大般若经》，他没能回来，但他的弟子把这份佛经带了回来。后来东晋僧人法显，经西域到天竺（印度），也带回了多本佛经。

佛教通过西域向中原传播，不论怎么传，要有人才。佛经是梵语，晦涩难懂，其要义和宗旨得不到准确翻译，在中国不好传，军事手段用上了，这和张掖的关系更加直接。

公元383年，前秦皇帝苻坚派大将吕光进攻西域龟兹（新疆阿克苏），目的只有一个，带回一个叫作鸠摩罗什的高僧。此人精通佛教，也精通汉学。龟兹方面奋起抵抗，但被打败，鸠摩罗什被带回。中原皇帝不为领土，仅为得到一位佛学高僧，不惜劳师远征，这是前无古人后无来者的事情，说明当时中原政治家认为治国安邦需要佛教。

可是苻坚败于淝水之战，随即被杀，吕光此时刚带着鸠摩罗什走到张掖，闻此突变不走了，就地称王，这一王就是十七年，鸠摩罗什也在张掖住了十七年。他受过许多磨难，也获得许多领悟，获得了对中原民俗的了解，增强了对中国传统文化典籍的掌握及流畅的汉语表达。

后来后秦皇帝姚兴打下张掖，他做的第一件事即把鸠摩罗什带回长安，要他汉译梵文佛经，甚至强迫鸠摩罗什破戒，娶妻生子以安心著述。不到十年，学贯中西的鸠摩罗什翻译了《般若经》《金刚经》《妙法莲华经》等三十五部近三百卷佛经。梵文佛经变得简洁晓畅通俗易懂，适合中原人接受，佛教真正到达了中国。这比玄奘西天取经早两百年。

西安鄠邑区草堂寺，鸠摩罗什当年翻译佛经的地方，他的舍利塔至今保存完好。

引佛经入中国，历时数百年。汉唐之际，中国分裂内乱，单凭儒学道家治国不行了。佛教来了，它适合社会安定和谐的需求，终被接受。

河西走廊的绿洲，被荒芜的戈壁和沙漠团团环绕，沙海孤域。兰州到敦煌上千公里，高速公路朝发夕至，古丝绸之路也是这样的走向，但得走上几个月甚至更长。无法想象那些贫弱的僧人，既没有军人的体魄，也没有商人的财力，怎么穿越茫茫戈壁？他们大都是把前者的尸骨当路标，走进去了，又走出来了，勇气和虔诚感天动地。

张掖城区高楼林立，高铁西站的霓虹灯闪闪烁烁。

沧桑嘉峪关

1372 年，朱元璋部将冯胜率部到达酒泉西 70 公里的嘉峪山。他发现这是一处地势险要的隘口，峡谷穿山，危坡逼道，丝绸之路从中通过，决定在此建设关城。嘉峪关是这么来的，先有关后有城，它同冯胜建造关城有关，同嘉峪山有关。

站在嘉峪关城楼上，眼前的戈壁滩浩瀚无边。能看到讨赖河，河边有成片绿色的芦苇和树木，然后是黄色的山丘，再往后是白雪皑皑的祁连山。

写嘉峪关的诗句很多，我喜欢于右任的《嘉峪关前长城近处远眺》：

> 天下雄关雪渐深，
> 烽台曾见雁来频。

边墙深处掀髯望，

山似英雄水美人。

　　这首诗没有那种兵戈铁马、沙场厮杀的血腥，是平和的思考，作者摸着胡须边看边想，山是英雄，水是美人。而在这里看到的山，只能是祁连山，水只能是讨赖河。我觉得我似乎是循着老先生的脚印来这里讨教的。

　　嘉峪关东闸门下有一棵高大的杨树，枝叶蔓披，有一百四十多年了，据说是晚清左宗棠亲手栽植，名'左公杨'。嘉峪关有左宗棠不少遗迹，城楼上"天下第一雄关"牌匾，也是左宗棠亲书。

　　左宗棠值得称道。1871 年沙俄侵占新疆伊犁，而英国支持的阿古柏势力占领整个南疆和北疆部分地区，新疆面临被分割出去的危险。左宗棠奉命出征，1876 年 4 月收复乌鲁木齐，夺回北疆，第二年进兵南疆，阿古柏兵败自杀。

　　左宗棠西征，沿途荒凉，戈壁荒漠一望无边，行军道路常常被风沙掩埋。从用兵打仗出发，他让手下将士沿路栽种适合生长的树木，以指示方向。几年后，左宗棠返回，看见栽植的树木绿意盎然，非常高兴，即写诗一首：

大将筹边尚未还，

湖湘子弟满天山，

新栽杨柳三千里，

引得春风渡玉关。

　　左宗棠作为一代名将，也是清官，其廉洁奉公在晚清官场极为罕见。他位列封疆，年俸禄好几万两银，但一年只给家中二百两。他对儿子说，二百两，省着点用，足够了，用多了我也不多寄。夫人曾问他，银子都到哪去了，回答，社稷艰难，补贴国家了。有人状告左宗棠收受胡雪岩贿赂，慈禧派人查，结果非常震惊，左宗棠不仅没问题，反过来，朝廷有问题，朝廷欠他钱。慈禧由此下旨，谁都不许为难左宗棠。如果将此和同朝为官，财产无以计数的李鸿章比，真够李中堂羞愧难言的。

嘉峪关城楼南有"长城第一墩"，一个被栅栏围住的黄色土堆，一处烽火台遗址，七八米高的样子。"第一墩"表示长城从这里开始，这里发生过惨烈的战斗。1516年，一万吐鲁番骑兵偷袭嘉峪关，守将芮宁从早打到晚，全军覆没。这说明，即使在毫无遮挡的戈壁滩，骑兵还是容易达成突袭效果的。后来明军在这一带修筑了这个墩台，这是长城最西端的烽火台，用来传递嘉峪关南，祁连山方向的敌情。"第一墩"是这么来的，当它升起狼烟时，敌寇不远了。

嘉峪关城楼西北，有一道依山而上悬挂绝壁的长城，石碑称"悬壁"，陡峭险峻，长城大都修在这种崇山峻岭之处。我到过山海关，到过八达岭和慕田峪，现在到了嘉峪关，一见长城就想说点什么。

嘉峪关是明长城，但不是中国最早的长城。一般说长城，是指秦始皇修的长城，这也不是中国最早的长城，最早修长城的是春秋的齐国和楚国，比秦始皇早几百年，到康熙下令不再修长城为止，中国的长城至少有2500年的历史。长城雄伟壮观，是中华民族的创举和骄傲，世界上没有任何国家有连绵不绝，横贯5000公里的城墙。但是从头说起，长城不是用来观赏的，是用来保障边境安全的，它从来就是防御，不是进攻。从秦始皇开始，历朝历代都是如此，一直到康熙，这个局面结束了，长城成了我们的内墙。

后来，能够打到北京的西方列强，从海上来，这已经被近代证实。

敦煌的地标

去敦煌前，专门读了西汉史。

公元前 2 世纪，汉武帝通过战争，彻底击败匈奴，迫使其退出河西地区。同时设置两关四郡管辖新的国土，四郡之一即敦煌郡，两关即玉门关、阳关，敦煌下属的边关口岸。从此，汉朝疆域向西拓展了上千公里。

"敦煌"有几种解释。《汉书·地理志》注释："敦，大也；煌，盛也。"当时的敦煌为边陲重镇，商贸繁荣，人口众多，东西方思想交往频繁，中原文化主流，佛教也很兴盛。"大"和"盛"应该是这种繁华的概括和说明。还有一种解释这是藏语，意为释迦牟尼的殿堂。正规的解释即西汉设置的一个郡。

玉门关位于敦煌西北约 70 公里处，矗立于戈壁滩上，是黄土夯筑的方形城堡，形单影只，只剩残垣断壁。走进去，里面不大，有几百平方，可以屯兵囤粮。但壁墙很高，有十米，站在顶部可看得很远。玉门关又叫小方盘城，于此相对应，有大方盘城，名河仓城，一座储存粮秣的军事要塞。

一条尘土飞扬的公路，穿过秃秃的沙梁，低矮的骆驼刺，河仓城到了，它距玉门关 15 公里。河仓城比玉门关大得多，但只剩分崩离析东倒西歪的夯墙，寂寞荒凉，一派沉沉。它紧靠疏勒河，河道犹在，红柳芦苇绿茵丛丛，有鸟从中飞出。这是一块绿洲，两千年前应该比现在丰茂得多。有绿洲就有春天，在戈壁，绿洲是生命的源泉。

疏勒河又叫党河，发源祁连雪山，它的支流在很多地段是干涸的。在莫高窟，在敦煌我看到过，河床裸露，全是细细的河沙。但在河仓城地段有水，我站在几百米之外的高台上看得清清楚楚。

河仓城西北，有汉长城遗迹，一道厚厚的七八米高的土墙，两下蜿蜒望不到头。墙前一块青石上刻着"汉长城遗址"和联合国"世界遗产"的圆形标记。拉近镜头，能看清土墙是土和砂砾石，层层夯筑，相连为墙。

汉长城是汉武帝时期的修筑，约1200公里。汉武帝雄才大略，不满足雄踞中原，而要驰骋宇内，打下西域，即修筑新长城，保护新疆域。朝两个方向修，从今天甘肃永登黄河西岸起，经武威、张掖到酒泉，往内蒙古居延方向。从酒泉往敦煌，经玉门关往新疆方向。汉武帝是历史上中原王朝开疆扩土第一人，通过军事行动达成目的，奠定而后中华版图的西北格局。浩瀚的戈壁滩，一条苍龙横卧，形成一种屏障，表现出两千年前汉民族的自信和力量。

阳关位于敦煌西南约70公里，通时速80公里的戈壁公路。一路奔驰一路荒芜，突然看到了房屋和一个"阳关镇"的路标。阳关是沙漠里的仙境，沟渠水流淙淙，一排排杨柳，一株株葡萄，与漫漫荒芜完全相反的生机勃勃。但这还不是阳关，一位大妈说，你要去的地方叫阳关景区，还在前面。这位大妈穿少数民族服饰，猜不出她是哪个少数民族，她希望我尝尝她家的葡萄。

阳关景区。汉代灰色的宫阙和亭阁长廊，张骞骑马挥鞭的铜雕塑，让游人去体会的"独木桥""阳关道"，还有许多浇灌草木的自动喷水管，在摊点买葡萄，用水冲洗即食。我没想到，在找不到水的影踪的戈壁滩上，还有水资源如此丰富的地方，难怪这里叫阳关。

阳关景区只是古阳关的仿造和缩影，真正的古阳关不存在了，只剩一个残缺不全的烽燧，屹立在一个土墩上。它被一圈围栏包围，我一直走到跟前。烽燧就是烽火台，戍守的是军人，日出日落，四下茫茫戈壁，不见草木，也不见旅人。他们最思念的应该是家乡和亲人，因为一旦狼烟升起，战争就会来临，古来征战几人回？王维《使至塞上》中的"大漠孤烟直，长河落日圆"，就是这样的意境。自然是宏伟的，戍边是悲壮的。

"塞"指长城。西汉以后，称长城为"塞"，汉代人认为，长城是秦始皇暴政的标志，故忌讳之。其实，汉武帝修的长城不比秦始皇少，但省工省时，土、沙砾、红柳胡杨就地取材，许多地段沿用秦始皇的老长城，是修缮。

阳关和玉门关是中国最早的海关，古代中原通往西域及中亚的咽喉之地，丝绸之路必经的关隘。自西汉置敦煌郡，这里商队络绎，使者僧侣相望于道，有从这里出关的，也有从这里过关的，更有许多文人骚客在此感慨万千，吟出千古名句。

这样的地方，古遗迹早就河涸海干，尚有的也是面目全非，残会无几。但我激动不已，我踏进了两千多年前的汉朝，听到了隋唐文人的吟歌，感受到了夯墙背后的沧桑。

敦煌有古城，在敦煌城西的党河边上，那里有一些残缺的房屋夯土，长着许多红柳。曾经繁华的街区，被历史淘汰的不剩什么了。

莫高窟牌楼，上为茅盾题的三字额——莫高窟，下为郭沫若题的四字额——石室宝藏。我在莫高窟里看了个把小时，说实话，这么多的雕塑、绘画，道教的、佛教的，其来龙去脉是没法搞清的。但我记住了茅盾和郭沫若两位先生的手书，他们肯定了莫高窟，包括敦煌，在中国历史中的地位。敦煌的地标，就在阳关、玉门关、汉长城和莫高窟，它们纵横古今，名扬中外，敦煌的"大"和"盛"就在其中。

历史是有始有终的。汉武帝设置敦煌郡，受益丝绸之路，敦煌开始走上坡路。魏晋南北朝，北方战乱不已，敦煌地处边远，反而得到红利，人口增至十万，后来保持了三百年的安定和发展。隋唐五代最盛，中西交通枢纽，丝绸之路要冲，历史推着往前走。但从西夏起，历史拐弯了，西夏对抗北宋，阻断丝绸之路。宋元时期，随着海上丝绸之路的开通，敦煌开始冷清，作用降低，趋势地落伍，过程也就三百年，辉煌成了历史。到明清，它成了一个农耕和放牧的区域。

今天的敦煌不是边陲口岸，它绿树成荫，街道纵横，楼房林立。这里不再春风不度玉门关，也不再西出阳关无古人。它是横亘在戈壁和沙漠间的绿洲，是充满现代文明气息的旅游城市。

鸣沙山，几百匹骆驼响着驼铃，驮着游客，一路纵队，绕山而行。天黑了，骆驼响着驼铃，从鸣沙山出来，它们下班了。第二天早晨，它们响着驼铃，向鸣沙山奔去，去上班，驮新的游客。骆驼不再属于沙漠，而是属于城市。

环行鄱阳湖

有一年，我从安庆往江西湖口走，想上庐山。那时我不会用导航。长途行车，只能先看地图，再看路标，尽量熟悉高速公路的名称和编号，用自学的地理交通知识指导开车。

石钟山

湖口石钟山公园，一条很窄的马路直达公园门口，苏东坡《石钟山记》说的就是这里。石钟山不大也不高，但悬崖峻拔，岩石突兀，又位于鄱阳湖和长江交汇处，山崖临流，很有临江俯湖的气派。

苏东坡说这里的石头能发出声音，他称"天外之音"。之前，专家和文人们来研究过，5 世纪的郦道元认为水石相搏，石钟声音由此而来。唐代李渤说"扣而聆之"，敲击石块听到余音谓石钟。后来苏轼半夜停船悬崖，认为穴洞与"风水柜吞吐"产生声音，才是最真实的情况。这些都记于他的《石钟山记》。

这里的石头的确与众不同。我在半山腰的亭子里，用木棰敲击七块大小不等的石头，敲出了七个音符。管游戏的是一位童颜鹤发的老者，他身边摆着一张专家证书。我问他，苏东坡的天外之音是什么样的声音，你听到过吗？他说他没听到过，他朋友听到过，是水冲进岸边洞穴，与洞穴里的岩石摩擦产生的不同频率的声音。就是说，水冲击石头发出音响，谓石钟。他说必须坐船至岩石下的洞穴边，洗耳恭听。

或许能听到。但有条件：春秋的盈水期，二级风力，夜晚，要有月亮。

头一次听到这知识。再读《石钟山记》，发现有"六月初九""微风""月明"等文字，能对上。《石钟山记》是 11 世纪的文学，苏轼不只是有才华的文人，还有一定的自然科学知识。我决断不了老爷子的说法，但不管是江湖奇谈，还是野趣怪论，有特色，至少我是闻所未闻，于是买了老爷子一把扇子，扇面印有苏东坡《石钟山记》全文。

又上庐山

1985 年我上过庐山，这次又上。好去处，多去一次也无妨。

美庐，蒋介石的庐山别墅，位于庐山深处，其亲笔所书"美庐"二字，刻在别墅前的一块青石上，但骨架羸弱，不能和毛泽东大气狂野的书法比。宋美龄的卧室里有钢琴，蒋介石的卧室在二楼，但在维修，没看成。有毛泽东和江青在美庐的老照片，毛曾多次入住美庐。美庐是国共两党领袖都住过的地方。

"芦林一号"是毛泽东在庐山的旧居，旧居正门上方有"庐山博物馆"牌匾，后添的，至少 1985 年时肯定没有，现在这里成了庐山博物馆。卧室没有变化，还是那张特大的床、特大的办公桌，还有那件睡衣，二十多年前也是这般挂在衣架上的。"芦林一号"富丽堂皇，是很大的四合院，比"美庐"大多了。"美庐"是一位英国人送给老蒋的西式别墅，而"芦林一号"则是中式建筑。

有轨道车到一叠泉，然后走七百多步台阶到谷底，即三叠泉，上下近三千台阶，除了呼吸加快和汗水不断，没其他不适。天生一个仙人洞，有道士在洞口练八卦，稳重舒缓。

看到了毛泽东"暮色苍茫看劲松"的劲松，还有庐山三宝中的银杏和柏松，但这些与西天目的柏松相比，还是稍逊风骚，没有后者高，树龄差得更多。

"耀邦陵园"

从地图上看距庐山 70 公里有"共青城市"，那是县级市，九江所辖，有胡耀邦陵园。从庐山南下山，去"耀邦陵园"。

陵园在一小山坡上，面积约一千亩地，树丛排列出"耀邦陵园"四个字。碑文是党中央关于胡耀邦的评价。碑一侧有块巨石，上有其夫人李昭书的八字"光明磊落，无私无愧"。整座陵园没有任何其他的题词。

胡耀邦陵园位于庐山南麓，鄱阳湖西岸，沿公路看到不少湿地，应属鄱阳湖水系的。鄱阳湖近在眼前，自然就去了。

吴 城

吴城挨着鄱阳湖，是一个乡镇，在鄱阳湖候鸟区范围之内。这里北到九江、南到南昌的路程差不多。我在地图上发现了它，最终选择了它。它有大面积的湿地，是鸟类天然的栖息地，完全的自然风光。

一条乡级公路到达吴城，路就此为止，前面是鄱阳湖。在 20 公里的段路上，有观景台，可以登临望景。我没有登，把车停靠路边，用望远镜瞭望鄱阳湖。我非常惊奇眼前这片芦苇荡，像草原那样广阔，一望无际。从这个角度看鄱阳湖，水天一色。我发现了水泽间一处野生鸟栖息地，那里至少有十一只白鹤之类的野生鸟在活动。一位当地人对我说，现在候鸟少，到 12 月，它们会成群飞来。

进鄱阳湖

从吴城到鄱阳县城 200 公里，大半是高速公路，但我走了近五小时。路走丢了，错在南昌绕城高速，路牌来不及看，稍纵即逝。大城市的绕城高速像迷宫，自以为把地图看透了，但在高速路上又是一回事，反应不过来，结果走错了。路也没选对，想抄近路，从余干县下高速走省道，结果在修路，车开得慢慢吞吞，像暮归的老牛。

离鄱阳县城 15 公里有湿地公园，在那里坐游艇进湖。驶出码头，即看到披满绿色植被的小岛，又几分钟，便是碧波万顷的辽阔湖面了。约四十分钟到达白沙洲湿地科学院，也是鄱阳湖唯一的野生动物保护所，有灰鹤、白鹤、黑天鹅和群居的野雁。我问一位管理人员，怎么捕捉到的？他说，不是捕捉的，是自己飞来的，多半是老弱病残飞不动的，这里只是栖息场所，完全放养，有不少恢复后飞走了，但也有不少留下了。

这次本想上庐山，后来想看鄱阳湖，再后来沿着湖走，没想到走出了不曾想到的结果。从湖口开始，那是鄱阳湖的北部，共青城市、吴城在鄱阳湖的西部。往南，经南昌绕城高速，经过整个鄱阳湖南部，走济广高速调头北上，到达鄱阳湖东部鄱阳县城，再往上走，又到了湖口。也就是说，我绕着这个中国最大的淡水湖走了一圈。

一个圆，绕了一圈，叫圆满。

去景德镇

去景德镇，走京台高速，杭瑞高速，这样走绕了，但婺源、江湾、浮梁走到了。

皖赣边境

这垦是一片逶迤不断的山岭。从地图上看，应是黄山南端和天目山西端的余脉，沿途有几十个隧道，其中有一个是两省分界隧道，一块标示皖赣省界的界牌竖立其中。

好几条国家级高速公路在这里交汇，京台高速和济广高速是纵向通过，杭瑞高速，浙江杭州到云南瑞丽的高逯是横向通过。在皖南和赣东北，形成了一个网状格局的高速通道。

这里也是一个物流繁忙和名胜密集的区域。从黄山到景德镇，约 150 公里。沿路山岭植被葱茏，发电风杆高耸，南来北往的车辆络绎不绝。在皖赣交界处的桃墅收费站，大车小车头尾相交，竟要排队等候。黄山是世界自然文化遗产地，景德镇是千年瓷都，中间有婺源、江湾、浮梁等物华天宝，都沿着高速公路排列。

婺源篁岭

休宁到婺源篁岭 65 公里。春天的篁岭应该是油菜花满山遍野，我们就是来看油菜花的，可惜晚了一步，花消失了，变成了被翠绿包裹的油菜籽，它绿油油地占据着大片的山坡。今年春天暖得早，油菜花开得也早。

篁岭的街区存在于高低不平的坡岭上，原生态还有，但不纯粹了。精心制作木具的小哥，喜形于色的炒茶大嫂，玩手机的看店女孩，裸露文身的美女游客和来此写生的女学生。现代风韵表明这里已经没有纯粹的农民和农业。

夕阳西下，徽派建筑的村落和太阳一起映入岭下的河流。晚上在农家乐"婺源家人"就餐，其人声嘈杂、酒香飘逸的热闹，让人吃惊。农家乐是融合了农业与商业的新的服务业。

萧江宗祠

江湾是一个小镇，引来游人如织的则是萧江宗祠，一个存在了几百年的家族祠堂。

几进厅堂，一百多根梁柱，无数装饰檐椽的木雕，还有祖训，族规和先人享堂，导游说面积有三千平方米。这个祠堂建于 16 世纪，可追溯的先祖是西汉萧何，10 世纪，一个叫萧桢的人为避战乱举族南迁，易姓为江，遂繁衍成萧江大族。这么说，它有一千年的历史。江泽民曾祖是江湾人，这也是导游说的。

我看过皖南不少宗族祠堂，但规模和年代都比不过萧江宗祠。祠堂不是神坛，家族不是江湖，存在与消亡都很偶然。一千年历史，多少动乱和战火，它过来了。这个"萧江"大族，如果没有一种能应对各种磨难的精神定力，它的根不会扎得这么牢，祠堂不会延续到现在。

"扶梁古衙"

"扶梁古衙"离杭瑞高速出口约 10 公里，据说是国内保存最好的清代县衙。

"正大光明"牌匾，师爷桌，官服与俸禄等级表，军粮库房，还有监狱与刑具，展示出封建官衙的内在关系。衙门梁柱上有表现为官之道的楹联，摘抄片段：日月每从肩头过，江山常在掌中看；负民如负国，欺人如欺天等。很是信誓旦旦，但有点粉饰太平了。

这个县衙建于清道光年间，同时期的龚自珍写过一首诗：不论盐铁不筹河，独倚东南涕泪多。国赋三升民一斗，屠牛那不胜栽禾。

"东南"就是今天的东南沿海地区，国家赋税三升到下面实收一斗，农民杀耕牛卖了也比种地划算。龚自珍说的是实话，不难看出，他写这首诗的时候，忧心忡忡，几年后，太平天国走来了。

孙子六岁，我是第一次带他长途出行。我知道麻烦，也知道他没有多少审美观，只想让他经历，在他没到过的地方自由活动。在婺源，到晚九点半都不睡，吃了三个面包，嚷了几声肚疼才睡。在篁岭、在江湾祠堂，他左奔右突不知疲倦；在景德镇古窑还卖力地试图推动一个高出他许多的青花瓷瓶。这算是经历吧！

"蟠龙"古窑

景德镇，中国千年瓷都。"古窑"集中在一个称作"蟠龙"的山岗上，是瓷都陶瓷文化的凝聚和缩影。

我仔细打量古代的陶瓷作坊：宋代龙窑、元代馒头窑、明代葫芦窑、清代镇窑，还有许多放在草地上，任人观赏的精美的陶瓷工艺品。我没有鉴别能力，但我有了新的认识。

这个古代陶瓷生产的遗址，是许多代窑工生活和劳动的地方，后来发展出明清资本主义色彩的手工工场。我在五颜六色和制作现场，看到一位白发老妇，心无旁骛、专心致志雕刻一件陶瓷物件，而她身边有一份聋哑人的证件。我突然想起了"工匠"两个字。这样的人，对于"瓷都"是不可或缺的。

"夏至"大别山

有地理书说，大别山起始于地球初期的造山运动，和燕山、太行、伏牛位于同一断裂带上，差不多同时临盆。它不是崇山峻岭，是长江和淮河之间一道地域广阔的山岭。

进 山

夏至前一天，我和四位同学，开车沿 317 国道向西，准备进入大别山。

凌晨的暴雨完全停息，空气清新凉爽，而阳光仍被挡在更高的空间。

余连长，曾是格尔木驻军汽车连连长，在离六安 20 公里的地方等候我们。黑色的衬衫，健壮的体格，同学说，见到就会喜欢。还真是，我一声余连长，他马上中气十足地答："到"，军人的沉稳与干练跃然而出。他是大别山人，他说还远呢，先吃饭后进山。而没有他的引领，后来我们在大别山，进不了那么深，到不了那么多，看不了那么细。

中餐，餐桌上一瓶五颜六色的鲜花，好几个香气喷鼻的地方菜：肉圆毛豆鸡蛋汤、油煎小杂鱼、油炸素园子、炒扁豆。没想到，这家挂着食堂牌子的餐厅，能做出这种格局高雅的佳肴。

一道灰色的城墙，上面有"皖西大裂谷"的标牌。大别山从这里开始。

地　缝

裂谷曲折向前，两边开阔，有许多翠绿的毛竹或树木，还有一条洄水在流淌。裂谷越来越窄，两下的崖壁越挨越近，天空越来越小，光线时明时暗。当路被缩至仅容一人行，类似羊肠，地缝到了，此时抬头往上看，天只剩一线。

用手摸漆黑的崖壁，不坚硬，一种松散的沙砾。四下很湿润，水滴从空中不时洒落，飘飘冉冉，淅淅沥沥。有时会变成一股股的，形成一道水帘，小瀑布似的落下。穿着雨披，仍有冰凉的水滴不停地渗入。脚下滑腻，想快快不了，不得不手脚并用。衬衣湿透了。

攀上崖顶看谷底，一道褐色的皱褶，一条很深的缝，像被斫开的一样。什么力量能斫开山体呢？一个旅游标牌说清了这个问题：滴水穿石。地缝中有一行身着雨披的游者，那是有勇气地穿越。地缝不知有多长，但穿越者有进无退，夹缝生存就是这道理。

我不失时机地从侧面拍了一位同学的照片。当时她也在拍摄，拍什么我不知道。拍了两张，第一张她处于一种伺动，拍还是不拍，犹豫不决。第二张决心已定，就这样拍了。而就在此时，她被我拍了。

"避王岩"

崖壁上刻着"避王岩"三字。"王"即张献忠，又名"八大王"。

张献忠到过这里？回家翻明末农民起义的书，只是笼统地说他进入英山、霍山流动作战，具体事没有，讲得最多的是他攻占凤阳，烧了朱元璋的祖坟。

囤粮洞的夯土，石窟王宫的梁柱，还有点将台，被岁月消融的连残垣断壁都算不上，但足以说明张献忠到过这里。张献忠是身经百战的农民军统帅，此处一夫当关万夫莫开，一个"避"字说出了他栖身潜影的苦心。后来他重出山岭，局面立刻逆转，明王朝没办法抵挡这只下山的猛虎。而目睹这些在崖壁上开凿的工事和建筑，不得不对开凿者的艰苦卓绝肃然起敬。

不过张献忠这个人让人毛骨悚然。中国历史上的农民起义，不计其数，明朝也不例外，先有官逼，后有民反，起义队伍有几十支。但张献忠和李自成不同，闯王来了不纳粮，张献忠暴敛民财，滥杀无数。

遗迹不会说话，它默默无闻地存在着，让后人遐想着。曾经的喧嚣，一旦尘埃落定，一切都重归平静。

一条涧水

一条涧水在流淌，阳光一潜到底，有时浅黄，有时墨绿，墨绿是长水草的地方。水很浅，没见到鱼，几只蜻蜓在飞，偶尔擦掠水面，两边长满了竹子和树木。这里到处郁郁葱葱，水流潺潺。环境好，人被衬托了，几位女同学立在水边，举手投足都显出高雅和聪明。

想尝尝涧水的味道，一位同学一把拉住了我。脚下一条手指粗细的蛇，一动不动，只看见褐色的身段，看不见它头部的位置。大别山的蛇！同学说千万不要动，山里的蛇是有毒的。我赶紧低头看，蛇不见了。蛇是渴了来喝水的，喝着了，走了。我没喝，也不晓得它什么时候走的，人蛇相安无事。

这位同学是画家，之所以能成画家，是因为他常到荒山野林画画。

茶 厂

往东走错路了，上了一条正在修建的公路。昨夜的大雨，让它泥泞不堪、坑洼不平，车子底盘受到剐蹭，只好转身。就在转身的地方，突然看见一座茶叶加工厂。我从来没有进过茶业工厂。

一座搭着石棉瓦顶的房子，白墙，几个操作工，几台加工设备，轰鸣的机器。十几分钟看完了整个茶叶生产的过程，杀青、揉捻、烘烤、磨合。这是很简陋的茶叶加工厂，山沟沟里的机器生产，几个山民就办得起来。门口有一张用作收银的桌子和一台磅秤，两个面对面的女人。她们眼下的角色十分确定，收钱与付钱。两人笑得很开心。

行车走错路常有，有时导航也会错，世界上最确定的事情就是事情的不确定性，但这次是歪打正着的意外收获。

日 出

早晨，太阳起身在佛子岭的上方。它好像没睡醒，依然疲倦，四下夜色尚未褪尽，光线不强，而袅袅向上的水汽把它弄得更加矇昽。但太阳是尊严地起来的，那种滚烫的炽热和淡淡的霞光，已经把岭上的竹林和一架高耸的铁塔完全罩住了。

这一幕并非我亲眼所见。几位同学一早赶去看太阳升起，我没去，但他们带回的日出照片让我很惊讶地写下了上面这段文字。佛子岭太阳的起身并非都是霞光万道，有时也像垂垂落日。今天是夏至，佛子岭夏至第一个早晨的日出，让几个热爱生活的人拍到了。

竹　林

我走出佛子岭镇，晨雾散去，阳光充足但不炽热，四周有成片竹林。走到最近的一片，竹子青翠湿漉，根根挺拔俊逸，十几米高，碗口粗细，茁壮的小竹笋在不断地破土而出。这是毛竹。像这样的竹林在我住的城市是看不到的。

一阵山风，竹梢沙沙响，响声过去了，安静之极，风过竹不留声，它把所有的杂质都带走了。大地之肺带着一种潮湿清香的空气，直接涌进了我的身体。我向更远的河岸和山坡望去，那里有更大范围的竹林，它们在阳光的照耀下，郁郁苍苍。

在佛子岭随处都能看见青翠的竹子，满山遍野都长满了荡漾的竹林。这是一种经济。一位竹农，正在剖劈碗口粗的毛竹，专注的神情，乌黑的柴刀，粗壮的手臂。我看到了一片正在晾晒的竹条，它的边上立着一块标牌——大别山竹乡。

东淠河和"剐水"

东淠河擦着佛子岭镇往北走，河面宽阔，河水不深，有几处裸露的河滩。河床中一道暗坝悄悄拦了它一下，扬起了一排白色的水花，接着还是小声谨慎地前行，两岸是望不到头的碧绿的山岭。

从地图上看，它从大别山深处来，从佛子岭水库上溯，它至少还有两条支流——石洋河和包家河，两条河的尽头，是大别山的主峰白马尖，这是东淠河的源头。大别山有许多条这样的源出河流，北边的流向淮河，南边的流向长江。

但是东淠河还有另一个源头——剐水。这也让我弄清了一个存疑。几年前我就知道剐水，我一直以为是一条河的名字，比如渭水、沂水，包括淮河，古代称淮水。但这究竟是一条什么样的水，不清楚。宾馆大厅有宣文：大别山主峰白马尖的山泉水，流经茫茫竹海，层层过滤的竹根之水，称作剐水。剐水是过山过林的山水，也是东淠河流域最清洁的水源。

"迎驾贡"

"迎驾贡"在佛子岭镇。一个高大的门楼，正中镶嵌"安徽迎驾集团"六个大字，两侧有石狮蹲卧。门卫说，这里是迎驾总部，今天星期六，正常休息。

"迎驾贡酒，生态洞藏"，央视的这句广告词，耳熟能详。但迎驾是怎么来的？一份彩版的《迎驾报》，说清了这件事。汉武帝这位皇帝老儿狩猎来到霍山，喝了当地敬献的酿酒，即御封为贡酒，"迎驾贡"是这么来的。这是两千多年前的事情。

我问大堂的值班女孩，"迎驾贡"怎么走。她笑着说，出门走过桥就看到了。女孩笑得好看，一夜当值，黑发稍散，眼神生动深邃。又看去一眼，她依然通透地笑着。

"迎驾贡"似乎决定着这里所有的生活层面。我们住的宾馆叫"迎驾山庄"，街道上的酒店、饭店和商店全是迎驾排头，路灯上挂着迎驾标识的小旗帜。一座漂亮建筑的玻璃墙，装饰着王蒙题词"迎驾酒文化博物馆"。王蒙也进了大别山。

迎驾集团门外有一大型停车场，我数了，至少有三十辆橘红色的重型卡车，这些重卡是哪里的？做什么用？那位门卫说："迎驾贡。"原来是运酒的。

没有车没有路，大山里的东西是出不去的。

佛子岭大坝

一座浑厚的灰色大坝横跨山岭峭壁，凭借雄壮的体格，把东淠河一截为二。巨大的泄水闸，连拱形的柱体，静静的水清如镜的佛子湖，还有一条相随的公路。坝体的正中，镌刻着毛主席的题词"一定要把淮河修好"。

一个灾民和一条蛇同避洪水于一棵树上，但蛇咬死了人。佛子岭水库由此成了国家工程。

我到过小浪底，看过三峡大坝，佛子岭大坝无法与它们相比。但在 20 世纪 50 年代倾国力开建，实在是仅此绝无，所以称"新中国第一坝"。当时的省委领导人对此吃得很透，跟得很紧，他说过"淮河不治理，安徽无宁日"。

我从小就知道佛子岭水库，我和它有缘分。佛子岭水库 1952 年开建，1954 年竣工，组织和管理这个工程的是当时的治淮委员会，简称"淮委"。而我 1953 年出生在"淮委"大院，父母当时都在"淮委"工作，就连我的名字都和淮河相关。父亲的一位同事指着才几天的我说："淮河有风景"，名由此而来。当然，我对当年的"淮委"毫无印象。

开车从大坝下游，转好几圈，到了大坝上游的一处高地，在这可看水库全景，据说这里是当年修建水库的工地之一。我想象不出当年火红的场面，父亲看到过，他说光解放军就进来一个师，师长叫马长炎，后来成了安徽的副省长。

大坝宏伟豪横，横跨峭壁，然后坚如磐石坐卧其间。但不失优雅，拱形的坝体像裙摆，无论多少水，什么状态，必须通过它才能流走。大坝上游有佛子湖，宁静平和，波光粼粼，湖上有游艇和码头，湖边有几个悠闲的垂钓者，两边山岭翠绿尽染。佛子湖像一个文静的女孩，一边枕着大坝，一边安谧地躺在山岭的怀抱里。往上游眺望，水碧山青，云兴霞蔚，看不到头。

拦截了东淠河就是拦截了一条喜怒无常的蛟龙。这关系着一个辽阔区域的繁荣兴衰，现在的淠史杭灌区的源头在这里，江淮粮仓的源头也在这里，而没有佛子岭大坝这些也是没有的。

我们顺着一道陡坡往湖边去，想在太阳下山前更加接近这个"新中国第一坝"。陡坡地湿草滑，我突然摔倒了，但马上就起来了。四位同学仔细察看现场和我的鞋子，反复提醒要小心，诚挚和关心感人心脾。对的，在陡峭的地方不当心会有麻烦，不过我很自信，我离力不从心还有段路。

晚上，在湖畔的一家农家乐喝了很多酒，平时我不沾酒。农家乐建在一个山坡上，它的背后长满了高大的毛竹。

关于四位同学，我竭力复原四十多年前的格局。1968 年，合肥七中教学楼一层最东边的一间教室，叫一连一排，那时我们比青葱还要青涩。一位女生与我前后桌，我在后。另一位女生，高挑，有两条黑黝黝的长辫，她曾经随班主任家访来过我家，她不一定记得这事，她是我们班唯一在 1977 年考入重点大学的才女。再一位女生是班干，她常穿褪色的军装，她父亲曾经是军人，她的脸圆圆的红扑扑的。可以肯定，整个中学阶段从头到尾我和三位女生没说过一句话，那时男女生是不说话的。和那位男生有交往，他说我曾经出手阻止了一位想要欺负他的外班男生，就在教室门口。这事我想不起来，他年龄全班最小，坐在第一排，现在他是国家二级画家。

中学时代早已远去，曾经的学校，曾经的清纯，早就不知所踪。

大别山真大，山岭逶迤，面积 7 万平方公里，相当于两个台湾岛。同学就是同学，一种友情一直延绵，像大别山那样延绵不绝，岁月都无可奈何。

红色大别山

　　六安有霍山，霍山有诸佛庵镇，那是大别山红军的产房。
于连长的车把我们引领到诸佛庵镇的潓西广场。

　　大别山是老区，数万平方公里的鄂豫皖红色根据地。山
岭苍茫，红军事知多少？潓西广场就是其中之一。

　　我用眼睛打量这个广场。长方形，上千平方米大小，一
块基石上方有颗红五星，红军徽章的标志，下端有潓西广场
四个字。两边两把枪形建筑仰指天空，上面有"1929"四个
数字。广场正中有一组古铜色的人物雕塑，背面有碑文，简
介1929年发生在这里的一场武装暴动。

　　一股初夏清洌的气息帮我理清了思路。"潓西"不是地名，
是人名，就是雕塑中持枪冲锋的刘潓西。碑文说得很清楚，
诸佛庵兵变，由中共党员刘潓西发动的武装起义。这是当年
六霍起义的序幕，是大别山地区出现最早的红军队伍，此后
大别山风起云涌，无以计数的贫困农民纷纷参加红军或者成
了红军坚定的支持者。

　　我在霍山烈士纪念馆，看到了刘潓西生平介绍。地主商
人家庭出身，17岁入六安省立第三甲种农业学校读书，黄埔
军校毕业。参加北伐，曾任中共安庆中心县委书记，1932年
牺牲于安庆监狱。

　　刘潓西的起点，不是黄埔军校，是六安省立第三甲种
农业学校。他在这里读书，受新文化运动的影响，投身革
命。还有一位大人物，王明，他十六岁也入此校读书。先前

他只受过私塾教育，当他从这里出来时，变成了一位激进的革命者。农校应该培养农业技术人才，但却培养出一批革命志士。此校创办于1919年，校长叫沈子修，教师有朱蕴山、钱杏邨。沈子修、朱蕴山是同盟会会员，钱杏邨即阿英，现代作家和文艺理论家。时势造英雄，英雄带出了一批继承者。

刘湜西狱中绝笔《告难友书》中，有一句大义凛然的话："死要有死的价值，死要有死的样子。"刘湜西说这句话的时候，新中国还遥遥无期，而这样的英烈，大别山有成千上万。我同窗的父亲，一位参加过"六霍起义"的老红军，曾被请到学校作报告，他说1929年和他一道起义的几百位赤卫队员，二十多年后，再去寻找，基本找不到了。

大别山非同寻常。红军和白军，围剿与反围剿，多少杀戮，流血和毁灭，它岿然不动。中国革命最早的根据地是井冈山，后来走出将军最多的是大别山，约三百位，其中职务最高的是李先念和洪学智。这就是大别山在中国革命中的作用和位置。

红军，我小时候至少见过两位。一位是同窗的父亲，还有一位在我生活的大院他长期在家疗伤，他给我讲过红军的故事。我到现在都记得两位红军爷爷步履缓慢，暮气缠身，曾经的英姿消失殆尽，甚至觉得他们和梨花巷里的平民老头差不多。但是我不会忘记他们说话时的眼神，一种经历过生死才有的无畏一切困苦的刚毅。

大别山还有一笔红色经典的遗产——三线厂。

仙人冲，霍山城西北三十多公里的小山村，传说中神仙得道的地方。但这里的事情，似乎不是一下说得清的。

一条支线公路，青崖翠壁，弯曲的小河。很快仙人冲到了，同时一片废弃的工厂也出现了。三线厂，我们这代人知道，但我是第一次见到。

一所门洞大开的厂房，里面空空荡荡，房顶千疮百孔，墙面支离破碎，还有一股杂物和潮湿混合而起的异味。唯有一条"质量第一"的标语，顽强地屹立在厂房立柱上。我不知道这是什么工厂，生产什么，但从格局看，这是一个有着严格规章制度的，至少是数千人规模的中型企业。

还有一个雕塑，一男一女两位工作者昂首挺胸，身后是仰首天空的火箭模型。这是用特殊钢材制作的雕塑，风雨数十年光泽不褪。蓝天白云下的雕塑自由畅想豪迈奔放，五十多年前，一群牺牲自我的人，放弃城市生活，来到贫瘠的地方建造工厂，辛勤工作。雕塑表现了这样的历史。

三线厂是为战争准备的，一旦战争不发生，它就没有意义了。改革开放，三线人走了，雕塑留下了。

现在这里出现了悄悄地变化。一根白色桅杆的路牌矗立路口——大别山仙人冲画家村由此前行4公里。这是当地政府利用三线厂的资源，发展经济的设想。一些画家来了，住下了，出现了画满涂鸦的房子，有的已经贴上工作室的标签。也有一些画家来看了看又走了，据说不久前这里发生了一场汹涌的山洪。

三线厂，一个结束了的时代。曾经的工厂，后来的废墟。六十年前，为了国家利益，一大批国企的工人，放弃城市生活，迁到贫瘠的山沟工作和生活，十几年后，工厂关停他们也转走了。大别山也有过这种既雄伟又悲壮的史诗。

但也不能一概而论，攀枝花钢铁厂、西昌发射基地，还有成昆铁路都是三线工程。战争这种事情不好说，你准备了，别人掂掂，可能就不来了。如果没准备，别人来了，在你家里打，怎么说都是一塌糊涂的。有备无患，战争反而远离，对老百姓来说，离战争越远越好。

　　大别山的竹林裹着青翠和葱茏，满山遍野地荡漾。走进竹林，湿润清香的空气，悄悄地围着你。这血与火淬炼过，融入无数生命的地方，时过境迁，依然生机盎然。

八公山下

淮河流经淮南寿县时走出一个几字形弯曲，八公山恰好落入弯曲之中，像被一个口袋装了进去，唯有南面是平原，寿县城坐落在那里。

淮南王刘安

八公山上有一组群雕，传说是淮南王刘安与八位门客得道升天的地方。刘安门客三千，都是当时一流的知识精英，不然《淮南子》一书编不出来。但这些饱学贤达的精英没留下踪迹，而刘安的踪迹却像滔滔不绝的河水，一直流淌到今天。

一条青石路，一个青石叠砌的墓冢，一块清代安徽巡抚吴坤修写的"汉淮南王墓"墓碑。墓东侧是一块很大的，当中有一些坟茔的农田，边上立"刘安家族墓地"石碑。马鞍山三国朱然墓和朱然家族墓地也是这样的布局。

怎么看刘安？《淮南子》这部书自然而然地回答了。此书在古代思想文化中精深博大，刘安是此书总编，集大成者。他当然是思想家和文学家。我读《淮南子》甚少，但我知道女娲补天、百川归海、塞翁失马、长袖善舞、一叶知秋等至少几十条成语均出自《淮南子》。

但是刘安在政治上是失败者。刘安是自杀的，罪名是谋反，汉武帝说他暗中交结宾客做叛逆的事。他的父亲，老淮南王刘长也因谋反被汉文帝流放，绝食而死，两代淮南王都是自我了结。

刘安谋反是坐实的。吴楚七国叛乱，与他有勾连。他有谋反的念头不止一次，但软弱胆小，摇摆不定，心里想做，终究没做。"秀才造反，三年不成"，刘安就是这样的秀才，成不了气候。司马迁明显同情刘安，他认为刘安口碑好，还写了《淮南子》这部书，文化上有大功。《史记·淮南衡山列传》最后一句话是这样的：楚地的人凶悍强劲，喜欢作乱，这是有记载的。司马迁认为楚地叛乱有社会基础，不是一个人的事。

廉颇墓

刘安墓往东数公里有廉颇墓。廉颇，战国名将，马踏山河，屡败强敌，还以"负荆请罪"名垂青史，可《史记》白纸黑字写着"廉颇卒死于寿春"。

此处属八公山乡，一条单车道的水泥路盘山而上，两边栽满梨树和石榴。大雨如注，山风呼啸，行人稀少，车到山腰，仍不见墓冢。迎面来一扛蛇皮袋的乡民，停车询问，乡民手往左上方一指，那里有一树林密布的山峰。上前察看，无路可攀，但脚下的水沟边有一块歪斜的"廉颇墓"石碑。猛虎落平阳，英雄掉水沟。

廉颇何以归根于楚，再读《史记·廉颇蔺相如列传》，理出了线索。廉颇最后的工作是赵国代理相国，老赵王病逝小赵王接班，免职，一气出走投了魏国，没得到信任，又去了楚国，仍然没被待见，他感慨地说："还是希望指挥赵国的士兵。"此时赵国被秦国打得节节败退，小赵王想重新启用廉颇，但一场"廉颇老也，尚能饭否"的阴谋，让廉颇最终没能回去。

时势造英雄，时势变了，英雄没机会上场了。

春申君陵园

廉颇墓往东 20 公里，又一古人遗迹，战国春申君陵园，位于合淮高速上的李郢孜镇。小镇不大，许多房屋外表均是回族穆斯林的米黄色，陵园墓冢几十米高，站立冢顶小镇尽收眼下，远方田地村庄一目了然。

春申君是楚国人，早年游学博闻，口才尤好，凭说辞让秦国放弃进攻楚国，后来又冒死帮助扣为人质的太子逃回楚国，由此做了相国，在位二十多年。春申君做过一些事，比如筑苏州城，奠定了后来苏州城格局。再比如疏浚三江，其中之一即黄浦江，黄浦江别称"春申江"或"申江"。

春申君的墓冢长满丁香花，其根茎翠绿，顶端长着白色的花盖，远远看去一片洁白。

淝水古战场

八公山下最著名的历史就是淝水之战。公元 383 年，东晋谢安八万军队，在这里打败前秦苻坚几十万军队，这是南北朝时期最大的一次战争。

想踏足古战场，但找不到入处。八公山景区有淝水之战纪念牌坊，但那里没有河流，仗是在河边打的。寿县博物馆有一沙盘，标出当年两军对峙的地理位置，在淮河与淝水交汇的地段。沙盘是精准的，但这个位置是今天的哪里呢？

寿县古城墙青砖斑驳，一位老者说无须去找，这里就是古战场。在城楼眺望八公山，峰峦叠翠，林木遍野，山风吹过，树丛森森犹如千军万马。

八公山上，草木皆兵，此话出自苻坚。八公山下，古魂游移，此亭来自历史。几十里地躺着三位人物春申君、廉颇和刘安。春申君和廉颇是公元前 3 世纪人，刘安是公元前 2 世纪人。他们起始不同，职业不同，但殊途同归，都落叶归根古时寿春，今为淮南的这片土地上。

　　人事更迭，风雨流年，不知那时的寿春是什么样。但有一点可以肯定，它是楚国的大都市，中州咽喉，不然人物们怎肯驻足于此，在历史的舞台上风流。而我在如此局促的地域，连续拜祭两千多年前的人物，看他们的显赫与衰亡，仿佛一下到了过去，过去成了现实，现实反而成了远方。

凌家滩这个地方

　　裕溪河从西边的巢湖来，往东边的长江去，流到凌家滩这个地方，有座旧石桥从它身上跨越。桥的南岸是广阔的田野，北岸先是鹅鸭成群的滩地，接着是一片岗地，岗地上生长着许多树木和油菜花，还有凌家滩遗址。

　　凌家滩，巢湖流域的一个普通村庄，假如没有惊世骇俗的事情发生，外界对此一无所知。1985年，一位村民在岗地为去世的母亲造墓穴，挖出了一批"好看"的石头，一个在地下沉睡了五千多年的新石器时代聚落遗址由此破土而出。

　　距今5800年到5300年，面积十六平方公里，几十处遗迹或者墓坑，出土几千件玉器和陶器，曾经的神秘、远古的历史都在其中。

　　祭坛，长方形体，面积数百平方，是祭神祭祖祈祷平安的地方，它位于岗地的最高处，墓葬散布四周。有祭坛就有祭司，远古的巫师，当时最有知识，掌管意识形态的精神领袖。

　　两千多米长的壕沟遗址，分为内壕和外壕，外壕三面环绕遗址，延伸到裕溪河边，相当于护城河，是明显的城市设施。

　　约三千平方米的红烧土块建筑遗迹，这是一座大型建筑，说宗庙殿堂应不为过。

　　标号2007年23号墓的墓坑，文字注释：墓坑填土上压了一件重 88 公斤的玉石猪。当时的考古者兴奋异常，这么不同寻常的玉器下面肯定不同寻常，果然是大墓穴，随葬品三百多件，玉器就有两百多件。

凌家滩展馆黑色基石上坐落着这只"玉猪"。浅白色，呈睡姿，鼻嘴獠牙清晰，身体通透光滑。怎么看它，它表现了什么？

玉猪，两百多件玉器，不可能一家一户制作，是专门的作坊制作。23 号墓墓主玉器覆盖全身，玉斧、玉钺、兵器摆于两侧。在五千年前的巢湖流域，是什么人享有如此的待遇？应该是显赫的贵族或部落首领，甚至是更大地域举足轻重的人物。他的死，在当时是一件大事。

凌家滩遗址，晚于古埃及和两河流域，早于黄帝年代。

中华五千年文明，三皇五帝史书有记载，那是对流传的记载。真正的源头在哪，摇篮什么样，要有实证，这就要考古。把地下破碎的遗迹挖掘出来，据此研判社会什么样，发展到什么程度。比如夏代，被偃师二里头遗址证实，商代，被安阳出土的甲骨文证实。找不出这些，古文明是隐藏着的。

凌家滩遗址证明，五千多年前，这里有一个聚落。人口众多，有祭坛、手工作坊、壕沟，还有穷人及权势很大的部落首领和巫师。国家的雏形，在这里是看得到的。其实，三皇五帝是黄河流域的部落首领，长江流域应该也有，处于相同的发展阶段，只是这里没有司马迁，这样的人物记录也就没有了。

遗址中有许多精美的玉器，玉人、玉龙、玉龟和玉版。专家解释玉版即原始八卦图，与《史记》记载的"四维已定，八卦相望"完全相符。同时玉器也是礼器，表示身份和地位，这就是一种文化了。

中国的玉文化有八千年历史，从北方的红山文化到凌家滩，再到良渚文化及夏商周，一脉相承，在世界上没有第二例。看看相同历史时期的古埃及文明，两河流域和古印度文明，或消失或被取代，都退出了历史舞台。

可是这样一个在裕溪河畔活动了几百年的强盛部落，突然销声匿迹，没留下任何行踪。有两种可能——战乱或自然灾害。

前五千年的中华大地，原始社会已经崩溃，文明社会即将到来，战伐不断。但是我把记叙凌家滩考古的《凌家滩卷》读了一遍，没读到任何与战乱相关的文字。

有关于自然灾害的，考古考出了被水淹过的土层。现凌家滩展馆墙壁底角，有一道笔直横向的水浸痕迹，讲解员说是两年前裕溪河水留下的。展馆位于岗地，现代的洪水能闯入，五千年前也一样，迫于水患丢弃家园是可能的。

那么他们去哪里了呢？《凌家滩卷》中有关于有巢氏的文字。有巢氏祖籍巢湖。南宋历史学家郑樵《通志·氏族略》记叙："巢氏，有巢氏之后，尧时有巢父，夏商有巢国，其地在庐江，子孙以国为氏。"

有巢氏在巢湖一带活动，一直是巢湖流域强大的部落之一，凌家滩的先民有可能被融合，他们不会向北边走，会留在巢湖流域继续农耕，这里本来就是东夷的地盘。

凌家滩这个地方，土地肥沃水网密布，五千年前也这样。先民们在这里生息繁衍，打鱼种田，垦荒开拓，一代又一代，那时没有文字，但不可能没有流传。司马迁《史记》中约远古史，许多是依据流传写出来的。凌家滩比仰韶文化晚一千多年，落后中原文化，也许是这种落后，让流传流失，没能进入历史。

但是历史是搬不走的，五千年后凌家滩回来了，不是默默无闻，而是石破天惊地回到了远古史的舞台。这说明中华远古的地域还在起始期就相当辽阔，不仅黄河流域，也包括长江流域。

阳光照耀响洪甸

响洪甸水库，合肥西南 120 公里，位于大别山西淠河流域，与东淠河的佛子岭水库遥相呼应。

阳光从山岭的那一头，穿过山谷和茶园，但在水库上空止步了。它撒下一束束的光线，水面马上弹出圈圈缕缕的金丝，它们斑驳陆离反转向上，回空间去了。我很惊奇阳光的这种魅力，随便捞一下，带出锦绣般的灿烂，又给带走了。

我们坐船穿过桥洞往源头走。水面平平，水色清清。一座六十年前的发电站，在水库尽头的山崖上。水域变窄，两侧的山崖似乎到了头顶，船触底了，裸露的岩石触手可及。山穷水尽无路？几股山水从崖壁上涌出，它们哗哗地激烈地下冲，迫不及待地滑落到水里。自然力就是这样循环往复，无穷无尽地生产出来再生产出来。

船转身往水库上方走。水面涟漪闪闪，水域时宽时窄，山岭时近时远，两边翠绿因势忽高忽低。库水清澈，房屋连同树木竹茶，被冉冉晃晃地倒映水中。船主说这就是响洪甸的三峡。记起郦道元《三峡》中"素湍绿潭，回清倒影，清荣峻茂"的句子，觉得可以比一比。

一座钢构索桥一线东西横越空间，坡顶有一标牌：六安瓜片示范基地。阳光下，一片片绿油油的茶田依山坡次第展开，茶枝茁壮，叶片青翠，清新的香气四散而走。我说不透自然物质间依存与转换的道理，但是著名的瓜片茶就在这里产生，而这一库清水，又源源不断地给江淮平原送去了无以计数的舟楫灌溉之利。老子两千多年前就说过，"上善若水"。

住宿的农家名"闲云潭影"，一听就享受：水潭边的休闲。它的身后有一片翠绿的山坡，坡上毛竹成林，有套种果树、梯形茶田和散养的鸡群，悠长的鸟鸣从那里不断地传出。一条公路经过门前，公路下方就是水库开阔的水域。

这个依山傍水的"闲云潭影"怎么来的？

清晨，一个清瘦的老人在院里修电瓶车，须发斑白，但腰板硬朗。他姓汪，"闲云潭影"由他儿子儿媳管理。经营不是空话，它由茶园毛竹加他儿子的一辆工程卡车支撑，年收入十几万。他说现在只要肯做，没有不好的。几十年前，老汪兄弟五人从旌德迁移响洪甸，当时一无所有。到他儿子这一代，有车有房，做旅游开公司，完全改变了生活方式。但他们仍旧兢兢业业，老汪老伴在县城陪读孙子，一边找包饺子的活挣零用。记得我插队时的乡村妇女，除了锅台就是种地，县城啥样是不知道的。

我没来过响洪甸，群山中的"闲云潭影"，假如不在眼前，还真以为是海市蜃楼。看着忙忙碌碌的老汪，情不自禁想起了挖山不止的愚公。艰难的移民开发，两代人，二十多年的辛苦，创造出好山好水好人家。

太阳从对面的山岭起身，水面被光线削得平整如镜。阳光照耀着我们，拉出了一溜长长的身影，也拉出了一道历史的印迹。幼儿园、小学、中学，知根知底的玩伴，无怨无悔的帮衬，无话不说的彼此。

去大山深处，虽然两鬓斑白，但足以跨越山水，莫道桑榆晚。

从台儿庄开始

艳阳天气，我开车沿京台高速往山东走。京台高速是中国最气派的高速公路之一，上下八车道，视野开阔，可以时速120公里很久。

山东有许多名胜，名胜是文明集中的地方，头一个是台儿庄。

台儿庄

阳光洒落台儿庄城楼，阁梁上"天下第一庄"牌匾金光闪闪，据说出自乾隆钦点。

《峄县志》：台儿庄跨漕渠，当南北孔道，商旅所萃，居民饶给，村镇之大，甲于一邑，俗称"天下第一庄"。

都说第一庄，是皇帝先，还是县志先？应该俗称最先，没有约定俗成，其余的说不出来。

台儿庄战场遗址，一栋二层灰楼弹孔累累，密密麻麻，数不下来。1938年4月，国民军31师守台儿庄。血腥惨烈，几乎打光了，师长池峰城请求司令官孙连仲让他撤过运河。话很凄惨："给西北军留点种子吧！"孙连仲曾是西北军将领，但不为所动，他说了一段，后来成为电影《台儿庄大战》中经典台词的话："士兵填完了，你填进去，你填过了，我总司令填进去，有敢过河者，杀无赦。"

唯一的浮桥被自己的工兵炸毁，守城者无路可退，只有视死如归。

傍晚去台儿庄运河湿地，水波荡漾，芦苇飘摇，还有一抹如血的残阳。

大汶口

大汶口遗址公园，下高速，转 103 国道，没一会儿到了。

它位于大汶河北岸。一块几十米高的"大汶口国家考古遗址公园"的碑牌，一个外表由石块叠加起来的绛色平顶展览馆。还有石器、陶器、玉器和遗骸，加起来就是古人生活场景的复原。

我看到一个暗红色的陶器，刻有符号，上面是圆，下面是山，没看到解释。这是一个拓印，也是一种会意。大汶口遗址距今六千年，这个陶器碳测定距今五千年，五千年前的刻画符号，表明了当时古人认知达到的水平。刻画符号是字的前身，符号又是从实物来的，历史是有遗迹的，很多事情当时什么样，符号可以给出某种解释。从实物到符号再到字，经过多少代的智慧才能达到，文明就是这样发祥出来的。

大汶口遗址位于黄河下游，泰山之南，这里有过许多强大部落活动的踪迹，《韩非子·十过》有"昔者黄帝合鬼神于泰山之上"的记载。安徽巢湖流域有凌家滩遗址公园，距今约五千年，这里有一个强大部族的聚落。遗址出土了许多精美的陶器和玉器，但没发现刻画符号。

齐长城

济南泰安交界的山岭上有两块碑牌，一块是黑色大理石的"齐长城遗址"，另一块是白色公路里程的"下港齐长城"。两块碑牌背后是一片很大的铁丝网，遮挡着裸露的山石，这就是齐长城了。

齐长城改变了我对中国长城的认识。我去过明长城、汉长城、秦长城，但这都不是中国最早的长城。中国最早的长城是山东的齐长城，起于春秋齐国齐桓公时代（公元前685年）。当时楚国也筑长城，叫方城，略晚于齐长城，也算是老前辈，但我没到过。

齐长城从济南长清往东延伸至海边上千公里，目标是防御南方。齐国西北有黄河，西有大山，而南有平原湖泊，有鲁国和楚国。鲁国虽小，有时也给齐国带来麻烦，《曹刿论战》讲的就是这样的事。北边的长城，例如秦长城、燕长城，是农耕民族与游牧民族的分界线，而齐长城是中原诸侯国之间的划分线。

孟姜女哭长城源于齐国。《左传》有"杞梁妻哭夫"的记载，齐国一将军战死，妻哭了十天，城墙塌了。故事流传民间，日久天长，变成哭秦长城。据说长清长城村有姜女庙遗址，我问一户人家，但主人指的路线已经无法前去。

齐长城实际上没有长城，看不到长城，甚至看不出轮廓，基墙砖石完全风化。站在远处看，山上有顺着山脊起伏的浅白痕迹，要说遗址，就是隐隐约约的样子，剩下的是满山遍野的栗子树。

趵突泉

济南趵突泉的泉水跳跃地涌出，好几股，高出水面，泛起白色浪花，然后下落，一圈圈、一波波地散开。郦道元来过这里，他在《水经注》中描述趵突泉"泉源上涌，水涌如轮"。看来，一千五百年前它就是这样活动的。泉边有李清照旧居，小巧玲珑。名流名泉，贴切，旧居立柱上的楹联是"清音万代名泉漱玉"。

想走一事，四十多年前，我和两位插队同伴游山玩水，逃票到济南，就在趵突泉边，啃着馒头喝着泉水，看着和现在差不多的泉涌。兴致之后，转身去火车站，看看哪趟车往南走。那是插队时做的不靠谱的事，除了凉水馒头，其他记不清了。

蒲家庄

淄博南有蒲家庄，一个北方习俗的大村庄。它有四个门楼，四下院墙围拢，庄内青石铺路、里巷错落，还有蒲松龄故居。

故居是四合院，朝南有一间堂屋，草顶灰砖，绿叶攀爬。我问保安，蒲松龄老先生在这住？他笑着说是的，但当时的房屋没有了，近五百年了，这是重建的。他指着窗户说：不仅在这住，最后是倚着窗户去世的。"

蒲松龄十九岁中秀才，此后五十年屡试屡败，至七十岁获"岁贡生"虚衔，始终困于场屋，也一直住在这里。留有七十四岁时穿官服的画像，我看到了，这样的遗址是真正的遗址。

蒲松龄怀才不遇，却写出了震撼世俗的小说《聊斋志异》，后人称他"聊斋先生"。聊斋聊啥？聊花妖狐魅与人好，与邪恶斗，与贪赃枉法斗，所以郭沫若说聊斋：写鬼写妖高人一等，判贪刺虐入骨三分。

青州城

从蒲家庄到青州，走 325 省道，约 60 公里。大禹治水后，中国古代疆域划分为九州，其中有青州，大约是泰山以东至渤海这样一块区域，很辽阔也很悠久，有四千年历史。

青州有古城，城墙宽厚，城楼高耸，上有"三齐重镇"牌匾。项羽把原齐国一分为三，封原齐国王族的田都为齐王，田市为胶东王，田安为济北王，此即"三齐"。古代的青州是山东地区的政治、军事、商贸中心，故称"三齐重镇"。城楼属明清风格，古城许多建筑都是的，街巷几十条，名称也是延续古代的。有一处亭园楼阁，叫冯家花园，主人叫冯博，一查历史，顺治进士，康熙重臣，离现在五百年。文人骚客喜欢青州，欧阳修在这住过，范仲淹当过青州知州，李清照在这里住了二十年，有遗址。

青州城市很好，开车兜风，楼群簇拥，超市餐饮热热闹闹。一匿下来，心情舒畅。可几天后收到一条山东交警发来的微信：您的小型汽车在潍坊市青州胶王路与郑母中心街交叉口，被交通技术监控设备记录了"违反禁止标线指示"的违法行为。

一言难尽。

"万平口"

进入日照城市有高架一直往东。这一带是新区，道路宽阔，环境清洁，有许多高层。日照最漂亮的海景"万平口"在这条跨的尽头，入口处有个黑色的铁锚，铁锚往前有座假山石，上面有"万平口"三字，楷体。再往前就是沙滩碧海和蓝天了。

太阳有点晒，我坐在海岸的基石上，呼吸着潮湿充满咸味的空气。

沙滩弯曲两边延伸，看不到头，很平整沙粒很细。

喜欢大海是从沙滩开始的。一群衣着鲜艳的女士，排成一行，做着整齐划一的动作。一个穿着白上衣的小男孩，聚精会神地眺望大海。一个穿着红外套的大女孩，脸色红润，用脚在玩沙。一个穿着救生衣的男人，像什么设施都没有的，但可以停靠游艇的浅水走去，那里一条白色的游艇刚刚离开，它划出了一片白色的浪迹。

　　沙滩上的每一个人都专心致志地做自己的事，我也是，远远地从旁边观察，做一种完全被自然接纳的审美。天空蔚蓝，广阔无垠，大海无边，浩荡无际。这里是黄海的边缘，前方应该是朝鲜半岛和日本列岛，但完全藏在海天一色中。

泗河如斯夫

曲阜北面有一条泗河，它从沂蒙山来，向微山湖去。两千多年前，孔子站在河边说了一句话："逝者如斯夫，不舍昼夜。"孔子是在游春中对弟子说的，春天的气息激活了思路，智者乐水，脱口而出了这句千古名言。

去年秋天，我到了泗河。这条属于淮河水系的河流，静谧缓慢，没有任何吵嚷。水面漂浮着晶莹，那是阳光洒下的光束，随便划出的光芒。身临其境，能否得到一些启发，结果没有，还是肤浅的流水碧波之类的感觉，孔子临水沉思的洞见，想学都学不来。

曲阜曾是鲁国的都城，最早这里只有蜿蜒的土山，现在它的地标是孔子。

说起孔子，又少不了孟子，曲阜有孔庙、孔府、孔林，离曲阜不远的邹城有孟庙、孟府、孟林。孟子晚孔子一百年，但属孔孟之道，孔子思想加上孟子思想集成儒家思想。

"孔孟之道"这个词，是《三国演义》里一位小人物说的。刘璋派张松出使许昌，张松对曹操的大秘书杨修说："曹丞相文不明孔孟之道，武不达孙吴之机，身居高位只会凶横强暴，你跟着他学不到好。"长相塌鼻龅牙的张松说曹操坏话，"孔孟之道"被随口带出来了。

临近孔庙的一条马路，没有高层，排列许多烟酒店、旅馆和餐饮，许多待客的三轮。但是游人多，举着小旗帜的旅游团队一波接一波。他们从天南海北到曲阜来看孔子，中国就一个孔子，世界也就一个孔子，不然孔子学院怎么能到世界各地办学呢？

孔庙在孔子去世第二年就建了，当时很小，祭祀用的。现在千年老松遍布，殿堂嵯峨，庙宇相连，有历代帝王御制的许多碑牌。这里成了神坛，游人摩肩接踵，他们走在高低不平的青砖上，表达对孔子的尊崇。但也不全是这样，一块石碑上有诗句：几人凭吊先师意，尽是游山玩水来。

孔庙的起点是"金声玉振"牌坊。"金声玉振"是从孟子说的话截下的，是孟子对孔子的评价，知识渊博达到精美乐器的水平。当时孔子没有万世师表的地位，孟子的话只能说到这份上。儒学开始是受到诸子百家挑战的，没被社会接受，秦始皇"焚书坑儒"给儒学沉重打击，到汉武帝罢黜百家独尊儒术，才成社会主流意识，这个过程至少有二百五十年。

孔子及子孙的墓在孔林，一片如茵绿草中。孔子墓碑上刻"大成至圣文宣王"，右侧是儿子孔鲤墓，南边是孙子孔伋墓。孔伋是孔子的孙子，又叫子思，很有出息，他继承了孔子的思想，讲学著书，《中庸》就是他写的。

一位老爷子请我上他的三轮，当时我刚出孔府想去孔林，不知怎样便捷。老爷子说车费加导游，三十块。三轮在狭窄的巷子里拐弯抹角，最后停在靠孔林很近的民居墙角，很轻车熟路。

孔林中坟冢随处可见，有大有小，有高有矮，许多碑牌矗立其中。老爷子说孔林的坟冢跨度两千多年，至少十万座，以前只要续上家谱，皆可入土，区别是尊者立碑，穷者土堆。原来孔林是不讲出身的，我以为只是尊者归处，瞬间对老爷子来了好感，他有这个知识我没想到。

老爷子会拉家常。他本种地，地被承包，改拉三轮。他姓孔，曲阜十几万人姓孔，无孔不成村。导游证考不上，擦边球可以打，何况曲阜人进孔庙只凭身份证。这些老百姓的大白话，很有风土人情。

孟子故里在邹城孟庙，孟子求学是通过孔学门生获得的，《史记·孟荀列传》说孟子"受业子思之门人"，子思是孔子的孙子。

孟庙始建北宋，庙堂几进几重，有许多笔直的桧柏。这里有"孟母三迁"石碑，一座朱红庙宇，一道乌瓦红墙，圈成一个院落，有书院的样子。当然"孟母三迁"讲的是身教言传，什么样子不重要。孟母有墓，夫妻合葬，在孟杯，距孟庙12公里，也是孟家家族墓地，有牌坊竖立，上刻"孟母林"。合葬墓在一个很小庙宇的后院，长方形，墓前有香炉。司马迁写了《孔子世家》，没写孟子世家，我到了孟子列祖列宗的祭祀地，算补课了。

我读过孔孟一些经典，发现两位圣人行事风格很不相同。孔子说诘和风细雨、循循善诱，温良恭俭让，有修养。孟子说话咄咄逼人、无所顾忌，欠和气。他曾把齐宣王逼到"王顾左右而言他"的尴尬地步，他用"五十步笑百步"嘲讽梁惠王，这些孔子是做不来的。孟子激进，理想色彩也重，他对梁惠王说："让七十岁的人穿好衣服吃上肉，使老百姓不挨冻受饿。'想法很好，但战国年代活到七十的有几个？能让老百姓安稳的日子有几天？后来孟子仕途不顺，辞官回家讲学写书去了。

曲阜到邹城26公里，103国道相连，在古代一定已有路相通，但要走半天。国道车水马龙，两边有开发区，厂房、大棚，一个挨一个。从邹城开始，一条轻轨一线南北往曲阜方向，但没修完。山东县级市有轻轨交通，还是头次看到。

泗河流域两千多平方公里，曲阜邹城其中一隅。儒家发源于此，从"金声玉振"到万世师表，浩荡中国两千多年，渗透到社会生活的方方面面，其地位无可动摇。很多人说不了孔孟之道的大道理，但会那样做，这就是传承。

我给老爷子一张整钞，不要他找零，要他少辛苦。他很高兴，说比讲好的多好多，老爷子比我小一岁，一辆电动三轮车，风里雨里早出晚归，很不容易。他说一年好了能挣三万，老两口够了，但想给孙子留点。三万块，一步一步，跬步千里，刨去必要劳动，剩余劳动又有多少？知道这些，也就知道了这层人的辛酸和苦辣。

说起孙子，老爷子眼神炯炯发亮，嘿嘿地笑。老百姓过日子，苦被乐中和，乐以忘忧。孔子在《论语》中说："吃粗粮，喝白水，弯着胳膊当枕头，乐趣在当中了。"不就是指这样的吗？我也有孙儿，看到就高兴，我对待孙儿也心甘情愿、不遗余力，雷同一律啊！

八车道的京台高速从曲阜东面穿过，驾车融入，车流滚滚，突然觉得与"逝者如斯夫，不舍昼夜"这句话极为吻合。高速公路，不能滞留，不能逆转，白天小车多，夜间大车多，川流不息。

涡河两岸

从祁济高速往北走，出了淮南境，就可以看到涡河了。涡河西北东南走向，从河南来，在怀远附近入淮河。四月的涡河温顺平和，水势缓缓，两岸的麦子开始茁壮，形成起伏的波浪。没这条河，是没有这么郁郁葱葱的麦田的。人文也是这样，蒙城庄子、涡阳老子、亳州曹操包括神医华佗，皆出于涡河两岸。

老子故里

一条乡村公路，穿过一块油菜花地，一座几重殿堂的庙宇建筑。

这是"天静宫"，老子故里，位于涡阳城涡河北岸。问一位僧人，老子在哪？僧人指着老君殿说，太上老君就是老子。河南鹿邑有太清宫，也是老子故里，中央电视台播这样的广告，这是定论。

争议也不是空穴来风，历史上就没搞清楚。司马迁《史记》里有三位老子，年代籍贯均不一样，他都没搞清，后人各有说法见怪不怪。今天的涡河与两千多年前的涡河应该差不多，涡阳和鹿邑隔一百多里，一个上游一个下游，水从那边流过来，人从这边走过去，就这么个范围，圣人生活在这里，祖籍在这里，许多活动的踪迹也在这里，所以有不同的故里。

嵇康遗迹

涡阳石弓镇 238 省道一侧有嵇康墓。一个小村庄，背靠一座小山，山路稍崎岖，没走多远见到黑色的大理石"嵇康墓"墓碑，再登见山石裸露之黑色凹坑，引路老者说即嵇康墓穴。墓穴在山腹，凿山而建，顶上覆土，老者说 20 世纪70 年代炸山取石，现存残余。

嵇康，魏晋"竹林七贤"代表人物，为司马昭所杀。读过嵇康《与山巨源绝交书》的文章，犀利尖刻，嵇康不喜欢做官，并把做官说得很坏，不堪者七，不可者二。曹魏晚期，敢这样公开骂官场的也就嵇康。但是后来广为流传的，并非绝交书，而是嵇康的《广陵散》。公元 263 年，司马昭下令处死嵇康，三千太学生上表求赦，司马昭依然独断专行。刑场上嵇康拨弹《广陵散》，曲终说了最后一句话，"《广陵散》于今绝矣"，然后引颈受戮。

我在嵇康墓前站立很久，我在想文人的刚直，从容赴死的坚毅。后来我走到后面，看到那里有一个因盗墓掘开的褐色的窟窿，五味杂陈，难道《广陵散》就这样散了吗？

曹操故里

亳州楼房林立、街道宽阔，涡河穿城而过。这里是曹操故里，白色的曹操雕塑，资料众多的曹操纪念馆，绿草如茵的曹操家族墓地，还有在其中行走深感阴冷的地下运兵道。

关于曹操，最有影响的评价是"治世能臣、乱世奸雄"。这是与曹操同时代一位名叫许劭的评论家给出的评论，当时曹操找上门，逼着讨说法，许劭脱口而出了这句话，曹操听后竟非常高兴地走了。

东晋史学家孙盛著《曹瞒传》，写曹操小时候的事。有一次曹操突然在叔父家嘴歪眼斜，中风了，叔父赶紧来告诉曹操父亲。曹操回家后，好好的，他父亲问："不是说中风，这么快好了？"曹操说："没中风，是叔父不喜欢我，在你面前瞎说。"从此曹操父亲不再相信曹操的叔父了。

这个记述比较真实，曹操从小诡计多端，后来杀吕伯奢、杨修、华佗有相承之处。

曹操是三国时代最杰出的人物。起初曹操只是一个小军阀，根本没实力和袁绍、袁术这些老军阀较量。打天下凭实力，实力是军队和粮食。曹操从投降的黄巾军中选练精锐编为"青州兵"，同时实行"屯田"制，就是生产建设兵团，平时种田，战时打仗，解决粮食问题。曹操采取正确的策略和措施，后来者据上。他的士兵丰衣足食，袁绍的士兵吃桑果，袁术的士兵吃河蚌，两下对比，高低立判。

曹操是诗人，"对酒当歌，人生几何""老骥伏枥，志在千里"的豪情壮语，流传千古，无论袁绍，还是刘备、孙权，根本没这素质。只是《三国演义》把曹操描述得很坏，此后曹操治世能臣的形象，渐渐被乱世奸雄覆盖了。

华佗与古井

亳州往北华佗镇，一条路到华佗故里。灰墙庭园，有牌匾"华佗祠"，还有华佗故里和旧居的两块石碑。两千年前的建筑是留不到今天的，但有香火，说明曾经是有过的。《三国志·华佗传》说华佗"沛国谯人"，"谯"即今天的亳州。

"华佗祠"大门紧锁，停车场很小，就我一辆车，没见其他观光者。

我开车在公路上转身的时候，看到了路牌"古井集团"，没想到华佗故里距古井集团仅几公里。宫殿一样宏伟的集团大楼，鲜花盛开的广场，一座威严的曹操铜塑像。

古井贡酒渊源于曹操，他将家乡的"九酝春酒"进献给汉献帝，并附上酿造方法。汉献帝对这个酒赞不绝口，进而推出了名扬天下的古井贡酒。

芒砀山

亳州往东经永城到芒砀山，高速、国道都可走。

这是一个在广阔平原上突兀而起的十余座山峰的小山群，它在中国历史上有过重大影响。公元前210年，一个叫刘季的亭长，违反秦朝行期迟误的法律，在此斩杀白蛇逃进山林。他一边吃着老婆送来的饭菜，一边密谋起事，最终加入农民起义，建立西汉王朝，他就是刘邦。

司马迁说芒砀山漂浮一种特别的云气，当时的方士认为是天子气。刘邦躲藏在山里，吕后总能找到他。吕后说，她找到这种云气，跟着走，就找到刘邦了。我到芒砀山这天，天高云淡、秋高气爽，空间辽阔清澈没有云气，只看到漫山遍野的树木。

王气是有的，刘邦孙子，梁孝王刘武的王陵就在芒砀山下，是地下宫殿，不知要耗费多少人力财力才能完成。不远处还有陈胜墓，郭沫若书碑文：秦末农民起义领袖陈胜之墓。《史记·陈涉世家》记陈胜死在涡阳，"葬砀"，注释"砀"为砀山南，应该是指这里了。

刘邦是中国历史上第一个农民出身当上开国皇帝的人，后来荣归故里时写过一首《大风歌》：大风起兮云飞扬，威加海内兮归故乡，安得猛士兮守四方。这首诗除了衣锦还乡的豪迈，更有居安思危的思考，新王朝如何长治久安，刘邦晚年对此不遗余力。

他反击匈奴侵犯，但在平城陷入重围，差点被俘。他强调政治安定，坚决消除异姓王叛乱，同时与大臣们白马盟誓："非刘氏为王者，天下共击之。"即便如此，他还是不放心的。

他在封侄子刘濞为吴王时，拍着刘濞的背问："五十年后，东南方向叛乱的难道是你吗?"老皇帝够深谋远虑的，但刘濞后来还是叛乱了。

芒砀山顶的刘邦塑像气势磅礴。在高速公路上看，立于天地之间，到山顶看豪横无边。而司马迁笔下的刘邦，额骨高鼻梁高，有很美的胡须，左腿上长许多粒痣。这应该是真实的刘邦。

走高邮

扬州往北，走京沪高速和 233 国道，一小时可到高邮。

两千多年前，秦始皇在此筑高台、置邮亭，故名高邮。刘邦置高邮县，治所即今天高邮市高邮街。北宋秦观有诗：吾乡如覆盂，地处扬楚脊。说高邮的地形中间高四下凹，像一只倒扣的水盂。秦观高邮人，熟悉高邮地形，他是吟诗，而"盂城"成了高邮的别称。高邮源于秦始皇，"盂城"源于秦观。

一条小巷，两边灰砖民居，矗立一座十几米高的鼓楼，上有牌匾"古盂城驿"。驿站，古代传递紧急军情人员途中休息的场所。读过杜牧"一骑红尘妃子笑，无人知是荔枝来"的诗句，唐玄宗为杨贵妃数千里快递鲜荔，驿站私用了。

高邮的"盂城驿"建于明初。皇华厅、驻节堂，还有库房、廊房、马房。墙上一张驿站派遣表，显示驿站的功能、差官快马和里程。这里最高的官员"驿丞"，仅九品，但想想身背公文、驰马挥鞭的驿使，就知道驿站在军国大事中的位置了。

蒲松龄来过，做过驿务，一般工作人员吧。马可·波罗也来过，住了些日子，他常去逛街，用威尼斯银币换野鸡。这件事刻在"盂城驿"中的一块汉白玉碑上。

高邮名胜不少。竺家巷，汪曾祺故居，青砖黑瓦小院落的民国建筑。它的背后是美轮美奂的汪曾祺纪念馆。汪曾祺，沈从文的学生，小说散文戏剧门门精通，铁凝说他"像一股清风刮过当时的中国文坛"。起先，汪曾祺写小说让子女看，看的都说写得不好，他自信地说："我将来是要进文学史的。"汪曾祺纪念馆证实了他的预言。我读过汪曾祺的散文，还知道《沙家浜》是他写的。走进故居，见一老者端坐其中，说是汪曾祺堂弟，在此看家护院。细看老照片，与汪曾祺有点像。

高邮中山公园，一条绛色的甬道，一座西方风格的礼堂，1945 年 12 月日本高邮驻军在这里向新四军投降。这是中国抗日战争的最后一战，别看几百平方米的礼堂，却是中国抗战画上句号的地方。

高邮紧邻运河，河心有岛，岛上有几十米高的镇国寺塔，再往西不远，即高邮湖。这种地理位置实在独特。

沿高邮运河东岸往北，至宝应运河桥过运河，发现了一条沿运河西岸的堤岸公路，单车道，沥青路面，两侧树木成荫。很诧异，我反复看过江苏扬州的公路地图，没这条路。凭感觉，这是一处不错的旅游景点。一边是运河，一边是高邮湖，都近在咫尺，这路段最宽处也就百十米，两边都是水，公路就这样的地方两头延伸，很方便两边看景。

我从来没有在如此狭窄的堤岸公路上开车，在 40 公里的行驶中，前面无车，后面也无车。有几处匝道，可下到高邮湖边，这里有大片的芦苇滩地，还有石阶码头和停泊的渔船。在这里看高邮湖，风平浪静，波光粼粼，水质清澄，水域一望无际。两个从船上下来的女孩拿着鱼篓问要不要，里面有活蹦乱跳的虾。想起了明初郑定的诗句：高邮湖水清且幽，高邮女儿能荡舟。

高邮，水乡平原上的城市，这里河湖相邻，水网交错，鱼虾肥美，稻谷飘香，名副其实的鱼米之乡。好几处街巷，看到挂有出售双黄鸭蛋的招牌。

而一侧的运河河水混浊，机声隆隆，货船南来北往，百舸争流，一艘接一艘。很难想象在高铁、高速公路高效运力的今天，运河还能如此的老骥伏枥、老当益壮。

临近高邮，路边巨石刻：高邮明清运河故道。

运河最早叫"邗沟"。周天子儿子姬邗在此建邗国，存在了五百年。春秋吴王夫差北伐，顺路灭了，并开挖河道，叫"邗沟"，便于调运军队，这是军事需要，但大运河开始了。夫差在此建城，叫邗城，扬州也由此开始了。

古运河穿越扬州，两岸桃花盛开柳枝飘摇，高楼林立，包括宫殿般的大运河博物馆。南岸有座大王庙，是供奉吴王夫差的，但还供奉另一个吴王刘濞。听说庙里有副楹联：一殿两王天下少；庙门朝北世间无。

供奉夫差无可非议，"邗沟"是他开凿的，不仅是中国，也是世界上开凿最早的运河。但供奉刘濞不知为何，刘濞是西汉同姓诸侯王，吴楚七国之乱的发起者，兵败被杀。庙门廊柱有对联：曾以恩威遗德泽，不因成败论英雄。依这副对联推，刘濞在这里做过好事，那时的扬州，归刘濞的吴国管辖。

说大运河，不能不说隋炀帝。隋炀帝修大运河，凿通了四条河流：通济渠、邗沟、永济渠、江南运河，这些区域运河在隋炀帝之前已经运作，但隋炀帝是集大成者，京杭大运河，中国南北沟通是从他开始的。这是历史，当然隋炀帝修运河滥用民力，游山玩水也是历史，还是隋朝灭亡的一大原因。

隋炀帝死在扬州，死得很惨。叛乱的军人，当着他的面，杀死了他十二岁的儿子。隋炀帝悲伤地问："小儿无辜，为何杀他？"叛军首领回答："这些年无辜死于陛下手中的，又何止一个小儿。"随后，他们用隋炀帝身上的练带勒死了他们的皇帝。

隋炀帝陵在扬州邗江雷场，内有水塘、牌坊、墓道、石阶。陵墓花草树木葱茏，陵前有"隋炀帝陵"石碑，清嘉庆年代的浙江巡抚阮元所立。

但几年前，一家房地产公司在扬州邗江区"和蜀路"施工，突然挖到两座古墓，其墓志铭上清楚地刻着墓主系隋炀帝，还有一位为炀帝夫人萧皇后。这样隋炀帝在扬州就有了两座陵墓。当然，真的是后者。隋炀帝死后，李渊亲自过问隋炀帝的下葬，萧皇后去世，李世民将其迁来与隋炀帝合葬。李世民甚至流放杀死隋炀帝的人，说："君能不为君，臣不能不为臣。"难道隋炀帝墓还在唐朝就设了局？

新墓被围了起来，想进去，门卫说，记者都不让进，你是谁啊！门口有标牌：隋炀帝墓遗址保护设施及地下防渗漏工程。

我读过好几本隋炀帝传记，评论五花八门、大相径庭。

隋炀帝奢侈骄淫，滥用民力，致使民不聊生，经济崩溃。

隋炀帝是暴君不是昏君，虽然无德，但是有功。

有一位著名诗人这样说：杨广不是一个很高明的政治家，却是一位绝好的诗人。

我在"中国河西走廊"这本书中读到一句话：中国的皇帝，真正到过河西走廊的只有隋炀帝杨广，不只是到过，是重新打通。

大运河大都浑浊，但清澈的地方还是有的。

大唐贡茶园

湖州长兴一带，有许多繁华小镇，经济发达，环境优美，都有小河石桥乌篷船，都有久远的历史。

西塘镇，一条青石板路，两边商铺连连，多为餐饮美食，连临河瓦屋、乌篷船上也如此。铺面不大，招牌大，挂名为美国、俄罗斯、法国、日本和韩国的小吃。这是一个挤满了美食佳肴的小镇。

西塘镇 8 世纪就有了。但从东街走到西街，只看到一处历史遗迹"护国随粮王庙"，纪念明末一位护粮官救灾当地居民的事情。遗迹距今有六百年，不算短，体恤百姓疾苦值得纪念。但护粮官级别低，未入流，可庙宇的精美和宏大让人吃惊，完全是大人物的排场。西塘有钱，西塘把历史还原到小人物身上。

乌镇，据说有六千年的历史，假如确实，那么比黄帝还要早一千年。小河穿镇而过，河岸上有许多仿古的酒坊、染坊、银器坊，也有现代的肖像速画馆。茅盾故居和纪念馆就在其中，门面不大的乌瓦老宅。茅盾写过有关乌镇的小说《林家铺子》，他写出了百年前乌镇资本关系的状况，乌镇的发达是本来就有的发达。

长兴水口镇有大唐贡茶院。贡茶，即皇家御用茶。贡茶院中的主建筑叫陆羽阁，英姿勃勃，美轮美奂。一千四百年前，这里是贡茶茶叶种植园的加工工厂，工厂现在无影无踪，但建设茶园的这个人，留传下来了，叫陆羽。

《新唐书·陆羽传》：孤儿，口吃，进过戏院，当过和尚，一生未仕，一生未娶。但跋涉奔波三十二州，调查考察茶叶种植和技术，终写出《茶经》一书。

人生坎坷，却写出了一部具有划时代意义的《茶经》，"茶圣""茶仙"都是后人褒誉的，这就叫不朽。

我没卖过《茶经》，但我在陆羽阁读到一篇有关《茶经》的学术论文，很有收益，对中国的茶文化总算了解一点。文中有这么一段话：从中唐开始，经陆羽提倡，佛门推许，文人推崇，在大唐统一的中国，很快使茶及茶文化传遍大江南北，于是在全国范围内茶道大兴，并传播至边陲地区直至向国外传播。

中国茶叶的发展，茶文化茶道的出现，在中唐，即安史之乱之后。当时北方战乱，北人大批逃来南方，南方荒地多，开发种植成为可能，茶叶渐渐从权贵人家进入寻常人家，成为大众必需品。茶叶种植成本更低，这样就发展起来了。新文明伴随战乱产生，中外历史上多得很。此文的作者，从行文的风范看，当是研究中国茶叶史的学者。

站在陆羽阁往北眺望，越过一片绿荫，几排房舍，到达山丘，这就是顾渚山。山上遍种茶树，闻得到清香，品得出舒适。

我最早对江南小镇的印象是鲁迅笔下的鲁镇、阿Q和祥林嫂。但水口镇和乌镇出现了有影响的人物，中国第一部茶事专著《茶经》的作者陆羽，中国现代文学的奠基人茅盾。

水口镇农贸早市，不到七点，已经拥挤不堪，晚到的只好将摊位摆上公路。早市山珍鲜货琳琅满目，讨价还价此起彼伏，口音表明他们来自五湖四海。想起司马迁说的一句话：天下熙熙，皆为利来，天下攘攘，皆为利往。

大通沉浮

到铜陵开会，去了大通镇。

这个地方我知道，挨着长江，还是电影《渡江侦察记》的拍摄地。但当我花了一下午，把小镇走了个遍后，认识提升了，这里曾经是一座城市。

我是从一座寺庙起进入大通镇的。寺庙叫"大士阁"，它溯源秦汉，有两千多年的历史，年轻的宗教学院毕业的主持说，进九华的第一炷香必须从这点起。

镇上有许多老房子和手工作坊。理发店很老，剃头师傅说老屋有一百多年的历史。还有一家"秤"作坊，竟有两百年了，制秤的工作台矮小，是坐着制作的。老工匠不太愿意面对镜头，他告诉我最小的秤四十五元一杆后，把脸转向了另一边。镇中心有镇史馆，史馆中有沙盘模型，大通的来龙去脉，进去一趟全清楚了。真正的大通，或者历史上的大通，在长江的沙洲上。

上渡船到达沙洲，场面凄凉，一片废墟，荒无人烟。这里曾经是大通的中心，叫和悦城区，与现大通镇隔水相望，是历史上长江唯一的沙洲城市，现在荒芜到树木杂草生长在窗台与墙基上。废墟上的生命表明不寻常的经历。

两张旅游指示牌，一张指示这里存在过的政府机构和公共设施：公安局、税务局、报社、银行、省政府二衙、旅馆和电影院。另一张指示此地是辛亥革命的起事处。明白了，这里是辛亥革命安徽军政府所在地，就是说曾经是省政府所在地。军政要地，也是繁荣和发达的街市。引领观光的朋友说，抗战前，这里的人口在十万以上，有小上海之称。

1938 年，日军攻击大通。飞机狂轰滥炸摧毁了大通，居民死伤无数，最后仅剩几千人。大通没有了，十万人的城市只剩断瓦残垣，此后它一直死气沉沉悄无声息。

王蒙来过这里，当时他指着这片废墟对陪同者说，不要动它，保持原貌，活着才能记住。陪同者就是我们参观的引领者，铜陵文联的程先生。后来，我俩在江边合影，江水砾石摆渡船。并不是有意境的背景，但是程先生说，他当年也是在这里和王蒙合影的。我点点头，踏着王蒙的足迹前进。

从铜陵回来，我常常想起王蒙说的这句话，活着才能记住。记住什么，记住历史，记住历史中曾经发生的罪恶。假如连这样的事情都不去记，那不就等于死亡了吗？

关于项羽

　　这不是严格的研究历史人物的文章，只是读了些书，再去人文胜迹地寻找，然后表达一些感同身受的文字。

　　和县乌江霸王祠，碧瓦重檐，红墙璀璨。在雕梁祠额，镌刻着唐代书法家李阳冰的六个篆字"西楚霸王灵祠"。

　　这里就是青史流传的项羽自刎之处。一个小高地，四下青松翠竹，还有一条断流的河道。祠中有项羽塑像，瞋目执锐，英姿勃发，一股叱咤风云的霸气。这一切仿佛回到了两千年前，也就走进了那段历史。

　　深褐色的"抛首石"上，刻着项羽生前说的最后一句话：吾闻汉购我头千金、邑万户，吾为若德。意思是听说刘邦赏金封侯要我的头，我就为你做件好事吧。

　　话是对一个名叫吕马童的人说的，吕马童曾是项羽部下，后投奔刘邦。项羽说这话时，吕马童已经向一群汉军将士指认了他，对项羽来说自刎不自刎已经没有意义，人被围死，剑刃已经封喉。项羽死得惨不忍睹，五个凶狠的军人分割了他的身体，曾经八面威风的西楚霸王，身首异处，残缺不全。

　　萧飒肃穆的乌江亭，这是项羽最后逃生的机会。但他断然拒绝，有船不渡，无颜见江东父老。该不该过江，后世有不同见解，唐代杜牧说应该过：江东子弟多才俊，卷土重来未可知。宋代李清照截然不同：至今思项羽，不肯过江东。

　　英雄就是英雄，即便到了末路，绝不苟且偷生。悲壮感动天下，不以成败论英雄，收躯体衣冠残余建祠立碑，这就是乌江霸王祠的源头，由此千古流传。

霸王祠有楹联：司马迁乃汉臣，本纪一篇，不信史官无曲笔。最还原项羽本来面目的就是司马迁这篇《项羽本纪》。

长八尺有余，力能扛鼎，双瞳；读书三心二意，学武术半途而废，可看见巡游中的秦始皇却说是可以取代的。司马迁晚项羽九十年，他描绘出了项羽的大致情形，有很多细节，甚至连"双瞳"这种眼疾变异也写进了书中。

秦末农民起义，无数豪杰揭竿而起，打了三年，项羽进入咸阳，杀秦二世，烧阿房宫，号称西楚霸王。接着分封诸侯号令天下，谁不听话就打谁，就是霸王祠中叱咤风云荡平四海的那个样子。

项羽的本事是打仗，打以少胜多的大仗，中国历史上两个著名战役是他指挥的。"巨鹿之战"，项羽以五万人马，歼灭了章邯的三十万秦军，成语"破釜沉舟"指的就是这场战役。另一例是"彭城之战"，名声不如巨鹿之战，战果远超巨鹿之战。项羽以三万骑兵千里奔袭，一举打垮刘邦五十万联军，联军阵亡溺死十几万，刘邦父亲和吕后被俘。

项羽三年灭秦，仅五年，垓下兵败，乌江自刎，来也匆匆去也匆匆，什么道理呢？项羽说："天之亡我，非战之罪。"即不是我不会打仗，是老天不帮忙。

刘邦认为项羽败在不会用人。他说过一段脍炙人口的话："运筹帷幄决胜千里，我不如张良；镇国家抚百姓不绝粮饷，我不如萧何；领兵打仗战必胜攻必克，我不如韩信。"而项羽身边仅一范增仍不善用，所以丢了天下。

项羽刚愎自用，用人自然不及刘邦，但不能说完全不会用人。鸿门宴是范增策划项羽批准的，照理刘邦走不出鸿门半步，问题出在项伯当了内应，刘邦绝处逢生躲过一劫。项羽关键时候手软，后果是纵虎归山，但这并非项羽的死穴。

项羽败于乱政。司马迁说："背关怀楚，放逐义帝而自立，怨王侯叛己，难矣。"王侯背叛说到了点子上，历史是在这里拐弯的。项羽分封了十八个诸侯王，诸王都是握有重兵的将领，很快反叛或互相攻伐，田荣在山东发难，刘邦明修栈道暗度陈仓。裂土封王引发了更大的对抗和冲突，此后项羽陷入连绵不断的征伐，家底由此一点点耗光，再想号令天下不可能了。

封王的利害攸关，刘邦最清楚，楚汉战争一结束，他立刻剥夺韩信的军权。后来，韩信以及梁王彭越、淮南王英布，都以谋反被处死。

> 力拔山兮气盖世，
> 时不利兮骓不逝。
> 骓不逝兮可奈何，
> 虞兮虞兮奈若何！

这是项羽留存的唯一诗作。武功盖世，时运不好，坐骑跑不快，虞姬你怎么办呢？十面埋伏，四面楚歌，项羽悲伤欲绝。"大王意气尽，贱妾何聊生"，虞姬边泣边舞，生离死别，心伤肠断，曲终虞姬自尽。

灵璧县东虞姬墓，虞姬自尽之处，在垓下古战场北十来公里。四十多年前瞻仰过，当时它形单影只，现在是庭院楼阁簇拥的虞姬文化园。墓前石碑上刻"巾帼千秋"，两边楹联：虞兮奈何，自古红颜多薄命；姬耶安在，独留青冢向黄昏。

不知道这副楹联是哪位写的。夕阳西斜，孤影惨淡，虽然巧妙地嵌入"虞"和"姬"两字，也无法填满岁月的遗憾，更挡不住无数长长的叹息、怆然的泪下。因为一个至死不渝的英雄和美女的故事，已被铭刻在历史的碑柱上，它比范蠡和西施更凄美，比李隆基和杨贵妃要高尚得多。

霸王祠有副石刻：楚虽三户，亡秦必楚。此话出自范增，果然见识卓绝。陈胜死了，项梁也死了，但"亡秦"在项羽手上完成，项羽是楚国人。随着楚汉相争，项羽自身的弱点逐步显现，虽然得了天下，但不具备王朝开拓者或者大国领袖应有的清醒和执政能力，最终被懂政治的刘邦打败，天下得而复失。

关于韩信

淮阴韩信故里。古运河畔，绿地小桥流水，许多感叹韩信的诗句碑文，但只是一处秀丽的公园，没有任何真正的遗迹。两千年岁月，沧海变桑田，韩信生于此，在此活动过，仅此而已。

隔三里地有"漂母祠"，这是遗迹。韩信曾经穷到没饭吃，靠一位漂洗丝绵老妇"饭信"才没饿死。这事流传了，连同漂母的墓地，和许多赞美善良和仁慈的诗文。有乾隆的《御题漂母祠》：

> 寄食淮阴未遇时，
> 无端一饭获崇施。
> 至今漂母犹歆报，
> 钟室凄凉欲恨谁？

淮安城"汉韩侯祠"，始建于唐。一个小院，一座祠堂，祠额牌匾"勋冠三杰"。三杰指萧何、张良和韩信。西安灞桥有韩信墓，据说只是身躯，韩信被杀时，刘邦在外打仗，吕后将头颅报送刘邦，只剩躯体。

早年的韩信，贫穷，没有谋生的技能，不受人待见，所以有胯下之辱。投奔项羽没受重用，转投汉营受萧何赏识，萧何对刘邦说："这样的人才，天下找不到第二个。"刘邦信了，拜韩信为大将。

的确是将才。柳宗元对韩信的军功有个评价"覆赵夷魏，拔齐殄楚"。赵魏齐楚，一大片疆土，一大半江山，都是韩信打下来的，这就叫开国功臣。但军权在握，功高震主，事情有时会变得复杂。

一个叫武涉的游说韩信，言辞直接且尖锐，"项王今日亡，则次取足下"，即刘邦今天打败项羽，接着就抓你韩信了。韩信没听。

后来又来了个会相面的蒯通，他纵横捭阖、口若悬河：楚军在成皋以西的山地不能前进已经三年，汉军在巩县一带凭险抵抗也没有一点成就，此时帮汉则汉胜，助楚则楚赢，不如"三分天下，鼎足而居"。

韩信也没听，客气地说先生请回吧。蒯通又来了几次，见韩信不为所动，就装疯去做巫师了。韩信会打仗，掌重兵，有实力和资格鼎立，但总觉得刘邦不会怎么他，就没这么做。

惹刘邦生气的事是有的。刘邦被项羽包围在荥阳，要韩信解围，韩信不仅不动，反而要求受封齐王。大敌当前，刘邦封了，但大为不快，拥兵自重，可不是什么好事。垓下之战后，刘邦突然闯入韩信军营，夺了韩信军权。

不久又发生一件事，刘邦和韩信彻底闹翻了。项羽死后部下钟离昧投奔韩信，两人关系不错，但刘邦下令逮捕，韩信拖着不办。刘邦说我要游云梦泽，请各诸侯王来聚会。韩信想去又怕意外，有人劝他杀了钟离昧再去就没事了。韩信找钟商量，钟气愤地说："捉我讨好刘邦非长者。"即不是厚道人，自杀了。韩信提着首级去见刘邦，一到即被捆绑，戴上刑具装到车上。这时，韩信说了一句流传千古的话，"狡兔死良狗烹，高鸟尽良弓藏，敌国破谋臣亡"。

刘邦说，绑你是有人告你谋反，但最后放了韩信，降为淮阴侯。韩信看透了，闷闷不乐，常称病不参加朝见和侍行，怨恨积多了，便开始阴谋活动。

部下陈豨外派前来辞行，韩信叹着气拉着他的手说："你管辖的地方，是天下精兵聚集的地方，如果有人说你反叛，陛下不会相信，再说，就会怀疑，这种话传来三次，陛下就会带兵讨伐你。我在京城内应，可以图谋天下了。"

陈豨跟随韩信多年，马上说听从指教，几年后陈豨叛乱，刘邦果然出征平乱。韩信写信给陈豨，说只管起兵，自己在长安暗中部署袭击吕后和太子，但被告发。吕后与萧何合谋杀韩信，说陈豨已死，大家都来朝贺。萧何骗韩信说："你虽然有病，还是勉强来一下吧。"韩信一进宫，即被斩首，夷灭三族。

一副关于韩信命运的墓联，"生死一知己，存亡两妇人"，寥寥十字，字字珠玑。漂母活韩信，吕后杀韩信，即存亡两妇人；萧何追韩信，韩信获重用，骗韩信入宫，韩信被斩首，成也萧何败也萧何，即生死一知己。这些事在《史记·淮阴侯列传》中写得清清楚楚。

但这副墓联在何处，谁写的，没寻到根本。韩信故里没有，淮安汉韩侯祠也没，淮安没有韩信墓，西安灞桥有韩信墓，查资料根本没提到这副墓联，当然我没去过灞桥。

韩信被杀是悲剧，是刘邦的猜忌和打压，让韩信越来越对立。封建君臣，伴君如伴虎，为臣功成身退，小心谨慎，能平安无事。但韩信做不到，反而想用非常手段谋取国家权力。司马迁说："天下已集，乃谋叛逆，夷灭宗族，不亦宜乎！"即天下已经安定，反来图谋叛乱，只好被灭族了！

刘邦回长安，见韩信被杀，既高兴又怜悯。他得知韩信临死说后悔没听蒯通的话，即抓了蒯通，说唆使造反，煮了！蒯通大呼冤枉，说当时只知韩信，不知陛下，天下想做陛下相同事情的人很多，能都煮死吗？刘邦一听竟放了蒯通。

　　韩信死了，蒯通躲过一劫，这个韩信悲剧的始作俑者，后来又做了相国曹参的宾客，舌头三寸不烂至善终。

关于朱重八

朱重八是朱元璋小名。元宋时期，穷人家孩子不起名，依辈分和父母年龄合加一个数目作称呼。比如，朱元璋的大哥叫朱重四，二哥叫朱重六。

明朝是元末农民起义的结果。1344年黄河在河南决口，漕运中断，数百万人流离失所。几年后元政府疏通河道，河工大都是灾民，本来贫困至极，地方官吏和监工又克扣河工口粮，饥饿加瘟疫，社会动乱来了。

1351年，黄河工地挖出了只有一只眼的石人。石人一只眼，挑动黄河天下反，元末农民起义由此爆发。起义者头缠红布，又称"红军"。十几年间，义军与元军，义军与义军，战火连绵征伐不已，没谁自行退出历史舞台，直到被打败为止。

1368年，朱元璋登基。毛主席在《沁园春·雪》这首词中，一口气赞扬了五位古代帝王：秦皇汉武，唐宗宋祖，一代天骄成吉思汗。没有朱元璋。但朱元璋的文治武功绝对不在上面几位之下。

他派军北伐，攻占大都，把元朝势力驱至蒙古高原，一个历史遗留问题得到解决。今天山西、河北、天津和北京北部一大片土地回归中原王朝，即幽云十六州。五代十国石敬瑭将此地割让辽国，从此边患不绝，杨家将抗辽、岳飞抗金，都是中原王朝反击的壮举，但都没有成功，最后朱元璋拿回来了。

他让徐达在张家口、北古口及山海关修建和修复长城，以稳定新的国境和边防。明朝修长城高峰期在朱棣时代，主修者戚继光，但起自朱元璋。

他推行棉花种植，到明中期普及。棉花种植引起整个社会生活方式的变更，明代之前的衣着，穷人穿麻，富人穿绸，棉花普及，中国人的衣着以棉布为主。假如没有棉花，老百姓的生活得不到改善。

最大的功劳是重新统一中国。

元末天下大乱，一支支武装据地称王，朱元璋为削平群雄至少打了二十年，其中他与陈友谅的鄱阳湖之战最为惊心动魄。数一天激战，双方精疲力竭伤亡惨重，而朱元璋突然释放战俘、治疗伤者，陈友谅方面登时阵脚大乱，无心恋战了。

毛主席评价朱元璋："自古能军无出李世民之右者，则朱元璋。""能军"不仅指会打仗，还要有战略家的头脑。明初版图比宋代大出许多，兵势很强，但朱元璋不扩张。他在《皇明祖训》中说："四方诸夷不自量力侵犯我境，这对他们没好处。但他们不侵犯，我们也不要侵犯他们，不然对我们没好处。"

朱元璋是老粗但不是文盲。他当兵时，能读士兵家信和上级的文告，他知道识字读书的好处，所以他对有学问的读书人很尊重。

朱元璋占据和县，缺兵少粮，没有明确的战略方向。太平（当涂）儒生陶安劝他："东取集庆（南京），据其形势，出兵以临四方，可以平定天下。"朱"很以为然"。陶安的这条建议，不逊色朱升的"高筑墙，广积粮，缓称王"，朱元璋正是从集庆开始发展起来的。

他进攻皖南，把儒生唐仲实找来问："刘邦、刘秀、李世民、赵匡胤一统天下有什么道理？"唐回答："他们不乱杀人，懂得减轻百姓负担。"朱元璋说："你的话很对。"

攻占婺源，朱元璋把宋濂收到门下，开始接受儒家思想，当然是政治需要，但至少要肯学想学与时俱进才行。朱元璋让宋濂写的北伐檄文"驱逐胡虏，恢复中华，立纲陈纪，救济斯民"，已是大格局的民族革命的宣言。

但朱元璋一旦做到皇帝，这些温文尔雅的作风没了。凤阳明皇城城楼镌刻着朱元璋手书的"万世根本"四个字，这个根本就是君临天下专制天下。

朱元璋最早是靠明教和弥勒教起家的，但登基当年即宣布为邪教，禁止活动，违者或斩首或杖打或流放。

朱元璋用锦衣卫控制朝政，其无所不在无所不知让人胆战心惊。大臣宋纳在家独坐生气，第二天上朝朱元璋问，先生昨日为何生气？宋濂在家请客，第二天朱元璋问，请什么人，有哪些菜？宋濂如实回答，朱元璋说："全对，没骗我。"对宋纳、宋濂这样品行很好的近臣都如此，其他人就不用说了。

肃贪是朱元璋吏治的主要手段，他杀贪官毫不手软，包括他女婿。同时借机杀功臣，几乎杀光了。朱元璋杀人之多，冤案之多，刑罚之酷，历代罕见。

《明史》记朱元璋姿貌雄杰，实际相反。凤阳朱元璋展览馆有"朱元璋相貌之谜"一节，展出多张宫廷画师画的像，其中一张青面长脸，据说最像朱元璋，其貌不扬凶狠可怕。可比肩秦始皇，《史记·秦始皇本纪》描叙秦始皇"蜂准，长目，挚鸟膺，豺声"，很恐怖的。

朱元璋对农民一直不错，减轻赋税的事做了不少。他说："农民最劳苦，春天鸡叫起床，赶牛下田耕种。插下秧子，除草施肥，大太阳里晒得汗水直流，劳碌的不成人样。好不容易等到收割，交粮纳税后没剩多少。万一碰上水旱虫蝗灾荒，全家着急毫无办法。"

把农民的辛劳讲得这么直白、细致，还有哪位皇帝能这样？

历史上，农民出身统一天下做开国皇帝的仅两位，两千多年前的刘邦，六百多年前的朱元璋。南京明孝陵有石碑"治隆唐宋"，康熙写的，说朱元璋治国胜过唐宋。

开国定鼎，从朱重八到朱元璋，他是中国 14 世纪了不起的帝王。

关于陈玉成

安庆老城区，陈玉成的英王府和一个农贸市场，混迹同一巷陌。一位老妇把摊位摆到王府门口，边上有辆三轮，碧绿的藤枝从王府残垣断壁四下披挂。

1862 年，陈玉成被俘，他说："天国去我一人，江山丢了一半。"两年后，太平天国失败。

陈玉成广西桂平人，原名丕成，金田起义时十五岁，童子兵。他作战勇猛，屡建功劳，洪秀全为他改名玉成。

陈玉成，没文化，没学过军事，但他打仗非常在行。他当检点的时候，常常在傍晚收兵时杀回马枪，击败对手，有"三十点检回马枪"的外号。1857 年，在乌衣对阵胜保的骑兵，蒙古人凶悍，陈玉成设伏刀牌手，待敌深入，突然出击，盾牌护身刀砍马足，消灭了这支骑兵。

陈玉成取得了许多场战役的胜利，挑落过许多清军将领。湘军李继宾、曾国藩之弟曾国华、安徽巡抚江忠源、清军统帅和春，这些是死于战场的；还有狼狈逃跑，后来在中法战争中打败法国人的冯子材。《清史稿》说陈玉成"凶狠亚于杨秀清"，是把他当作很厉害的对手对待的。

安庆保卫战，陈玉成打得不屈不挠，但最终还是失守了。我读过数篇分析太平军安庆失败的文章，主因是兵力不足。本来陈玉成想和李秀成合兵打下武昌，拉长湘军战线，然后回援安庆。但李秀成未来会合，安庆危急，陈玉成仅带部分兵力回救，人数比湘军少得多，力量对比明显不利于太平军。

曾国藩咄咄逼人，陈玉成苦撑残局，没有后援，太平军已居下风。

太平天国有一重大失策，对儒家思想的排斥。它造就了一个强大对手，精英阶层，这些人成了太平天国的死敌，最后从军事上打倒太平军的正是曾国藩、李鸿章这些地方士绅组成的武装集团。看看几百年前的朱元璋，同样是农民起义，他就知道网罗儒生，拜他们为师，如朱升、宋濂、宋纳，这些人出谋划策，替朱元璋打江山做了许多事情。

陈玉成在河南延津凌迟，时年二十六岁，刑前嘲笑审讯他的胜保："你可是我的手下败将！"几年前，陈玉成对阵胜保骑兵，胜保仅数人逃脱，此时形势反转，陈玉成成了胜保的阶下囚。成王败寇，英雄末路，豪气胜似燕赵悲歌。

关于吴敬梓

　　全椒有吴敬梓纪念馆，位于襄河南岸，离县城约十公里。这是一座古色古香的园林建筑，明清风格，雕梁画栋，斗拱飞檐，还有假山池塘。

　　四十年前在电大学古代文学，听老师讲授吴敬梓和《儒林外史》的课，也就在那时，走马观花读了一遍《儒林外史》。因为像这样的名著，考试题是必出的。范进中举后疯了，小学时就知道，但为什么疯，读书后明白，乐极生悲，考了三十四年才考上举人，八股取士误人子弟，要人性命，太腐朽了。

　　馆中有吴敬梓简历。出身官绅之家，二十岁中秀才，也是一生中唯一成功的科举考试。青年时混迹文坛，人放荡不羁，在南京一带很有名气。三十六岁退出科举，四十岁卖尽祖产老院，从此穷困潦倒，开始写《儒林外史》，十年成书，五十四岁病故。

　　纪念馆中有鲁迅评价吴敬梓的碑文，说："机锋所向，犹在士林。"这是如出一辙，鲁迅的辛辣远在吴敬梓之上。评价最高的是胡适，他说安徽的第一文人，不是方苞，不是刘大櫆，也不是姚鼐，是全椒的吴敬梓。吴敬梓历经康雍乾三代，尤其是雍正，大兴文字狱，钳制思想，他敢嘲讽朝政，算有胆识有骨气的。

　　后来我把《儒林外史》又翻了一遍，有些名句，寓意很深，流传很广。儒林外史第三回里有句话，一看就被我记牢，

"人逢喜事精神爽"。读书不能受约束，觉得好就记下，各取所需没什么不可以。所以人不能读死书，那会迂腐，对己对人都不好。

吴敬梓科举了十六年，只是一秀才，没出人头地。举人能出人头地，中举即可做官，当时叫入仕。吴敬梓深受其害，坚决地拒绝科举，跳出了坑，所以写出《儒林外史》这本书。但他反对科举，他的儿子还是科举了，中举出仕，做了大官。

吴敬梓有故居，纪念馆背后有条小河，故居在河的那一边，听说就几间茅草屋而已。

南朝四陵

南朝一百六十九年，经历宋齐梁陈四个朝代，有四位开国皇帝，陵墓都在离南京不远的地方。

初宁陵

宋武帝刘裕的初宁陵，位于南京江宁麒麟街。有一块石碑，两只被圈的石兽，石兽残缺不全，这是初宁陵仅存的遗迹。这里正在修路，两只石兽被一条路一隔为二。

刘裕，公元420年废东晋皇帝上位。作为南朝第一帝，值得说的事情不少。

刘裕平定孙恩起义，消除内乱和割据，北上占领洛阳，打到西安，开拓了南朝最广阔的疆域。后来南北朝之间的战争，大都在淮河流域打，长江流域获得了安宁。刘裕出身贫寒，从小砍柴、种地、卖草鞋，了解下层疾苦。掌握朝政后，减轻徭役，让百姓休养生息。对于豪强坚决抑制，一时士族肃然，谨慎规矩，不敢胡作非为。

他有个好口碑，对原配夫人的尊重。刘裕穷困潦倒时，娶了官吏女儿臧爱亲，只生了一个女儿，但一直没有被废。臧爱亲病逝，刘裕为她立庙，追封"武敬皇后"，以后不再设皇后，刘裕死后与其合葬初宁陵。要不是史书记载，很难相信刘裕有这样开明的见识。

刘裕是一个杀人如麻的帝王。南朝一开始就是血雨腥风。刘裕从北府军起，对农民军，对政治异己，一向杀戮，从不手软。掌握朝政后对东晋王室肆意诛杀，易中天评价："一如当年之司马昭。"东晋最后的皇帝司马德文，先是被逼禅让，一年后被刘裕叫人将其闷死。

但是天理昭彰，报应不爽。六十年后，刘裕曾孙宋顺帝刘准，被萧道成逼迫禅让，二十天后被杀。当时，刘准问围着他的人："准备杀我吗？"答："您家先前取代司马氏也是这样做的。"刘准流着泪说："愿后生世世勿生帝王家。"清刿小说家，写《续金瓶梅》的丁耀亢对此发过感慨："刘裕以好杀开国，子孙相承八世而六主被杀，贻厥孙谋，宁无报乎！"

不过明末王夫子看法不同，他说："裕之为功于天下，烈于曹操。"王夫子认为刘裕的功劳比曹操都大。历史地看，南朝最出色的皇帝就是刘裕，没有超过他的，此后一朝不如一朝，国力和疆域一朝小于一朝，直至灭亡。

泰安陵

齐高帝萧道成的泰安陵位于丹阳埤城。一条乡镇公路旁，有两只残缺的石兽，四周白色围栏，一块石碑，上有"南朝陵墓石刻"字样。问临近村里的人，他们说陵墓早没了。

萧道成是武将，先后在刘宋四朝做军事工作，战功卓著，威信很高，有传言"贵不可言，当为天子"，这让刘家皇帝不放心了。夏天天气炎热，萧道成在家赤膊午睡，后废帝刘昱闯了进来，用去掉箭头的箭射中他的肚脐。这件事把萧道成吓得不轻，刘昱这个人非常昏暴，大臣中稍有违逆，即遭杀害。于是萧道成收买皇帝侍从，趁刘昱酩酊大醉杀之，立刘准为帝，他总掌军国大权。一年后，逼刘准禅让，登基称帝，又二十天，杀死刘准，此时刘准仅十三岁。这只是南朝皇权更迭的一个例子，后来者剪除前者上位，南朝的帝位，大都都是这样来的。

萧道成还是想励精图治的，他说假如我君临天下十年，当使黄金与土同价。他修建儒学，削除部曲私兵，整顿户籍，减免赋役，朝政严明，官民始得安业。自身节俭，将宫室殿御用金铜器全部用铁器替代。临终前，嘱咐太子吸取晋朝及刘宋皇室手足相残的教训。

可惜仅在位三年病逝，施政没见多少效果。南齐稳定十年左右，之后开始混乱，皇位争夺，宗室互残，朝代的更迭又开始了。

修　陵

梁武帝萧衍的修陵位于丹阳荆林乡，是南朝四陵中唯一修复的皇陵。

陵园鸟语花香。一条乡间小道，两边桃花油菜花盛开，喜鹊其间跳跃。陵有三座，在一条直线上，左萧衍父母，中萧衍夫妇，右萧衍儿子。

梁武帝当皇帝的招式和齐高帝差不多。武将出身军功起家，公元 500 年，皇帝萧宝卷杀掉尚书令萧懿，萧懿是萧衍哥哥，萧衍发动兵变，皇帝萧宝卷在内乱中被杀，萧衍立十几岁的萧宝融为皇帝，一年后，逼其禅让，梁武帝诞生了。

梁武帝的事情可以戏说，因为少见。勤政，五更天起床，批改公文奏章，在冬天把手都冻裂了。节俭，史书上说他"一冠三年，一被二年"，一顶帽子戴三年，一床被子盖两年。吃素，吃饭是蔬菜和豆类。说他生活不铺张浪费，不讲究吃穿是符合实际的。

梁武帝最早是儒家，写过《春秋答问》，喜读书，文学有天赋，和谢朓是文友。后来人老了，研究经书，变成坚定的佛家人。看破红尘竟然这样，当和尚，住寺庙，出过三次家，弄得大臣们花钱赎他，才回宫处理朝政。这样的皇帝历史上找不出第二个。

梁武帝崇佛，仿效者紧跟其后，很多人都来建寺造塔，包括后宫的妃子和公主，当时建康城寺庙达五百座。两百年后，杜牧咏史怀古写出了"南朝四百八十寺，多少楼台烟雨中"的名句。

南梁前期社会稳定，经济也不错，到梁武帝不务正业，沉迷佛教，危机就来了。梁武帝在位四十八年，是南朝在位最长的皇帝，但死得最难看，死于侯景之乱，活活饿死。

康熙有个评论："昔梁武帝亦创业英雄，后至耄年，为侯景所逼，遂有台城之祸。"

万安陵

南陈陈霸先的万安陵，位于江宁上坊街区。万安陵无陵，有骑马挥手刻有陈武帝三字的塑像。在油菜花地与水沟中小心选择，才走到了仅存的两只石兽跟前，没角，雕饰花纹磨灭看不清。

陈武帝出身贫寒，武艺高，办事明达果断，做过乡中里司，相当于现在的农村基层干部，这个经历与刘邦相似。从军后，为南梁政权南征北战，消灭侯景叛乱，打败北齐南侵，一步步上来了。公元555年，立萧方智为皇帝，两年后故伎重演，取代萧方智，陈霸先变成了陈武帝，但仅两年病故。

陈武帝从村官到皇帝，虽然时间短，但安定了南方，先后两次打败北齐入侵，这是不容易的。当时南朝实力已经不如北朝，他的前任，梁武帝北伐两次，均大败而归。他生活简朴，史书记"常膳不过数品""哥钟女乐，不列于前"，这样不喜声色犬马的君主是不多见的。

但国力弱，终不可长久。陈武帝死后陈朝内乱不已，北朝军队不断南下，陈的地盘越来越小，是南朝版图最小的政权，所以易中天说："陈朝实在不好意思再叫作朝。"公元588 年，隋文帝大军南下，南陈灭亡，南朝结束。

南京系六朝古都，宋齐梁陈都城都在这里，帝王陵和许多王公贵族墓园都在南京周边，丹阳江宁一带。这些曾经显赫的陵墓，现在只剩几只残缺不全的石兽，但哪只不是张口瞋目昂首挺胸，依然一派帝王风范。

南朝四位开国皇帝，都是雄才大略，都不是可以被取代或超越的。简朴不奢靡，行伍出身，久经沙场，治国治军，包括改朝换代都有一套。但他们下一代不行，败家子出乱子，同室操戈。南朝有二十四位皇帝，死于非命十三位，其中未成年六位，最小十三岁，宗室被杀的就更多了。读南朝的历史，最能感受到的就是这种腥风血雨，国家分裂就是这样的。

淮军人物

一年来，我瞻仰了五处淮军遗迹，从合肥开始，由西往东再到巢湖。历史都是特定环境的历史，19世纪60年代，李鸿章招募合肥四乡团练，并借湘军一部，组成淮军。一时人才蔚起，一批合肥人走上领兵打仗的历史舞台。

肥西刘铭传

合肥西38公里，肥西刘老圩刘铭传旧居。圩垸壕沟，吊桥碉楼，还有汪道涵金灿灿的题词"台湾首任巡抚刘铭传"。

早年刘铭传，挺吓人的，贩盐杀人，脸上长麻子。后来入淮军，李鸿章要他"多读古人书，静思天下事"，他听了，边打仗边思考，逐成识大势的人。

刘铭传有"淮军第一将"之称。起先他同太平军作战互有胜负，后来用洋枪洋炮训练部队，太平军及捻军打不过他。中法战争守台湾，与法军打成平手。治理台湾，对反政府的土著武装武力荡平，一边倒。刘铭传内战凶狠外战有功，他是打仗打出来的。

刘铭传台湾巡抚只做六年下课了。缘由是擅自让英国人承包煤矿，光绪批革职留任。这是洋务派和守旧派斗争的结果，此后刘铭传再没有出头。刘铭传纪念馆，有一张图表记录了他的政绩，中国第一条运营铁路、第一个邮政局、第一条海底电缆、第一个招商局都出现在刘铭传治理台湾的六年当中。人物人物，人是物非，物是人非，公道后来有。

大潜山北，刘铭传墓园循山而上。淡淡的冬日，陡峭的神道，豪华的陵园，一个淮军人物的缩影。起自底层，剿灭农民起义位列封疆，守护台湾功勋于民族，从小地方到大格局，这个缩影是清晰与完整的。

庐江丁汝昌

庐江石头镇丁西村"丁汝昌纪念馆"，距合肥70公里。

馆门紧锁，停车场只我一辆标致307，打电话问说现在不开馆。一位垦地的老姐说："这里都姓丁，但丁汝昌儿子的后代在山东，尚有一个外孙女在，一百多岁了。"

纪念馆灰砖青瓦，墙面斑驳，门前有一对石鼓。这曾是丁氏祠堂，丁汝昌是从这里走出去的，他做过刘铭传的参将，后来突然被李鸿章看上，入北洋海军升到提督。丁汝昌本来平常，由此一飞冲天，甲午惨败又成众矢之的，一落千丈。

有些事不能怪丁汝昌，慈禧挪用海军军费，李鸿章消极避战，丁汝昌管不了。但有些事只能怪丁汝昌，缺乏海军专业，部下训练不足，军纪不严，这是人的问题。对比日本，北洋舰船没有速射炮，许多炮弹击中没爆炸，这是装备问题。合在一起就是战斗力问题，短兵相接打不过人家。

在北洋舰队的最后时刻，丁汝昌下令沉船，没人听，他服毒自尽。回想当初，有许多反对意见，有现成的船政学堂军官，但李鸿章选了丁汝昌，这就没办法了。

岗集聂军门

军门，清朝省级军事长官。"聂军门"即聂士成，合肥岗集人，曾随刘铭传参加中法战争。有评价，"淮军第一将"前是刘铭传后是聂士成。

甲午战争清军溃退辽东，聂士成设伏打败日军追兵，击毙日将富刚三造。这是甲午战争中，中国军队很少见的胜仗。天津阻击战，聂士成派敢死队袭击八国联军，用大炮给其造成严重威胁，对方却找不到炮队位置。当我在《清史稿》中读到这些时，不禁肃然起敬，败中有胜，哀兵不败啊！

聂士成最后在天津八里桥被八国联军包围，部下劝他撤，他说："此吾致命之所也，逾此一步非丈夫矣"，翻成白话：这里是我丢命的地方，退一步就不是男人！随后为炮弹击中，腹破肠出人坠马下。

聂士成父亲去世早，一直与母亲相依为命。他出生在岗集聂家祠堂，现名"聂祠"，距合肥北26公里，是建制村，有许多大棚和苗圃。走合淮公路再走一段乡村公路，直抵聂祠，但什么都没看到。一座房顶有积雪的平房，门口俩聂姓老姐说这曾是聂祠大门，还有十余米外，翻倒在地的两只石狮。

一股热流在眼眶中来回游移。中法战争，聂士成率850名子弟兵赴台湾，幸存仅十几人，而1900年聂士成战死，距今才一百二十年。

大兴李享堂

大兴镇合裕路高架南侧，李鸿章享堂和夫妇坟冢肃穆静寂，光绪所赐"钧衡笃祜"牌匾高悬梁柱。但有两样东西让人心情沉重嗟叹不已。

马关遇刺血衣。一品官服，褐色血迹依然清晰。李鸿章去日本签《马关条约》遭刺杀，颧骨中枪一晕几绝，日本由此减少一亿两赔款，李鸿章说值了，可罪名骂声铺天盖地千夫所指。而1900年中国又被打败，出来签《辛丑条约》的还是李鸿章。

李鸿章临终诗：

> 劳劳车马未离鞍，
> 临事方知一死难。
> 三百年来伤国步，
> 八千里外吊民残。
> 秋风宝剑孤臣泪，
> 落日旌旗大将坛。
> 海外尘氛犹未息，
> 请君莫作等闲看。

怎么看都是呕心沥血、忍辱负重的老臣拳心。

梁启超在《李鸿章传》中说："以平发平捻为李鸿章功，以数次和议为李鸿章罪"，这很中肯，也的确如此。李鸿章内战积极，外战退让，但是近代中国积贫积弱，落后挨打，弱国无外交。我是在合肥长大的，以前只知合肥有李府，不知大兴有享堂，如今去拜谒，可谓年少不知李鸿章，长大方知真中堂了。

巢湖昭忠祠

中庙镇淮军昭忠祠，直面烟波浩渺的茫茫巢湖。1892 年，李鸿章为祭奠淮军阵亡将士修建此祠，祠内水杉成行，两厢淮军军史详尽，正殿有李鸿章曾国藩肖像及阵亡将士灵位。门口石碑刻李鸿章《巢湖建淮军昭忠祠摺》。

摘抄部分：

> 戡定全吴，肃清二捻；庐州为各将士故乡，父
> 兄子弟从征四方，长往不返。

二层意思：淮军靠镇压农民起义起家；淮军多为合肥人，

打仗亲兄弟上阵父子兵。

李鸿章创建淮军，淮军兴则兴，淮军败则倒。1862 年，上海被太平军包围，危在旦夕，李鸿章率 6500 人抵达上海击退太平军，淮军成军，李鸿章则成朝廷重臣。甲午惨败，李鸿章摇摇欲坠，到聂士成战死，淮军最后一支队伍打光，李鸿章再亡起不来了。

一部淮军史，一段断代史，"羊公碑尚在，读罢泪沾巾"。从 1862 年起，淮军打了五场战争，对太平军对捻军，及中法、甲午、八国联军战争。内战外战性质不同，但淮军骁勇善战。尤其是对外战争，国家危如累卵，淮军将士前赴后继，有许多人打光全军覆灭的惨败。假如没有淮军，局面又会怎样？

合肥，淮右之襟喉，历来兵家必争之地，国家有事此地必出人物，淮军就是如此。仅几十年，这里又走出了领兵打仗的冯玉祥、卫立煌、张治中、孙立人、戴安澜及共产党人李克农。民国杀手王亚樵也是合肥人，与李鸿章同乡。

看布达拉宫

到拉萨的当天就看到了布达拉宫。相隔一条街，推开窗户，布达拉宫姿势舒坦地伫立眼前。没几步，便到了布达拉山的山脚下，布达拉宫就从这里开始。从几千公里外匆匆赶来，就是想看布达拉宫，如此近距离，意外的有些恍惚了。

布达拉宫很高，在山上，离天近，阳光把它修饰得色彩斑斓。旭日东升，柔软的光线直达布达拉宫，一派灿烂，窗户是红色的，宫墙有红色的也有白色的，顶部有黄色的佛塔和布幡，一切鲜艳明亮。夕阳落山，余晖洒落布达拉宫，白的更白，红的更红，黄的更黄，一切晶莹剔透。白红黄是布达拉宫的基本色调，它在其中的许多地方，你中有我、我中有你地相互映衬着。

布达拉宫是宫也是城。它依山而建，宫墙比城墙陡峭宽厚，顶部有城堡，除了坡道，其余途径是无法进入的。以前的达赖，还有更早的普赞，首先一定是把它当城堡用。但它的确是一座宫，一座瑰丽的行宫，楼阁盘桓，门窗万千，缘山而上，每错落一层就是一座小宫殿，从远处看彩缎似的层叠交错。

还未进布达拉宫，佛教风俗扑面而来。西藏人信佛与内地不一样。

念经不一样，内地是和尚在庙里念，这里念经不一定是寺庙的，也不一定进寺庙念，走路亦可以念，甚至还有便捷的念法。常常看到藏民手摇转经筒，边念经边走路。转经筒属于藏教法器，往右转一圈可代表念了多少经。这条环山路上的转经筒是全拉萨最多也最大的，一排排悬挂着，来此转经的络绎不绝，老幼妇孺皆有，都是一边摇转经筒一边念经。

在充满阳光的布达拉宫广场上，一位穿深色藏袍的藏民，专心致志行大礼。他全身俯地，手心朝下，额头叩地，方向布达拉宫，然后起身前行一步重复再来，这是一步一叩头。看不清他的五官，只看见了一张古铜色的脸庞，那是强烈的紫外线照射所致。拉萨盛夏的阳光看上去辣，但不炎热，只是紫外线铺天盖地，造就如此古铜色的脸庞和虔诚的心。这在大昭寺和小昭寺也能看到，身体匍匐大地，有人，他们磕，人走了，他们继续。

布达拉宫好看但不容易看。拉萨市民凭身份证随到随看，两元一张门票，外来观光的就不行了，尤其是散客，门票一百元，要排队拿号头兑换。布达拉宫每天接待有限额，游客一多，何时进宫成了问题。几个西藏大学的藏族男孩半夜排队拿号头，我们给多一倍的钱。不生气，只要能进布达拉宫，而"黄牛"开价最低三百，读书人还是有底线的。

我气喘吁吁地在布达拉宫里挪动，一间间的殿堂，一盏盏的酥油灯，本来就稀薄的空气更加稀薄。游客们把钱放在供桌上，有的是献哈达，可是被供奉者高高在上，冷视一切。

突然发现几乎所有宫室、佛堂和走廊的墙壁，都布满壁画和浮雕。

我看到了文成公主的肖像和她的进藏图，一副中原皇室公主的装束，这是公元7世纪的事情。据说文成公主从长安到拉萨用了两年时间，这个娇贵的汉族公主是怎么在冰天雪地中跋涉数千里的，她有没有高原反应？而我坐火车仅两天就到了拉萨，一下火车就头晕胸闷，后来在布达拉宫、唐古拉山口，我都是走走停停缓缓移步。

看到了五世达赖罗桑嘉措觐见顺治帝的觐见图，旁有顺治皇帝敕封的金册金印画，这是 17 世纪的事情。这是一幅金光闪烁的壁画，金印一半是篆字一半是藏文，表明从此西藏首领的地位一概要经中央政府册封。

还看到了解放军十八军军长张国华与十四世达赖会谈的绘画，这是六十年前的事情。这幅壁画保留在原达赖会客室的墙壁上，壁画不大，达赖和张将军身边都站着一些人，不知道他们在谈什么，但从氛围上看严肃认真。十四世达赖后来去了印度，张将军却赢得了"佛光将军"的称号。

布达拉宫是历史，不声不响的历史，壁画和浮雕则补充了历史，使它更加真实生动，所有这些加起来就成了一部完整的历史。从修建布达拉宫起，它存在了近一千五百年，应该很有历史，是一个很老的老人了。它目睹了西藏最早的统一及往后社会形态的变更。它有花岗石基础，白马草墙体，两千多间宫室，这叫无与伦比，因为在中国其他任何的山上，找不到如此恢宏的建筑。

关于布达拉宫有两个人不能忘。

一个是公元 7 世纪的吐蕃王松赞干布，布达拉宫是他决定修建的。一本西藏出版社出版的《西藏简史》说得清清楚楚，松赞干布"为文成公主于玛布日山（今拉萨布达拉山）专建宫室安置，并举行了极隆重的婚礼"。

还有一个是 17 世纪的西藏五世达赖罗桑嘉措，是他重新修建废弃了数百年的布达拉宫，前后修了三年，才基本恢复了今天所看到的布达拉宫的面貌。

这两个西藏老前辈绝对不会想到布达拉宫今天在世界上的影响，不过，当后人看到雄伟的布达拉宫时，结论自然而然出来了。

拉萨的夜来得迟，夕阳西下八点，黄昏来临近九点。华灯初上，无数夜灯一起投向布达拉宫，它变得通身透亮，天色越暗，它越透亮，天色完全暗了，那种透亮便发出了如月亮一样的银光，四下挥洒，融入拉萨密密麻麻的楼房，以及喧嚣不已的人流与车流中。

"老鱼饭局"

拉萨是藏教圣地，布达拉宫，大、小昭寺，罗布林卡每天不知道有多少朝拜者，成群结队地进进出出。可多数是观光的，没有那种摇转经筒般的虔诚，他们既要看喇嘛，也要逛街吃饭，找那些林林总总的去处。

有人说，青年路上的"老鱼饭局"，离布达拉宫近，从那里看布达拉宫恰到好处，于是就去了。

老鱼是人名，"老鱼饭局"就是老鱼的饭店，一座四层建筑，老鱼是老板。

他做过知青，人不算老，五十出头，穿一件绿上装，戴着眼镜和帽子，语速不快不慢，语音是重庆方言和京腔混合的那种。但从见面起就感觉此人，见多识广，饱经沧桑。不是他自己说的，是我从饭店的布局看出来的。"老鱼饭局"的墙上挂着一圈他从世界各地带回的照片，至少有德国、瑞典及非洲的场景。还有一张他读大学的照片，北京中央戏剧学院的。照片拍得不错，说他是摄影师不夸张。大厅当中还有一个长方形书柜，几十本社科书标价出售，我一眼就看上了一本西藏出版的《藏族简史》，后来我从中知道了不少西藏和达赖的事情。

老鱼知道我们是内地作家，他给我们准备了最大的包间，一条长七八米的餐桌。他说他是重庆人，主川菜，但也有不少西藏特色菜。他来敬酒聊天。刚聊几句，我立刻喜欢上了，喜欢他的经历，军人的经历。

老鱼 1978 年参军。他说知青当兵是为了回来有份工作，所以去了，当侦察兵。但是没想到，第二年边境战争发生了，他随部队进入越南，而侦察兵是走在最前头的，他也就有了一段不同寻常的经历。

进云的时候打得挺顺，回撤的时候，由于地图错误，方向反了。血拼厮杀，夺路而走，几天后，还剩十六人。当他们用匕首杀死了两个迎头撞来的越军侦察兵后，陷入重围。四周树木茂密，岗石林立，机枪子弹压得他们抬不起头，迫击炮弹接二连三在身边爆炸。他听到了中文喊话："投降吧，中国的兄弟们。"他明白，围死了。他问与他一起卧在一块光滑石坡下的战友，怎样解决自己，战友说，留了一颗手榴弹。他说一颗可能不够，要两颗，免得受罪。战友问他，他说留一粒子弹从下巴朝头顶射击。但是最终他们都活下来了。第五天深夜，借助绝壁上的树丛，爬了下来，十六个人都下来了。而第一个下来和继续走在最前面的就是老鱼。一支小部队，在被围了五天后，居然突破死神的拦截，回来了，尽管伤亡惨重。

我不由自主地产生了敬意。军人的脚步，除了死亡，无可阻挡，而走在最前面的，是最勇敢的军人。地雷，对方的狙击手，这些老鱼很清楚，那时他也就二十岁，才当兵半年。当时有两位饥渴之极的战友，向一片香蕉林走去，还没有走到就被打倒了。老鱼看得胆战心惊、屏气屏息，他没想到生死转换这么瞬间、这么简单。我很想知道人在这种关口怎么想，老鱼说什么都想，什么都不想，不是有什么英雄气概，就想活着回来，哪怕有一丝机会也不会放弃。

我默默注视着老鱼，他老成持重，但决绝果敢。怎么也看不出他和那场战争有关联，但他的确是幸存者。活下来，不是老天仁慈，是军人的机智和顽强，一种超越极限的体力和毅力。这是他人生最无法忘怀的经历，许多年后他一直致力联系其余的十五名战友，而每次相聚，第一杯酒都是洒地祭奠牺牲的战友。他也由此完成了一种过渡，更懂生活。他不会大快朵颐放荡不羁，凭着一枚军功章活着，眼前这座典雅辉煌的"老鱼饭局"，说明他对曾经的磨难牢牢铭记终始不弃。

从拉萨回来后不久，我在香港凤凰卫视节目《尖刀班的五天五夜》中看到了老鱼，他和几位战友用平静的语气，把局部战争中一支小部队的遭遇，告诉女主持人陈晓楠。它惨烈、残酷血腥。后来，这个节目我反复看了多次。再后来，更长的时间，我总想着拉萨的"老鱼饭局"，总想着老鱼。我在想，一个军人陷入绝境，抵抗到最后，考虑用什么方式自绝于异国他乡，这是军人的衷肠和脊梁，铁血凄厉悲壮。

从拉萨到格尔木

这是巧合。

当我们在拉萨看完"罗布林卡",到了该回家的时候,突然发现五天内离开拉萨的飞机票、火车票全部告罄。找拉萨文联帮忙,一位藏族女同胞满腔热忱,几个电话一打,一脸无奈地说实在不好办,而我们被高原反应折腾得气力无几。有一位说他有朋友在兰州,他打了电话,几小时后信息来了,两辆车当晚从兰州出发,一辆商务车、一辆小车。

兰州到拉萨走格尔木,最早的青藏公路就是格尔木到拉萨,1200 公里。

我惊喜不已。青藏铁路开通,青藏公路客运停止,谁能设计出这样的旅行线路:唐古拉山、沱沱河、可可西里、昆仑山!

堆龙河

兰州的车零点到拉萨,六小时后我们离开拉萨。车沿着堆龙河向北,堆龙河是雅鲁藏布江支流,它在山谷中蜿蜒。两岸有不错的植被,还有大片的青稞地,但背后的山更高,一座座山被白雪覆盖。从雪山下来的阳光清凉冷艳,光线洒落河面。随之跟着湍急的水走了,山谷风大,贴着地面跑。据说这一带地热很多,羊八井温泉就在前面。

这里的路段车辆多,沥青路面,交通标识用汉藏两种文字表示,限速 70 公里。没有探头,检测办法是手写路条,检查站填写行车单，注明开车时间，其后行车耗时反证车速，查获即记分处罚。

那曲街景

那曲海拔 4500 米。在车上还好，下车头重脚轻，耳朵嗡嗡，好像被什么堵了，真空包装的小面包像气球那样鼓囊。没见高楼大厦，有多层藏式楼房，有许多饭店和旅社，服饰鲜艳的藏胞来来往往，还有随便停放的中巴车、人力车和畜力车。

同行说这乱的，哪儿像城市，一棵树也没有。我说像，对面楼挂着标牌：那曲地区公安处。不过，的确没见着一棵树。其实何止那曲，一直到昆仑山都没见着树。

下午两点吃中饭，老板一脸笑容，汉族人。我去后厨，厨师是藏胞，他随便看了我一眼，继续做他的菜。

那曲往北。牦牛悠闲地散落在山坡上，动物对环境的适应强于人类，我们头晕耳鸣，它们依旧舒适。山坡朝雪峰伸展，雪峰后面是更高的雪峰。植被淡绿色，矮小、短促、稀疏，像盆景里那种薄薄的青苔。

唐古拉山口

下午五时，唐古拉山口。云层密布，偶尔阳光突破，空气冰凉，寒风嗖嗖，穿上所有能穿的下车。路边有个汉藏两种文字的路牌：唐古拉山，海拔 5231 米。稍远处有一座由石块垒筑的纪念碑，上面同样刻着这个数字。纪念碑是为修建青藏公路遇难者而建的，它被网状般的经幡包围着。

这里是青藏公路的最高点，海拔比那曲多 700 米，比拉萨多 1400 米。地面平坦，不陡峭不险峻，有坡度不大。头痛气短，但不想用氧气袋，人尽量少动，尽量用眼睛扩大活动范围。往东，一片广阔的草甸，一直延伸到一条河边。往西，很远的地方才有透迤不绝的白色雪峰。站在海拔最高的公路，脚踩最硬的冻土地，一种超越的兴奋反而抑制了高反。

两位头发凌乱的藏族少年走来，不声不响地看着我们，他们是从纪念碑那边的帐篷中出来的。送两支签字笔，学习用，不接，递上几个面包，接了。他们怎么生活在唐古拉山口，他们的父母呢，帐篷里有他们的亲人吗？

沱沱河

过唐古拉山口进入青海，碧空如洗的天空向可可西里方向无限延伸。青海境内的青藏公路不限速，它和青藏铁路基本平行。

天突然变了，刚才阳光明媚，此刻雪花纷飞，疾速地落在前车玻璃上，车外一派茫茫，路面恍惚不已。车速缓慢，雨刮器快挡。不久乌云散了，雪花悄无声息地走了，天空豁然开朗，但是路两边的荒漠被白雪覆盖。八月大雪，我从来没有见过，如此局促，如此变化，像京戏里的说唱脸谱，一翻一个样。

从唐古拉山口往北，许多地段手机没信号。

沱沱河大桥，长江源头第一座公路桥，桥下是沱沱河。它发白、单薄，被许多草甸梳成一股股的，扇状般地散开，凭着一己之力各奔前程。这是长江？也对也不对。往东，它的上游，通天河，金沙江，那里水流湍急，卷起千堆雪，此时此地是小长江，才生出的婴儿。

广袤的荒漠上，一座高压塔架，一个穿红色衣服的人在攀爬，一辆白色越野车停在塔下。这是一幅很难看到的写真，红点、白车和灰色塔架。

可可西里

"可可西里自然保护区"的标牌，长长的水泥柱隔离带。这是告诉你，这里有藏羚羊，但天色黯淡，远处迷迷茫茫，只有几只大雁一样的鸟从雪山飞过来。一块"不冻泉"的路标，后来一块"昆仑山口"的路牌，似影子忽闪而过，天全黑了。昆仑山是中国的万山之祖，传说中的西母娘娘住在那里，昆仑河，就是瑶池，也在那里。那里更多的是冰川雪山，整天下雪，毛主席诗句"飞起玉龙三百万"，指的就是那个地方。

到格尔木

商务车跑得没影，公路上就我们这辆车，60公里时速太慢。

想开车，体会夜晚行车青藏公路的感觉，司机一口回绝。他连续开车有十小时了，此时正襟危坐，目光炯炯，状态之好令人难以置信。走青藏公路，起先很有心情，想一睹风情，可是没看到什么。过了沱沱河，太阳西下，高原上的大地渐渐模糊了。

格尔木夜深人静，街道整洁，楼房林立，霓虹灯闪烁，一座沉睡的城市。

它是新城市，七十年前没有格尔木。中国城市的兴起，或因城而市，或因市而城，但格尔木不是的。当年解放军西藏运输总队政委慕生忠，苦于给养运输，建议修青藏公路。他请示老上级彭德怀，彭德怀找周总理。在得到支持后，他派人勘察，找一个叫"噶尔穆"的地方，老地图显示在旧公路上。但勘察队找到的是一个有黄羊和野马的芦苇滩，觉得这没有"噶尔穆"的样子。慕政委来了，他说了一句话："帐篷扎哪儿，哪儿就是'噶尔穆'。"格尔木是从慕政委的这句话和帐篷开始的。

后来慕政委率近两千名军人，挖开冻土层，切断雪山，七个月零四天，修建了格尔木到拉萨 1200 公里的公路，叫青藏公路。

青藏公路是双车道的高原公路，高原就是隆起的平地，起伏不大，没有陡坡，好走。但它是中国任何其他地方无法相比的公路。不是路的问题，是环境和气候不好对付。在雪域冰川中穿行，荒无人烟，信号时有时无。空气和矮小的植被一样稀疏，在车上要吸氧，下来会喘气，胸闷气短围着你转圈，让你头晕，接下来就看你的体能和毅力了。

但我总算在上面走了一回，总算有点见闻。